# EL SECRETO DE LAS HERMANAS ASOREY

MARTA ESTÉVEZ

# EL SECRETO DE LAS HERMANAS ASOREY

PLAZA JANÉS

Papel certificado por el Forest Stewardship Council®

Penguin
Random House
Grupo Editorial

Primera edición: febrero de 2023

© 2023, Marta Estévez, autora representada por la agencia literaria de Rolling Words
© 2023, Penguin Random House Grupo Editorial, S. A. U.
Travessera de Gràcia, 47-49. 08021 Barcelona

*Printed in Spain* – Impreso en España

ISBN: 978-84-01-03087-1
Depósito legal: B-22419-2022

Compuesto en Comptex & Ass., S. L.
Impreso en Rodesa
Villatuerta (Navarra)

L030871

*A los míos, siempre. Incluso a los que ya no están*

Estoy enraizada, pero fluyo.

VIRGINIA WOOLF


A Compostela se acerca uno como quien se acerca al milagro.

ÁLVARO CUNQUEIRO

# PRIMERA PARTE

# 1

El día que murió padre cambió el eje de nuestro mundo tal y como lo conocíamos. Su ausencia no nos impide seguir viviendo, pero lo hacemos de una manera menos natural, como si nos faltasen uno o varios órganos (no vitales, por lo que se ve) y alguno de los sentidos (no necesariamente a todas el mismo, al parecer).

Nunca he sido precoz ni las he visto venir; casi siempre he comprendido las cosas cuando han pasado. Sobre todo en cuestiones de amor.

Tengo veinticinco años y estoy soltera. Tilde dice que a las mujeres de mi edad nos examinan con lupa hasta que llega un momento en que ya no nos miran. Mentiría si dijese que no noto esas miradas (eso sí puedo percibirlo, pero solo porque no se esfuerzan en disimularlo). Veinticinco años es una edad incómoda para una mujer. A menos que estés casada y tengas varios hijos. En ese caso, veinticinco años será la edad perfecta y el centro de la juventud.

Siento un abismo entre lo que soy y lo que se espera de mí.

Con un poco de suerte, Celia se casará pronto y dejarán de mirarme.

ELOÍSA ASOREY

**Santiago de Compostela, 21 de abril de 1931 (una semana después de proclamarse la II República)**

Eloísa camina por la calle de los Laureles, con el aire pegajoso, vibrante de oportunidades, incrustado en sus mejillas y la blusa ligeramente fruncida por fuera de la falda. Anda ligera, casi flota, espoleada por el optimismo que alimentan los vientos de cambio, a pesar de que una nube negra ciñe su cabeza desde hace un tiempo. Las reuniones de la sociedad literaria siempre resultan estimulantes, parece que algo se cociese allí dentro.

Ella tiene suerte.

Abraza sus costillas al cruzarse el abrigo. Empieza a estar raído por los extremos, pero sabe que no podrá comprarse uno nuevo en un futuro próximo —ni casi nada que no sea imprescindible, en realidad— si no quieren fulminar los ahorros que les dejó su padre. La vida es muy diferente dentro y fuera de casa, ahora y antes, pero sobre todo ahora. Una descarga a la altura del esternón la deja sin aire en medio de la plaza de San Miguel. La luz moribunda de la farola de la esquina la reconforta solo en parte. Levanta la cabeza y dirige la mirada al segundo piso. El edificio de sillería es imponente; desprende un aire de fuerte más que de casa, aunque ahora, sin su padre, un poco menos. Retrocede varios pasos para apoyarse en la balaustrada de piedra, delante de la iglesia de San Martín Pinario. A veces lo hace, cuando la vida le resulta inabordable y necesita ser valiente. Retroceder y esperar. Sobre todo esperar. Parece que esa fuese la solución la mayor parte de las veces.

Solo un par de minutos. Ya está. Empuja la puerta y contempla las escaleras desde abajo. Flota en el vestíbulo un olor a guiso frío que le revuelve el estómago.

La posición de sus hermanas alrededor del brasero las define con bastante acierto. Solo Tilde y Celia se incorporan al verla, como si necesitasen que alguien las rescatase del abismo al que han ido a parar.

—¡Buenos ojos te vean! —ladra Tilde levantando la mirada de la media que está zurciendo.

Aunque su voz suena a reproche, no está enfadada. Clotilde, la mayor de las hermanas Asorey, emplea siempre un tono áspero, de perro pequeño, más bien por obligación, como si creyese que su estatus de primogénita conllevase reprimendas. Tea, en cambio, no es capaz de gritar. Un día quiso hacerlo —abrió la boca y separó la garganta a conciencia—, pero el aire sonó ridículo, como el grito de un sordomudo.

Derretida en el diván de madera, con un lado de la cara hundido en un cojín, Dorotea Asorey amaga un levantamiento de cejas.

Eloísa echa un vistazo general al salón y busca la única nota de color y movimiento entre tanto mueble repujado y oscuro. Encerrado en su jaula, un guacamayo azul y amarillo agita sus alas cada diez segundos exactos.

—¿Dónde has estado? —le pregunta Celia.

Su voz sí suena a reproche.

—En la sociedad literaria.

—En la sociedad literaria, en la sociedad literaria —canturrea—. Siempre estás en la sociedad literaria.

—Cualquiera diría que te molesta —contesta Eloísa.

—No me molesta, menuda tontería, es solo que a veces...

—¿A veces qué, Celia?

—A veces no pareces...

—¿Triste? ¿Crees que no lo estoy? ¿Es eso lo que quieres decir?

—Bueno, no digo que no lo estés, eso solo lo sabes tú —afirma la más joven de las hermanas—, es que no soporto esos aires de mujer moderna que te das.

La carcajada de Tilde exime a Eloísa de tener que contestar.

—No seas ridícula, anda —dice la mayor—, ya nada es moderno, ni siquiera Eloísa. Hace tiempo que creo que el progreso se ha desvirtuado, parece que hubiese llegado a su tope y diese vueltas sin parar, condenado a pasar una y otra vez por los mismos sitios. Hoy en día una ya no sabe qué es moderno, ¡qué va a saber! Celia, tesoro, para sentirnos modernos tendríamos que retroceder mucho en el tiempo. —Hace como que se lo piensa—. A la Grecia de antes, ahí deberíamos irnos. Aquello sí que era modernidad —suspira—, pero esto... ¡Bah! —Manotea con desprecio—. Más de lo mismo.

—Callaos ya, por favor —susurra Tea, cuyo cuerpo desparramado permanece en la misma posición que cuando Eloísa entró—. No sé cómo podéis discutir por tonterías después de lo que nos ha pasado.

Tea no susurra con ninguna intención concreta; susurra porque es la única forma de hablar que conoce. Eloísa se deja caer en una silla, al lado del diván de su hermana.

—Tea, tesoro —suspira Tilde—, tenemos que seguir con nuestras vidas, ya lo hemos hablado, es mejor así. No nos queda otra, debemos ser fuertes.

El tono de Tilde se ha vuelto monótono, como de nana o arrullo. Por primera vez Tea despega su cuerpo menudo del respaldo del diván. Sus ojos estáticos son dos bolas de alcanfor, brillantes, inertes.

—¿Cómo puedes decir eso, Tilde? Yo no puedo ser fuerte. No puedo, ya lo sabes.

Su espalda se redondea de nuevo como si quisiese formar un caparazón en el que esconder su cuerpo.

—Tranquila, tranquila. —Tilde le propina una palmadita por palabra—. Hablemos de otras cosas... A ver, Eloísa, cuéntanos, ¿qué se cuece en la calle?

—Eso, eso, Eloísa. Cuéntanos, ¿ya huele a humo?

La pregunta de Tea —inesperada y rotunda— hace que todas se miren.

—¿A humo? ¿A qué humo, tesoro? —grita Tilde.

—Al del fuego que viene de Madrid —contesta Tea.

—¿Fuego? —replica Tilde—. No seas boba, aquí no hay fuego ni lo va a haber. Nadie se atrevería a quemar una iglesia. Esas cosas no pasan aquí. Compostela no podría volverse laica ni aunque quisiese, sería una contradicción muy grande. Muy grande —repite levantando el pecho y manteniendo la espalda erguida—. Compostela es santa y nadie puede alterar eso, el apóstol jamás lo permitiría, ¿me oyes?

—No sé, Tilde. Todo está cambiando tanto, el país entero se está transformando. No me gustan los cambios. Nosotras ya hemos sufrido suficientes cambios. Nada se mantiene estable durante mucho tiempo. No lo soporto.

—A veces los cambios son necesarios —farfulla Eloísa.

—¡No para mí, no para mí!

Tea rubrica cada negación con un golpe seco de cabeza, dibujando equis en el aire, como si le hubiese quedado el gesto de cuando era una cría. Tilde despliega los brazos sobre su hermana y se apresura a contestar que nada va a cambiar tanto, que todo será parecido, pero sin rey. «Confía en mí», repite al menos tres veces mientras le dedica una mirada reprobatoria a Eloísa, que, por esta vez, agacha la cabeza.

—Eso espero, Tilde. Bastante tenemos nosotras con lo que ha pasado aquí dentro...

—Chisss... No hablemos de eso ahora, tesoro. Mejor no hablemos de eso.

—Pero ¡no podemos ignorarlo! ¿Es que no notáis lo mismo que yo?

Eloísa sopesa si preguntar qué es lo que nota Tea o si será mejor dejarlo correr. Con Tea nunca sabe cómo actuar, cualquier movimiento en falso, cualquier palabra fuera de tono, y la casa entera podría volar por los aires, así que se decanta por un «qué» susurrado.

—El tufo a muerto —contesta Tea—. No importa cuánto limpiemos, el tufo a muerto es más fuerte. No se irá nunca, os digo que no se irá. Si al menos padre hubiera tenido otro final... Si la gente supiese...

—¡Tufo a muerto, tufo a muerto! —repite el guacamayo, que, de manera sistemática, se convierte en el eco de Tea.

Eloísa guarda silencio. La caída de ojos de Tilde y un movimiento disimulado con el brazo hacen que ninguna se atreva a hablar. Es un «tranquilas, dejádmela a mí».

—Tesoro, ya lo hemos hablado, es mejor así. Es mejor así —insiste.

—Pues yo creo que todavía estamos a tiempo de contar la verdad. No se puede vivir con esto aquí dentro —dice Tea, y señala un punto en el centro del pecho.

—Tranquilízate, tesoro. Es normal que de vez en cuando nos entren dudas, pero ahora no podemos echarnos atrás. Ha pasado más de un mes, la verdad a estas alturas sonaría a algo peor.

—No sé qué puede haber peor —gime Tea.

Tilde abandona la habitación. La determinación con la que camina hace que siempre sepan hacia dónde se dirige. Cacharrea en la cocina, golpea las puertas de la alacena, abre el grifo, lo cierra, se oye un topetazo contra la encimera de mármol (de un vaso, con toda probabilidad), un objeto metálico tintinea contra el cristal. Al cabo de un rato vuelve con un puño cerrado y un vaso de agua en la otra mano. Lo deposita sobre la mesa camilla con la resolución con que se ejecutan las acciones rutinarias. Abre un papel fino, casi transparente, y vierte unos polvos en el interior del recipiente.

Por primera vez Tea se incorpora con decisión. Sus ojos brillan como si hubiese visto el sol. Ya no duda. Alarga el brazo y se bebe el líquido de un trago.

—Acuéstate, tesoro —le susurra Tilde.

Tea mira a su hermana con devoción y asiente, tranquila, adelantándose a la calma que vendrá.

—Gracias, Tilde. Tú siempre tan…

Tea se traga las últimas palabras, lo hace constantemente, como si de antemano aceptase su derrota. Eloísa se pregunta si serán ellas las culpables de que no se esfuerce en vivir. Es catorce años mayor que ella, solo un año menor que Tilde, pero se comporta como una niña. Sabe muy bien que no se puede sedar el sufrimiento, que los polvos no hacen magia y que cualquier día se volverán en su contra, pero ella también está cansada, y por esta vez se conforma.

## 2

Me puse a llorar cuando alguien mencionó las magdalenas. No fue por las magdalenas, en realidad. Parecía que no venía a cuento (y, por supuesto, nadie entendió mi reacción ni yo di más explicación), pero, en ese momento, las magdalenas eran mucho más que unos bollos encopetados hechos con masa de bizcocho. Cómo explicarles a ellas, que nunca me habían visto llorar, que, con veintiún años tras la muerte de madre, las magdalenas eran el recordatorio de la vida que ya nunca tendría.

CLOTILDE ASOREY

Eloísa sigue a Tilde hasta la cocina, detrás camina Celia. No es habitual distinguir un signo de interrogación cincelado con tanta claridad en el rostro de la mayor. Normalmente lo hace todo con diligencia, sin quejarse ni dudar. Es la rotundidad hecha carne, el Faro de Alejandría antes de que acabase hecho añicos. Aunque ya ha cumplido los cuarenta, Tilde lleva siendo una mujer madura toda su vida, como si hubiese adoptado su forma definitiva —una muy grande— a una edad temprana mientras todo lo demás está sujeto a cambio.

—Empiezo a dudar de que hayamos hecho bien —exclama de pronto—. No hemos tenido en cuenta a Tea. No lo suficiente. No sé cómo vamos a sobrellevarlo, no podemos darle Veronal cada vez que la cosa se pone fea.

—Os dije que no era una buena idea —refunfuña Eloísa. Hace un rato que ha empezado a estrujar la falda, ahora cierra los puños con fuerza.

—Creí que lo hacíamos por nosotras —se defiende Tilde.

—Y, para salvarnos a nosotras, no dudamos en sacrificar la reputación de padre.

—Yo solo… Pensé que sería lo mejor… Era algo temporal, hasta que todo se calmase…

—¡La muerte no puede ser temporal! —grita Eloísa.

—Pero todo estaba revuelto —se lamenta Tilde—. Quién podía saber que no sería para tanto…

—No hemos pensado en padre, Tilde, eso es lo que pasa.

—A padre siempre lo llevaremos aquí —dice Tilde llevándose la mano al pecho—, pero primero están los vivos, siempre lo he creído.

—Recuerda que estoy a punto de casarme —protesta Celia—. Para mí habría sido…

—¡Precisamente! En nada debería afectarte a ti la muerte de padre —contesta Eloísa.

—Pero cuatro mujeres solas… —insiste Celia.

—¡Cuatro mujeres sanas! —brama Eloísa—. Tres, tal vez. Ya va siendo hora de que cojamos las riendas de nuestras vidas y dejemos de tener en cuenta lo que opinan los demás. Me repugna que penséis así.

—La gente no está preparada, Eloísa —protesta Tilde—. No son como tú. Está bien que tengas ideas, tesoro, pero que las vayas esparciendo por ahí…

—¿No os dais cuenta? Calladas nunca cambiaremos nada.

Un sonido con la percusión final de un gong las pone en alerta. Desde hace un mes, el timbre supone una amenaza. Tilde coge la cántara que descansa sobre el fregadero de piedra. Ninguna de las dos hermanas protesta. La mayor lleva un mes abriendo la puerta. Carraspea un par de veces para aclararse la voz mientras con la mano que le queda libre se toca el moño, como si quisiese asegurarse de que sigue en su sitio, justo en mitad de la nuca. En algunos aspectos, el moño de Tilde es como ella, inflexible, equidistante.

—Tranquilas —dice bajando la voz—, a estas horas solo puede ser Dolores. Dejadme a mí.

Sus hermanas obedecen y se esconden detrás de la puerta.

—¡Ya va, ya va! —grita Tilde con la mano en el pomo.

—Buenas, señorita Clotilde —saluda una mujer de edad incierta y mejillas granates.

—Traes cara de frío, Dolores.

—De frío y espanto, sí...

Si hay algo que desprecia Tilde es el misterio. En su opinión, abusar de las pausas para alargar la incertidumbre es de personas mezquinas.

—¿Espanto por qué, mujer? —pregunta.

—Por todo, señorita Clotilde, por todo. Últimamente solo hay desgracias. Ahora, la muerte de uno de los niños de mis vecinos. ¿Le parece poco?

—No, no, pobre criatura...

—Una desgracia, señorita Clotilde. Murió de tuberculosis —dice sin que nadie le pregunte—, y no será el único, que ya se sabe que los muertos no vienen solos.

—Los muertos no vienen, mujer, los muertos... aparecen. No seas agorera, anda.

Dolores es la versión humana de un cuervo; oscura y severa. Tilde siempre ha pensado que su nombre le va que ni pintado. Es un recordatorio más que un nombre, una advertencia de que lo peor siempre puede estar por llegar.

—¡Arrea! —protesta la mujer—. Qué voy a ser agorera yo, nada de agorera, con todos mis respetos. He visto muchas cosas, eso es lo que pasa, y sé que las desgracias no vienen solas.

—¿Ves? Ahí te doy la razón: solas o no, las desgracias sí que vienen. Suéltalo ya, anda, ¿de qué calamidades hablas?

La mujer tuerce la boca como si no contemplase la posibilidad de callarse, pero no quisiera soltarlo al instante.

—¿No han oído nada? —pregunta al cabo de un rato—. Pero ¿en qué mundo viven ustedes?

—¿Oír qué, por Dios?

—¡Qué va a ser! Lo de la lavandera muerta en Galeras hace semanas, al lado de su piedra, ahorcada con su propia sábana.

—Suicidios siempre ha habido, Dolores. Y más que habrá. Se avecina una época de suicidios. Siempre ocurre cuando hay cambios —dice Tilde muy segura.

La mujer se pasa la manga de la chaqueta por la nariz antes de llenar la cántara. De pronto su mirada adquiere un brillo perverso, sostenido, de los que perforan los ojos ajenos.

—Tiene razón, señorita Clotilde, solo que esto no ha sido un suicidio, según tengo entendido. Parece que la cogieron por detrás. Dicen que se le quedó la boca abierta como a un pez que todavía boquea fuera del agua.

Un sonido agudo, de gato en celo, escapa por detrás de la puerta. Tilde carraspea todo lo alto que puede mientras Eloísa le tapa la boca a Celia, quien, para no gritar, estruja su cara contra la pared y araña su falda.

—No te entretengo, Dolores, que todavía te quedarán más casas —dice Tilde arrancándole la cántara de las manos.

—Sí, sí, será mejor que me vaya. No quiero importunarla más con estas historias, ahora que están solas, que bastante tienen ustedes con lo suyo.

«Lo suyo». Tilde apoya la cántara en su cadera y con el brazo que le queda libre traza una barrera en la puerta.

—¿Lo nuestro? ¿Se puede saber qué es «lo nuestro», Dolores?

Su tono hostil no ha pasado inadvertido a la mujer, que, por primera vez, titubea.

—Buueeno —estira tanto la «u» y la «e» que bien podría haber dicho tres palabras en el mismo intervalo de tiempo—, se rumorea que el doctor Asorey, su señor padre, ha tenido que marcharse de España.

Eloísa clava sus ojos en los de su hermana pequeña, que parece entender la amenaza, y, por esta vez, calla.

—¿Eso dicen? —pregunta Tilde.

—Sí, señorita, no es que dé yo mucho crédito a las habladurías, que si una hace caso a todo lo que oye…

—¿Fuera del país? ¿Y se puede saber por qué dicen que se ha ido?

—No sé, yo…

—No, no, Dolores, quiero saberlo. Adelante, cuéntame, ¿por qué se ha ido del país nuestro padre?

Dolores finge sentirse incómoda, pero sus ojos —brillantes como los del pescado fresco— y el aleteo nervioso de su nariz la delatan al instante.

—Bueno, ya sabe, como el rey ha tenido que salir por patas...

—A ver, mujer, ¿qué tiene que ver nuestro padre con el rey?

Dolores da un paso atrás, como si buscase protegerse.

—Yo solo repito lo que se comenta: no sé qué de una fuga de capitales o algo así, pero qué voy a saber yo si ni siquiera sé firmar —gorjea.

Celia se ha ido deslizando por la pared hasta tocar el suelo. Eloísa se sienta a su lado. Tilde carraspea varias veces seguidas y entorna la puerta hasta dejar una abertura de no más de treinta grados.

—No tengo tiempo para chismes, Dolores —contesta mientras maldice en silencio la lengua afilada de Felisa, a la que se vieron obligadas a echar de manera repentina por miedo a que Tea terminase confesando—. Nuestro padre ha tenido que ausentarse del hogar, pero ni está en el extranjero ni ha participado en ninguna fuga de capitales, que Dios los perdone a todos por sus embustes. Nuestro padre estará fuera una temporada, pero... volverá.

—Lo que usted diga, señorita Clotilde. Esperemos que sea lo antes posible entonces, que entre la República, la tuberculosis y la muchacha muerta están ustedes mejor en compañía de un hombre.

# 3

Debería haber muerto yo. Mi muerte habría supuesto un alivio para todos (para mí, la primera). La de padre, en cambio...
Vuelve un ejército de caballos a galopar sobre mi pecho.

DOROTEA ASOREY

Tea siente que si no protesta es porque no puede, así de sencillo. Es oír hablar de protección y se le remueven las entrañas. La protección no existió para ella. No es fácil ser consciente de la situación y no poder hacer nada para cambiarla. Le gustaría explicárselo a sus hermanas, pero para eso hay que tener una fuerza que ella desde luego no posee.

La paciencia de todas es infinita, sobre todo la de Tilde. Por una cuestión de edad, ambas llevan juntas más tiempo que ninguna. Las pequeñas no lo comprenden; no tienen por qué hacerlo, no han vivido lo que ellas ni nadie les ha hablado de aquello. Nadie habla de los asuntos turbios en las familias de bien, es casi una norma. El problema es que los asuntos turbios no se reabsorben como algunos hematomas internos de los que hablaba su padre, los asuntos turbios que no se tratan terminan por explotar, causando una muerte lenta y silenciosa.

Sus hermanas creen que no puede oír sus susurros solo porque no replica (eso explicaría por qué no dejan de murmurar a sus espaldas). No puede replicar, pero sí oír casi cualquier sonido. Sería injusto enfadarse. Ellas la quieren. Sabe que la quieren. A su manera, que es muy distinta a como a ella le gustaría que la quisiesen. Su insistencia en mantenerla con vida es una injerencia y al mismo tiempo una muestra de amor infinito. No quieren hacerle daño, pero de todos modos se lo hacen. Le gustaría dejar de ser un estorbo, esa sombra muda y espectral que deambula por la casa y que todo lo oye. Una vida como la suya es una bofetada al aire, un derroche de energía estéril. Saberlo la hace terriblemente infeliz. A veces se fuerza a sonreír solo para darles el gusto a sus hermanas.

No hace mucho, incluso se rio de verdad, para su propia sorpresa. Resulta curioso asombrarse a una misma a estas alturas. Fue poco después de la muerte de su padre. En un intento por volatilizar la atmósfera pesada de los primeros días, Eloísa abrió un debate sobre el origen truculento de las abreviaturas de los nombres de las mayores. Lo cierto es que ella agradece que no la llamen Dorotea. Cuatro sílabas son muchas para alguien que pretende pasar de puntillas por la vida. Eloísa se encaramó a una de las estanterías de la biblioteca del salón. «La respuesta casi siempre está en los libros», dijo mientras alcanzaba un diccionario. «Veamos…». Carraspeó dos veces para aclararse la voz. Nadie acapara la atención de los demás como Eloísa. «"Tea —leyó—: astilla de madera resinosa que arde con mucha facilidad y con llama viva. Antorcha". No sé yo si esto me convence…», siguió recorriendo con el dedo índice la página de arriba abajo. Y de pronto: «¡Esperad! Aquí hay algo que creo que define más a nuestra Tea». Hizo una pausa teatral para crear expectación como solo ella sabe hacer. «¿Qué dice, qué dice?», preguntaron las demás. «¡Borrachera!», exclamó. Todas se rieron, incluso ella, aunque menos. «Ahora búscame a mí, anda, Eloísa», rogó Tilde. «Está bien, veamos… Tilbe, tílburi, tildar… "Tilde: pequeño trozo o raya dibujado o escrito. Tacha. Cosa insignificante"».

Ni aun queriendo, Tilde podría ser insignificante. Nadie con esas manos y esos pies podría serlo. Ella, en cambio, menuda y asustada como un ratón de campo… Se impuso la teoría de que los nombres estaban intercambiados. Tea no esperaba que un sonido grave, como de trueno enlatado, pudiese explotar en su garganta de aquella manera tan espontánea. No lo esperaba en absoluto. Sus hermanas se giraron horrorizadas. Pudo ver sus bocas y sus ojos abiertos. «¿Habéis oído? —susurró Celia—. Puede que por momentos incluso sea feliz». Pero Tilde enseguida puntualizó, también por lo bajo, que lo único que significaba su risa es que estaba viva.

# 4

Compostela conserva intacta su voluntad de servir y atraer a los forasteros, pero, con los de casa, la cosa cambia.
Con ellos es tremendamente exigente. Que me lo digan a mí.

ELOÍSA ASOREY

Bisbisean las hordas vestidas, en su mayoría, de negro: seminaristas, viudas, plañideras, huérfanos, mendigos, prostitutas, monjas, incluso niños. Bisbisean como una acción natural ante lo que les es extraño o les intriga. Del mercado a casa, de casa al rosario, del rosario al lupanar. Lo importante es el murmullo; lo de menos, las palabras.

Bisbisean al cruzarse con ella, como un enjambre de avispas enloquecidas.

Eloísa baja la cuesta de San Miguel procurando no mirar a nadie. No le resulta difícil, con lo que tiene encima le basta. La maraña de nubes crea una atmósfera estática, pesada, sucia. Mira al cielo en busca de una respuesta. Tres días sin lluvia son muchos a finales de abril. Se pregunta cómo sería vivir en un lugar sin nubes, con el sol descubriéndolo todo y haciendo que el mundo brille tal y como es. A la fuerza sería diferente.

Al llegar a la escalinata de San Martín Pinario, gira a la derecha. Las primeras gotas caen espaciadas pero rotundas; una en la cabeza, otra en la mano. Si no se da prisa, las octavillas que guarda dentro de su chaqueta de lana se echarán a perder. Tras una breve carrera, alcanza la puerta de forja —de un rojo sangre— al comienzo de la calle de los Laureles. El olor agrio a tinta y a aceite de trementina la reconforta por dentro como un trago de absenta. «¿Hola?». El saludo se convierte en pregunta en el último momento. El silencio se prolonga durante unos segundos en los que el corazón se le desboca. «Virginia Woolf», susurra para sí.

Una voz clara llega desde la estancia contigua.

—Tranquila, no hay moros en la costa.

Alicia es la hija del dueño de La Arcadia, una imprenta con ínfulas de editorial. «Todo se andará», dice su padre. Ahora que parece que habrá libertad, quizá tenga más sentido publicar libros.

No es que el padre de Alicia no sepa qué se traen entre manos, él mismo las alienta a luchar por lo que merecen. «La democracia no será plena si no se consigue el sufragio femenino», dice a todas horas. Pero, a fin de cuentas, La Arcadia es un negocio, y les pide discreción hasta que la gente se acostumbre a la nueva situación.

«La nueva situación». Por alguna razón, las tres palabras se le atragantan. Le suenan siempre a la muerte o al nacimiento de alguien. Aunque quizá el padre de Alicia tenga razón, puede que sea mejor ser cautos hasta que haya cuajado la idea del cambio. Para no llamar la atención, hace un año fundaron una sociedad literaria. Entre asamblea y asamblea leen y comentan piezas literarias, en su mayor parte escritas por mujeres, pero también por algún hombre.

La obra con la que inauguraron la sociedad resultó ser todo un descubrimiento. Como Alicia es la única que habla inglés (su madre es del mismo Londres), tuvo que traducirles *A Room of One's Own* (algo así como «Una habitación propia»), de Virginia Woolf, una escritora inglesa que escribe como si viviese en el futuro. Tal fue la fascinación de todas por la autora que decidieron usar su nombre como santo y seña.

—He venido a traer las octavillas que me sobraron —dice depositando el montón sobre uno de los chibaletes de madera—. Lo siento, no he podido repartir muchas.

—Tranquila, creo que a todas nos ocurre lo mismo. Lleva un tiempo acostumbrarse a no tener que esconderse. Por cierto —el tono de Alicia se vuelve grave—, espero que tu padre esté bien. He oído rumores, ya conoces a la gente de esta ciudad... Solo quería que supieras que si tienes algún problema, puedes contar con nosotros.

Eloísa se toma unos segundos para disimular su enfado. El aire impregnado de tinta le rasca por dentro.

—Ningún problema —contesta.

—Bien, bien —se defiende Alicia—. Tanto mejor.

—Perdona, es que a veces esta ciudad me pesa...

—A mí no me incluyas. Yo soy medio extranjera, y tampoco pretendo encajar. Además desprecio el chismorreo, me parece una pérdida absurda de tiempo. El chismorreo es para los que no tienen ningún objetivo en la vida. A mí solo me interesa lo que tiene que ver con las personas que me importan, pero supongo que eso no es chismorrear, es preocuparse.

Eloísa se encoge de hombros. De un tiempo a esta parte, la falta de verdad la deja sin saber cómo comportarse.

—¿Nos ponemos a trabajar? —farfulla—. Dentro de poco no podré dedicarme tanto a esto.

Alicia enarca las cejas y guarda silencio. Eloísa la mira con disimulo y se imagina que piensa: «Di lo que quieras, sé que tu padre está muerto».

# 5

Agradezco enormemente no tener que vestir de negro; siento que me robaría frescura y juventud, pero, a cambio, hemos sido privadas de un duelo en condiciones, lo que está resultando muy duro. La muerte conlleva una serie de convencionalismos y visitas. Siempre he creído que no hay nada malo en llorar y dejarse consolar. Bien sabe Dios que últimamente hay pocas ocasiones para recibir.

La cosa está peor que nunca en ese sentido.

CELIA ASOREY

El luto es un recordatorio permanente de la muerte. Por mucho que diga Tilde, lo que no se ve es más fácil de olvidar. A veces le vienen recuerdos, pequeños chispazos en los que se le aparece su padre, dice algo y se va.

Celia cree que a las personas altas y fuertes se las respeta de antemano, y que alguien con la envergadura de su padre (a Tilde le ocurre lo mismo) tiene parte de los argumentos ganados. Su buen juicio, en su caso, hacía el resto. Cuando él hablaba, ellas guardaban silencio y escuchaban como si fuese el oráculo de la verdad. Tal vez no todo fuese cierto (sospecha que a veces hablaba solo para entretenerlas), pero era lo más interesante que se podía oír por estos lares. En cambio, dosificaba la información sobre sí mismo como nadie. Poco antes de morir se le escapó que un conocido lo había tachado de ambiguo; le dijo que ser ambiguo era como ser cobarde, que los ambiguos no cambian el rumbo del mundo y que lo que necesitaba el país era menos ambiguos y más gente con agallas. «Me acusan de pasividad», cree que fueron sus palabras exactas, susurradas. Estaba realmente abatido. Ella entonces no le dijo nada, pero cree que era verdad.

Aunque, ahora que cae, puede que lo hiciese por ellas.

Celia compara lo que les ha ocurrido a sus hermanas y a ella con una guerra. Todo lo que han sido y tenido en la vida se ha volatilizado de la manera más cruel.

Afortunadamente, su situación no es la de sus hermanas (por suerte, dentro de poco se casará con Víctor). Ella tiene futuro, uno muy próspero, se atreve a pensar. Quizá a Eloísa también le espere un futuro, pero uno mucho más incierto, las cosas como son. Tea y Tilde, en cambio, están condenadas a aferrarse al pasado, pobriñas, no les queda otra.

Plantada frente al espejo de la entrada, Celia pone tanto esmero en acicalarse que parece que fuese a salir. Mantener un buen aspecto es importante, incluso ahora. Merece la pena el empeño en que no se escape ningún pelo del prendedor. La gente dice «un pelo» como si fuese una unidad de medida insignificante. No está de acuerdo. En absoluto. Un solo pelo fuera de control denota dejación. Solo hace falta ver a Eloísa, con esos mechones precipitándose como un jardín colgante por su cara —demasiado angulosa para una mujer—, para darse cuenta de que ha abandonado toda esperanza de casarse. Quizá su hermana todavía esté a tiempo, aunque para eso tendría que aprender a peinarse, ganar algo de peso y empezar a guardarse sus opiniones. Sobre todo eso. Ella, en cambio, rebosa pulcritud y salud. Ningún pelo se precipita sobre su cara. Tampoco hay aristas en su cuerpo, todo luce romo sobre sus huesos. Como debe ser. Celia sonríe, complacida, y en silencio bendice su buena suerte en el reparto de atributos. Pero sea como sea, sus hermanas siempre podrán contar con ella. Ya lo ha hablado con Víctor y él se ha mostrado de lo más comprensivo. Siempre lo hace, incluso en el momento más delicado de sus vidas estuvo a su lado.

Qué suerte la suya.

Celia dedica un último vistazo al espejo en el momento en que Tilde grita que la comida está servida. Ella contesta que ya va, dos veces, alargando mucho la «a», con un aire de condescendencia que le encanta, mientras piensa que quizá un día de estos se anime por fin a salir a la calle.

Veintiún años es la edad perfecta. ¡Qué sensación tan grata saber que está en el punto en el que todo lo bueno está aún por pasar!

# 6

Resulta curioso comprobar cómo por desesperación a menudo se cometen locuras irreversibles que paradójicamente nos llevan a dejar de estar a salvo. Muy curioso.

Ahora ya está hecho. No soy tan mezquina como para echárselo continuamente en cara a mis hermanas, aunque a veces me entran unas ganas irrefrenables de abofetearlas.

Pobre padre, parecía tan sano... Solo que estaba muerto.

Tilde lo llama «el incidente», pero yo creo que solo es la vida.

ELOÍSA ASOREY

Se ha impuesto un ritmo inmortal, fangoso, como si el tiempo no fuese a avanzar nunca. Deberían abrir las ventanas para que la casa deje de oler a moho y a galleta reblandecida. La humedad penetra en los cuerpos. Nada cruje durante mucho tiempo, todo se ablanda en menos que canta un gallo, también los huesos.

Las hermanas recogen la mesa. Todas menos Tea, que ha ido a tumbarse en el diván. Con el correr de los años han aprendido a no contar con ella. Y si no fuese porque estaba presente aquel día lechoso del mes de marzo, de atmósfera estática y agua nieve, tampoco la habrían incluido en aquello. Pero a ninguna se le escapa que su estado ha empeorado desde entonces.

Eloísa abre la ventana y contempla el patio desde arriba. La belleza del magnolio, grandioso y desproporcionado para la superficie que ocupa, con su entramado de raíces tuberosas al aire, compensa en parte el recuerdo de aquel día. Debería haberse impuesto ante semejante majadería, insistir en el error irreparable que suponía una decisión como esa, pero no fue capaz de mostrarse firme y, para cuando recobró la cordura, subía las escaleras con una pala en las manos y la cara y el pelo embadurnados de barro.

Tilde no calla con que deben hacer lotes con algunas de las pertenencias de su padre. «No podemos esperar a vernos en dificultades», suelta cada poco tiempo, como un reloj de cuco. A veces hacen cosas para contentar a Tilde, como si sintiesen que se lo deben. Hace un rato Tea quiso ofrecerse a ayudar, pero su falta de ánimo y de costumbre hizo que ninguna la tomase en serio. «Ya nos ocupamos nosotras, tesoro», contestó Tilde. Y añadió, rebosante de razón: «Tú padeces de los nervios, y todos saben que los nervios paralizan».

Eloísa cree que si Tilde no ofende con sus palabras es por la naturalidad con la que brotan de sus labios. Tiene una habilidad asombrosa para convertir todo lo que dice en verdad, tanto que no les sale confrontarla. A Celia le ocurre lo contrario. En su boca, las palabras suenan urticantes, vacías, y a todas les entran unas ganas incontenibles de rebatirlas una por una.

—No podréis contar conmigo por mucho tiempo —dice ahora moviendo el dedo anular de su mano derecha con aires de mujer de mundo.

—Pero, hasta entonces, apandarás como nosotras —replica Eloísa.

—Deberíamos hacer una lista de las cosas que podemos vender; supongo que el autoclave y demás instrumental tendremos que dejarlos estar, al menos de momento —indica Tilde dedicando una mirada decidida al techo, que hasta hace poco también era el suelo de la clínica. Habla bajando la voz, despacio, como si pensase en alto.

—Están las alhajas de madre —exclama Eloísa de pronto.

—No quiero que las toquéis —gime Celia—, tenemos una biblioteca llena de libros...

—¡Los libros no se tocan! —brama Eloísa—. Somos lo que somos gracias a ellos.

—¿Y qué somos, si puede saberse? —pregunta Celia.

Eloísa se toma unos segundos para disponer las palabras en el orden en el que quiere que salgan de su boca; es importante que lo intente, no siempre es capaz de hacerlo, no tiene ese carácter sosegado.

—Mejor de lo que seríamos sin ellos; odio tener que explicarlo todo, me entra una sensación de aburrimiento... Padre se revolvería en su tumba.

Cuando se da cuenta, ya lo ha escupido. Tilde traza una señal de la cruz lánguida y desdibujada, casi redonda, mirando al techo, que esta vez no es la clínica, sino el cielo.

—¿Qué tumba, cretina? —replica Celia.

Tea lleva un rato atenta a la conversación, aunque su cuerpo parece haber abandonado el mundo hace tiempo.

—Tienes razón, si al menos tuviese una... —susurra.

—Bueno, bueno —protesta Tilde—, no empecemos con la monserga, que así no hay quién avance.

—¿Tú nunca dudas, Tilde? —pregunta Eloísa de pronto.

La garganta de Tilde descorcha una carcajada impostada.

—Claro que sí, yo no soy esclava de mis acciones ni de mis palabras, soy flexible como un junco porque nací práctica, y eso te evita muchos problemas en la vida. Tú, en cambio, pobre niña, te crees en la obligación de luchar continuamente.

Los ojos de Eloísa buscan la única porción de tierra sin hierba del jardín.

—Yo podría empezar a dar clase, ahora que parece que van a construir escuelas y contratar maestros —dice pasado un rato.

—No quiero que sientas que tienes que ser el hombre de la casa, Eloísa —señala Tilde.

—Nunca seré un hombre. ¡No quiero ser un hombre! Me gusta ser mujer.

—Y una mujer bien guapa, sí, señora —se apresura a contestar su hermana—, aunque te empeñes en comportarte como si fueses fea.

—Una belleza sin alardes, como decía padre; solo él sabía a qué se refería —gorjea Celia.

—Vamos, vamos, muchachas. Sé que no estamos en nuestro mejor momento, pero no hagamos de la convivencia un infierno.

—Total, para lo que me queda a mí en el convento... —contesta Celia.

—No mencionéis los conventos. Ni el infierno —suplica Tea—. Terminará llegando el fuego aquí también, ya veréis como termina llegando el fuego.

—¡Fuego, fuego! —repite el guacamayo.

—¡Por Dios! —grita Tilde desde la otra esquina del salón—. ¡Que alguien cubra la jaula con un trapo!

Con Tea y el guacamayo fuera de combate, la alfombra se llena de lotes de artilugios de diferente índole.

—La pitillera y los objetos menudos podemos empeñarlos en el Monte de Piedad —dice Tilde mirando a sus hermanas—. Los cuadros podrían subastarse; estoy segura de que sacaremos unas pesetas, a padre le gustaba lo bueno. Las joyas serán lo último, pero antes que los libros. ¿Estamos de acuerdo?

Sus hermanas asienten con distinto grado de entusiasmo.

—Supongo que seréis conscientes de que no podremos mantener una mentira así durante mucho tiempo, ¿verdad?

—Soy muy consciente, Eloísa. Muy consciente —repite Tilde en un derroche de máxima dignidad—. Solo hemos de aguantar el tirón hasta que la situación se normalice y ya nada parezca raro. Me refiero a que sea normal que cuatro mujeres solteras...

—Tres —puntualiza Celia.

—A que cualquier mujer pueda ganarse la vida por sí misma y eso no llame la atención.

—¿Y qué si llama la atención? —salta Eloísa—. Alguna vez tendremos que empezar a llamar la atención. No pienso hacerme vieja esperando a que la gente cambie. No podemos pretender que la mujer estudie para que después no salga de casa, ¿de verdad queremos eso?

Eloísa ha empezado a dar vueltas en círculos. Sortea los cuadros, formando un infinito sobre la alfombra. Se le han escapado varios mechones de pelo del prendedor, y la blusa se ha desparramado de forma dramática por fuera de la falda.

—Yo ya no digo nada —responde Tilde poniendo los ojos en blanco—. He visto cómo cosas que pensé que nunca ocurrirían ocurrieron.

—Y más que van a ocurrir. Tiene que ser, Tilde, tiene que ser. —Eloísa se cuida de mirar a su hermana fijamente mientras empuja las palabras con violencia contra el paladar.


Después de una discusión, las hermanas siempre eligen recomponerse. Es lo que mejor saben hacer. Varias veces al día. Tanto como haga falta. Antes de la muerte de su padre también, pero ahora más que nunca están condenadas a ser ese bloque compacto frente al resto del mundo. Incluso Eloísa.

Hasta el momento han evitado mencionar el día en que su padre murió. Hablan de los lotes de objetos y de cuánto les darán por ellos. De las conjeturas que estarán haciendo sus conocidos. Del cambio de estatus (a Celia le encanta decir «cambio de estatus») y demás consecuencias de la muerte de su padre. De qué habrá sido de la pobre Felisa, a la que echaron de repente, como si fuese una ladrona, aquella mañana gélida y lechosa en que llegó frotándose las manos y canturreando, como siempre, dispuesta a hacer las tareas de la casa. De la fatal coincidencia (el término, tan trágico, es de Tilde y lo utiliza continuamente como una sola palabra). «La fatal coincidencia». La muerte de su padre y la proclamación de la República. Hablan de todo lo que rodea al fallecimiento de su padre, menos de la muerte misma.

Eloísa conoce a su hermana mayor, sabe que no se agita si no es porque algo le arde en la boca.

—¿Estás bien, Tilde? —le pregunta.

Tilde hace que se lo piensa, pero a ella no la engaña. Primero se coloca la falda, aunque no haya nada que colocar, después prolonga el silencio, aunque no sea su estilo prolongar los silencios. Tilde cree que es infinitamente más sutil de lo que realmente es. A Eloísa le enternece sobremanera ese rasgo suyo tan infantil.

—No sé, Eloísa…

—¡Escúpelo de una vez, por Dios, Tilde! No es propio de ti andar con tantos miramientos —interviene Celia, que hasta ahora se ha limitado a observar.

—No me resulta fácil. No sé si debería…

—Inténtalo —contesta Eloísa escondiendo su impaciencia.

Tilde carraspea un par de veces. Da por colocada la falda, levanta la cabeza, se asegura de que el moño esté en su sitio y finalmente busca los ojos de Eloísa.

—Querida niña, llevo tiempo deseando preguntarte cómo fue enterrar a padre.

Eloísa se levanta de un salto. No es que no se esperase la pregunta, lleva esperándola desde hace un mes. Tilde se echa hacia atrás de manera instintiva, como si temiese un ataque. Celia, en cambio, agacha la cabeza y empieza a jugar con los dedos a un juego absurdo.

Eloísa recorre el salón de un lado a otro, con los ojos perdidos. Piensa que la mayor parte de las tensiones se acabarían si no pasasen tanto tiempo juntas. Que una mala decisión se paga siempre. Que compartir un secreto como el que ellas comparten no ayuda a mantener el respeto y la armonía. Que nada, pero nada en absoluto, volverá a ser como antes.

—¿Sabéis qué? —dice al fin—. Somos como peces que chocan en una pecera diminuta. Deberíais empezar a salir. Nos vendría bien a todas.

Celia deja de jugar con los dedos. Levanta la cabeza.

—Eso mismo pienso yo… Quizá lo haga mañana.

Tilde permanece muda. Más que muda, atragantada. De pronto un llanto estentóreo le sale a borbotones, como vomitado. Eloísa corre hacia ella, pero su hermana la frena con el brazo antes de que llegue. Le parece que dice «estoy bien», pero suena a «no lo estoy en absoluto». Últimamente viven a bandazos, como si la vida virase cada poco y no supiesen nunca dónde están.

Lo que queda del día transcurre tranquilo y en silencio.

Sobre todo en silencio.

# 7

Provengo de una estirpe de mentirosos, de gente sin escrúpulos, y eso en cualquier momento tenía que aflorar.

Me han enseñado a hacer de la mentira una forma de vida, aunque yo prefiero llamarlo supervivencia.

Soy el manipulador perfecto porque no se espera de mí que lo sea.

VÍCTOR DEL RÍO

El Búho Negro huele como si allí pisasen la uva y la dejasen fermentar sobre el suelo. Es una cueva de una fealdad incomprensible, húmeda, oscura, insalubre (por suerte, nunca cierran la puerta), en la que la acidez del vino se percibe dos calles antes. Pero sobre todo es un lugar donde los habituales del Casino pueden ser ellos mismos durante un par de horas antes de volver a sus respetables vidas.

Víctor se pasa el dedo índice por su finísimo bigote y con la otra mano agarra el abrigo para que no toque el mostrador. No sabe muy bien por qué ha ido a parar a semejante tugurio infecto, como no sea para escapar de las caras conocidas. Lo cierto es que siempre ha sentido la necesidad de escaparse, parece que escaparse fuese su destino.

—¿Qué le pasa a la niña, Marcelino? —pregunta un hombre de tripa prominente, de las que nacen en el esternón y acaban en el bajo vientre, y dedos inflamados como salchichas de Frankfurt.

Marcelino Búho Negro, como lo llaman todos cuando no están en la tasca, espera a que su hija se pierda tras el mostrador.

—La pobre no levanta cabeza desde lo de Casilda, eso que ya ha pasado un tiempo —dice bajando los párpados.

El hombre de barriga prominente chasca la lengua contra las muelas y emite un sonido como de chispa.

—¿Eran amigas? —pregunta con un brillo malicioso en los ojos.

Marcelino asiente con resignación.

—A veces lavaban juntas en el río. La pobre muchacha acababa de salir de la casa de beneficencia para chicas, después de que su madre la hubiese dejado allí para poder morir a solas, o eso dicen, cuando la cría tenía diez años. La sacó su tía, que es el único pariente que tenía la infeliz, no hace ni un año, con dieciséis. Desde entonces se iba sacando unas perras a base de estropearse las manos en el río. Más le valía no haber salido de aquel lugar.

El hombre carraspea un par de veces y se traga una risa aguda con la boca cerrada.

—No es eso lo que se comenta... —escupe más tarde.

—No hagas caso de lo que dicen las malas lenguas, que, en esta ciudad, cuando no se está en misa, se está criticando. Qué gente, por Dios, o por la República, que uno ya no sabe ni a quién encomendarse.

Víctor moja los labios en el vino y frunce la boca y las cejas, da la impresión de que beber fuese un trance —como tantos— que hay que pasar. Su cuerpo menudo se contrae del asco. Si no fuese porque es poco probable encontrarse a ningún conocido allí dentro, jamás entraría en un antro como El Búho Negro. El solo roce con el mostrador, pegajoso como si supurase resina, le revuelve el estómago.

—¿Y se sabe quién le ha hecho semejante barbaridad a la chica? —pregunta una vez recuperada la serenidad.

—Un malnacido de los que abundan en los bajos fondos, seguro, don Víctor, aunque, que yo sepa, aún no han apresado a nadie. Pero, si quiere más información, pregúntele a su amigo, el juntaletras —dice bajando la voz mientras señala con la cabeza al joven que acaba de entrar.

Víctor del Río se gira a tiempo de ver entrar a Pablo Doval, que apoya en el mostrador *El Eco de Santiago* para poder estrecharle la mano.

—Pero ¡miren quién ha venido! —exclama.

Lo bueno de Pablo es que no es un conocido propiamente dicho, al menos no de los que llevan la estirpe tatuada en la frente, y eso hace que los encuentros sean más distendidos. Coincidieron por primera vez hace algo más de un año en el Casino. Pablo acababa de llegar a Compostela y trataba de encajar. Encajar es importante para sobrevivir, Víctor lo sabe mejor que nadie. También le pareció que se escapaba de algo; se le da bien distinguir esas cosas. Terminaron en El Búho Negro y pasaron la noche charlando. La conversación más fluida que ha tenido en su vida. Desde entonces se encuentran aquí y allá. No se preguntan por sus familias, no los une nadie, y esa insólita ausencia de vínculos es lo que convierte su amistad en algo parecido a un privilegio.

—Eso debería decir yo de ti. Este es mi hábitat más que el tuyo, ¿a que sí, Marcelino? El vino no es nada del otro mundo —bromea—, aunque yo lo encuentro de lo más inspirador.

—Bueno, bueno —se defiende Marcelino—, esta será casa modesta, no voy a discutirlo, pero tarde o temprano por aquí termina pasando lo más granado de la ciudad.

El tabernero deja de secar vasos cuando aparece en la barra el alma errante de su hija. Víctor del Río le roba el diario a su amigo, lo desdobla y lo plancha con la palma de la mano.

—¿Acaso te han echado del despacho? ¿O quieres saber la última hora de la República? —le pregunta Pablo enarcando una ceja.

Los ojos de Víctor no han dejado de moverse con avidez por la plancha de papel. Se detienen en el apartado de sucesos y se desparraman hasta convertir las letras en un borrón. Tras un silencio prolongado, levanta la cabeza y sonríe sin ganas.

—La misma inmundicia de siempre —dice dándole una palmada sonora a su amigo en la espalda.

—Ojalá pudiese darte la razón —contesta Pablo Doval—, aunque me temo que cada día es una inmundicia diferente, y eso lo hace todavía más trágico. Pero háblame de ti. ¿Es cierto que te casas?

Víctor del Río esconde los ojos dentro de la taza, y esta vez bebe de verdad. La mueca de asco y ardor al notar el paso del vino por el esófago lo deja sin palabras.

# 8

En esta ciudad somos capaces de distinguir infinitos tipos de respiración según el sonido que emitan los pulmones (gaita, fuelle, ventisca, flauta, gato en celo…). Lo mismo ocurre con los tonos de gris (plomo, perla, lechoso, gaviota, pardusco, ceniza, plata nueva, plata vieja, pizarra clara, pizarra oscura…).

Ambas destrezas se las debemos al cielo.

JOAQUÍN ASOREY

**Marzo de 1931**

El cielo de aquella mañana era de un gris refulgente, casi blanco. La nieve no es algo insólito, pero tampoco tan frecuente como para que nadie siguiese con su vida sin inmutarse. Eloísa no dudaba de que todos estarían contemplando los copos caer, conscientes de que sería un espectáculo efímero que tardaría en verse de nuevo. Lo pensaba apostada en la ventana de la habitación que comparte con Celia.

Nevaba sobre mojado, por eso a la nieve le costaba dejar su huella en el jardín, sobre el magnolio y el banco. Estaba segura de que pronto vendría la lluvia a borrarlo todo, por eso no se atrevió a despegarse de la ventana mientras su hermana dormía.

La casa estaría muerta sin los cloc, cloc contra el fregadero. Tilde era (sigue siendo) la primera en levantarse siempre. Para cuando lo hacía el resto, la mesa estaba puesta; el aire, renovado, y la casa, ordenada como si nada más despuntar el día ya no quedasen tareas por hacer.

Distinguía los sonidos del número dos de San Miguel a la perfección, tan precisos, tan predecibles que podría recitarlos de memoria. Durante un instante apartó la mirada del magnolio para consultar el reloj. Su padre no tardaría en carraspear un par de veces, escupiría en el orinal esmaltado, se oiría el crujido de la cama y unos segundos más tarde la puerta de su habitación chillaría como si alguien hubiese pisado un ratón.

Se fijó de nuevo en el banco de forja del jardín. De pronto cambió la luz, el cielo se cerró de nubes y se volvió marrón, ensuciando la atmósfera, volviéndola turbia. Sonaron varios toques contra el cristal. Ya no eran copos ligeros, puros, brillantes. Al fin se volatilizó el hechizo. Ahora solo caían gotas espesas, desparramadas, como excrementos de pájaro contra la ventana.

Se giró para contemplar a Celia, que relinchaba después de cada apnea. Consultó el reloj otra vez. Quizá el espectáculo del exterior la hubiese distraído de los sonidos de la casa. Se llevó las manos a la boca y las envolvió con el aire caliente que expulsaba de su interior. Sabía que había que aguantar el tirón, que en dos meses la humedad ya no sería tan incómoda…

El alarido de Tilde le pellizcó la espina dorsal. Su hermana farfullaba y de vez en cuando maldecía, pero no era una histérica. Eloísa sacudió a Celia y salió deprisa de la habitación, patinando sobre un pie. Corrió mientras chillaba el nombre de Tea. Varias veces, sin esperar respuesta, parecía que lo importante fuese gritar. No sería la primera vez que se llevaban un susto; los cambios de estación, como cualquier otro cambio, solían desestabilizar a su hermana.

—Tea-Tea-Tea…

A mitad del pasillo se quedó sin aire. Dobló su cuerpo y su cabeza batió contra sus muslos. Se llevó la mano al abdomen, como si quisiese penetrarlo con sus dedos. Tardó en darse cuenta de la presencia de Tea, que la observaba, muda, desde el marco de la puerta de su habitación, parpadeando tan frenéticamente que daba la impresión de que era lo único que podía hacer.

—Tú...

—¿Qué ha sido eso? —preguntó Tea espectral y transparente como una medusa.

—¡Paaadre!

El alarido, vomitado desde el estómago, provino de la habitación de su padre. En el momento en el que Eloísa se incorporó, Celia la envistió por detrás. Los gritos de las hermanas se alternaban y se solapaban, se alternaban y se solapaban, formando una secuencia que parecía no tener fin. Eloísa encabezó la carrera por el pasillo y Celia la siguió de cerca. En algún momento incluso le pisó un talón. Entraron en la habitación empujándose entre ellas, a tiempo de ver a Tilde a horcajadas sobre su padre, que yacía en la cama con la boca abierta como si estuviese pronunciando una «o» a la francesa, con el cuerpo y la mirada congelados en un momento cualquiera.

# 9

Por más que diga Eloísa, la vida funciona mejor si hay una jerarquía. La vida discurre con menos sobresaltos si cada uno tiene claro cuál es su sitio.

El orden es fundamental, y la mejor manera de ordenar es clasificar.

CELIA ASOREY

La más joven de las hermanas Asorey mira de reojo la iglesia de las Ánimas. No se detiene. Sabe que, si lo hace, las mujeres que están a punto de salir del oficio matutino la coserán a preguntas. Sigue, apurando el paso, por Casas Reales hasta desaparecer, engullida por la piedra mojada, callejón abajo. Qué cosas, hace un mes le habría encantado tener la ocasión de hablar sobre su futuro junto al abogado más conocido de la cuidad. «Del Río Abogados», una estirpe dedicada a las leyes desde hace más de medio siglo. Cuando piensa en Víctor le parece que está a punto de casarse con una institución. Le gusta la combinación de palabras. Sin duda hay apellidos que son como llaves, capaces de abrir cualquier puerta.

Es cierto que no siempre se ha hablado bien de la familia de Víctor. De vez en cuando se rumorea que han conseguido su fortuna a base de apropiarse de las herencias de algunas personas que, por diferentes razones, no han sabido defenderlas. Celia no está dispuesta a escuchar todo lo que se dice, de sobra sabe que la envidia afila las lenguas en esta ciudad. No cree a Víctor capaz de nada semejante. No podría haber encontrado a un hombre más respetuoso y empeñado en que ella mantenga su virtud intacta. No importa lo que la gente hable (por ella pueden decir misa), la catadura moral de Víctor está fuera de toda duda.

Celia dobla la esquina hasta San Agustín, acunando su cesta de mimbre. Desde hace más de un mes tienen que encargarse ellas de ir al mercado. Daría lo que fuese por que las cosas siguiesen siendo como eran, fáciles y ordenadas. Tener que preocuparse por el dinero es algo a lo que le está costando acostumbrarse. Las alacenas de los Asorey siempre han rebosado de manera obscena, como si estuviesen preparados para recibir visitas en cualquier momento. Le reconforta pensar que pronto volverá a no tener que preocuparse por contar cada real. En secreto, envidia a Eloísa por la naturalidad con la que parece haberse tomado el cambio de estatus. Es inconcebible que su hermana no dé importancia a esas cosas.

Se acerca a un puesto de frutas y verduras. Más que un puesto, es una anciana. Sobre una manta extendida en el suelo húmedo descansan acelgas y manzanas opacas, feas, de tamaños dispares. La mujer, vestida de negro de la cabeza a los pies, pregona, como subida a un púlpito, que «la que no se dé prisa no podrá catar las manzanas de la República», pero lo cierto es que la manta rebosa fruta como si no se hubiese vendido ninguna.

—Deme dos libras de manzanas, ande.

—¿No quiere llevar tres, señora? —pregunta la anciana.

—Señorita, señorita —contesta Celia—, por poco tiempo, eso sí. No, no, dos libras son suficientes o no podré con tanto peso. La ausencia temporal de sirvienta está acabando con mi espalda.

La anciana escupe hacia un lado y farfulla palabras ininteligibles, sonidos que nacen del estómago. Extiende la mano con la palma hacia arriba, parece que la conversación acabase de perder interés para ella y solo le importasen los dos reales que está a punto de meterse en la faltriquera. Si no fuese porque es del todo imposible, Celia pensaría que su actitud es de desprecio (¡una ya no sabe qué pensar!). Deja caer las monedas desde arriba para evitar que sus dedos rocen las manos ennegrecidas de la mujer y se despide con un sonido que no llega a ser ninguna palabra.

La anciana, concentrada en contar las monedas, ni siquiera se molesta en contestar.


Celia sabe que Compostela es un mal sitio si lo que se quiere es esquivar caras conocidas. Es tarde para dar la vuelta, así que se resigna al ver a Felisa caminando —decidida— bajo los soportales de la plaza de Cervantes, con la cabeza recta, ligeramente hacia arriba, como si quisiese saludar a los vecinos de los primeros pisos.

—¡Buenos días, señorita! —grita con energía.

—Felisa —responde Celia en un tono más bajo.

Felisa es solo dos años mayor que ella, pero desprende un aire de mundo que Celia nunca tendrá.

—¿Qué tal les va? —pregunta mirándola de arriba abajo.

Celia parpadea un par de veces y se separa varios palmos de la mujer.

—Bien, bien —contesta por contestar.

—¿Sigue su padre —Felisa hace que se atraganta, maldita sea— fuera del país?

Celia pretende igualar el tono de la mujer, pero su respuesta se convierte en titubeo en el último momento.

—No está fuera del país, ¡qué va a estar! ¿Quién te ha contado semejante embuste?

Felisa aprieta su cesta contra la cadera y sonríe de medio lado.

—Ya sabe cómo es la gente... —dice fingiendo escandalizarse—. Pero ya les he dicho yo que no se preocupen, que el día menos pensado el doctor volverá, ¿verdad que sí?

—¡Ni que tuviésemos que dar explicaciones! Claro que volverá. Y ahora tengo que dejarte, Felisa, tengo prisa.

—Me imagino, me imagino... Salude a sus hermanas de mi parte. Y vayan con cuidado, ya ve lo que le ocurrió a mi pobre prima Casilda...

Celia se frena en el acto.

—¿Casilda?

—Casilda, la que solía lavarles la ropa a ustedes y a muchos otros.

Hace un rato que a Celia le falta el aire. Se ha quedado sin palabras; no sabe qué es peor, lo que le ha ocurrido a la pobre Casilda o no haberse enterado. Desde que Felisa no trabaja en la casa, ha perdido parte de la conexión con la calle, y eso, de alguna manera, la deja desamparada.

—¿Casilda es la lavandera que ha aparecido…?

Felisa asiente antes de tiempo. Se diría que siente una mezcla de excitación y horror que, en su caso, concilian a la perfección. Celia, en cambio, abre la boca y se lleva la palma de la mano extendida al esternón.

—Era tan joven…

—Y demasiado atrevida para un lugar como este —señala Felisa.

—¿Por qué no había de serlo? —protesta Celia.

—Bueno, bueno; yo sé lo que me digo —responde Felisa braceando con cada palabra.

Aunque se muere de ganas por preguntarle qué es lo que se dice, Celia contesta que no tiene tiempo para chismes.

—Ve con Dios, anda, y déjame ir a mí también —replica.

Ambas siguen su camino en direcciones opuestas justo cuando la Berenguela toca las doce. La preocupación de Celia por que no la vean se diluye al pensar en la pobre Casilda, rescatada de la casa de beneficencia para terminar muriendo en la calle.

Y, por alguna razón, se le viene a la cabeza el guacamayo.

# 10

Si no fuese porque el cuerpo de Casilda todavía está caliente, diría que ella solita se lo buscó. Por ingenua. No es que no sienta su muerte (¡cómo no voy a sentirla, Dios mío, si era una hermana para mí!). Solo digo que ella mejor que nadie debería saber cómo funciona esta ciudad.

Tener claro qué puesto ocupa uno en el mundo es práctico, no digo que sea justo, pero lo otro nunca acaba bien. Compostela para eso es muy estricta.

FELISA EXPÓSITO

Felisa se mueve cortando el aire con sus caderas, exhibe unas carnes morenas compactadas y un contoneo zigzagueante reservado solo para las mujeres de su clase. Camina y piensa, camina y piensa. Le gusta pensar que las cosas no le van tan mal (ella al menos tiene salud, a la vista está), aunque ahora, sin trabajo, la vida se haya vuelto más difícil que nunca.

Roza al pasar un sillar de piedra tatuado de líquenes que forma la esquina del número dos de la plaza de San Miguel e inspira el aire agrio que huele a humedad. Un día la llevaron a ver el mar, y desde entonces se imagina que la ciudad huele a algas en vez de a orines. Le gusta el musgo, a pesar de que sabe mejor que nadie que el verde de la piedra no sale con un simple baldeado. El verde vive ahí dentro, como la brea en las rocas.

No deja de pensar en el doctor, en si será verdad que ha tenido que marcharse al extranjero. La cara de la señorita Celia lo decía todo sin decir nada. La conoce muy bien, sabe que a la pequeña de las hermanas Asorey no se le da bien disimular. Además, ¿por qué se iba a mostrar tan nerviosa si no fuese cierto que su padre ha tenido que huir? A decir verdad, Felisa fue la primera sorprendida cuando empezaron a llegar los rumores. No es que hubiese oído al doctor hablar de política, qué majadería, pero no lo tenía por monárquico, no daba el tipo, o eso le parece. Sea como sea, espera que esté bien. Él siempre ha sido un buen patrón y no le desea mal. Felisa suspira y se le escapa un «ay» en dos tiempos. A ella no le gustaría tener que marcharse. No sabe qué tiene la ciudad, que a veces la maltrata más de la cuenta, pero de la que no quiere salir jamás. Sabe que carece de sentido, pero es así. Solo de pensar que la muerte le pueda sobrevenir fuera de Compostela se le contrae el estómago.

Camina con la cesta cargada de ropa, encallada en la cadera, pendiente abajo, hacia el río. La desaparición del doctor ha desencadenado una serie de cambios en su vida que la han obligado a coger más encargos. Desde hace un mes ocupa la piedra de su prima, una herencia en forma de condena. No vaya a ser que le salga musgo...

Le extrañó la cara de horror de la señorita Celia cuando le mencionó la muerte de Casilda. No se habla de otra cosa en la ciudad, aunque ahora quizá menos. Se ve que prescindieron de los servicios de su prima al mismo tiempo que de los suyos, justo cuando desapareció el doctor. Dicen que las hermanas se han desentendido del mundo y que casi no salen de casa. Menos la señorita Eloísa, que siempre ha tenido su propio mundo fuera. Al parecer, sigue frecuentando La Arcadia, que, por lo que se ve, es un nido de comunistas. Si no tuviese que preocuparse por la comida, ella también se dedicaría a leer y a luchar contra las injusticias, pero no se puede empezar la casa por el tejado. Primero hay que comer.

Al acercarse al río, el ambiente se vuelve más borroso y húmedo. De una humedad vigorizante. Su abuela dice que la niebla es cómplice del mal, que confunde, y que así les va. Siempre está con lo mismo. Sin embargo, ella cree que la niebla camufla la fealdad, aunque termine ablandando los huesos y tapizando las piedras. Cuando brilla el sol, la realidad queda al descubierto. Y no hay nada más aterrador que la realidad.

# 11

Últimamente me ha dado por pensar si deberíamos tomarnos la muerte de padre como una advertencia, como una señal del destino, o si simplemente será la evidencia de la fragilidad de la vida.

Debo abrir más los ojos, ahora no nos queda más remedio que espabilar.

Eloísa Asorey

Eloísa lleva un rato plantada frente a la puerta de casa. Se avergüenza de sus pocas ganas de entrar. Llama con los nudillos tres veces, y después otras tres, pero más espaciadas, así sus hermanas sabrán que es ella. Tanta mentira y cuidado la están apuntalando al suelo cuando lo que le pide el cuerpo es volar.

Tilde abre casi al instante. Parece que viviese permanentemente detrás de la puerta. Su caída de ojos le advierte de la situación antes de entrar.

—¿Qué ocurre? —pregunta Eloísa.

—Pasa, anda, será mejor que te sientes. Y no grites, por favor.

Tilde finge que susurra, pero en realidad no lo hace, es solo una demostración de intenciones mal ejecutada. Eloísa se pregunta si se dará cuenta.

—¿Qué ocurre? —repite Eloísa, que, en cambio, sí susurra.

Tilde suspira y junta las palmas de las manos hacia arriba. En ese momento Celia llega corriendo. Por su cara, parece que quiere hablar. Tilde asiente y se desinfla, solo en parte, da la impresión de que estuviese cansada de sostener el mundo con sus brazos.

—Resulta que me encontré a Felisa esta mañana —aclara Celia—, y no te vas a creer lo que me contó, Eloísa. Algo muy malo. Horrible. ¿Te acuerdas de lo que le oímos a Dolores sobre la lavandera que apareció estrangulada en el río? Era Casilda, Eloísa. ¡Casilda! —exclama Celia.

Eloísa pestañea varias veces, para intentar entender. Ha estado tan centrada en el asunto de su padre y en las noticias sobre la República que no ha atendido a nada más. Casilda... Pobre Casilda, tan joven, casi una niña, con su carita redonda y sus dedos permanentemente inflamados... Apenas articula un «pobre Casilda» cuando comprende que el abatimiento de sus hermanas no se debe solo a la muerte de la lavandera.

—¿Y Tea? —pregunta de pronto.

Celia agacha la cabeza y Tilde se apresura a intervenir.

—En cama. A Celia no se le ocurrió mejor cosa que contar lo de Casilda en su presencia, con el cariño que le tenía. Te puedes imaginar cómo se puso... Cada día que pasa es peor. Gracias a Dios llegamos a tiempo de evitar que se tirase por la ventana. Decía que así estaría más cerca de padre, ¡imagínate! Escuchad lo que os digo: cualquier día no llegaremos a tiempo.

—Puede que sea lo mejor —replica Celia desde atrás—. Odio pensar eso, pero...

Eloísa la mira con desprecio a pesar de que ella ha pensado lo mismo alguna vez. Tea lleva años viajando de la muerte a la vida y de la vida a la muerte para terminar quedándose siempre en el medio, aunque desde hace un tiempo un poco más cerca de la muerte. No puede dejar de pensar en Casilda, conservada para siempre en el momento previo a la juventud. Se la imagina intentando agarrarse a la vida como una sanguijuela mientras su hermana pide a gritos que la dejen irse para siempre.

—¿Qué dices, insensata? ¿Cómo va a ser mejor? —grita Tilde.

—Lo siento, no quería decir...

—¡Pues no lo digas!

Celia se impulsa y, de un salto, se levanta de la mecedora.

—Echo de menos a padre —gime.

Eloísa se dirige a un estante de la librería y abre una caja de lata, de espaldas a sus hermanas.

—¿Qué haces? —Celia presiona con el pañuelo el vértice del ojo.

—¿Os importa? —dice señalando la pipa que tiene en la boca.

Tilde niega con la cabeza. A Eloísa le lleva un rato encenderla, chupa la boquilla y, casi de inmediato, un aroma seco, entre ahumado y dulzón, inunda la estancia. Más que un olor, es una aparición. Eloísa cierra los ojos e inspira. Es cuestión de tiempo que su padre entre en el salón, enarque las cejas y pregunte qué hay de comer. No quiere abrir los ojos y ver que no está, abrir los ojos es una proeza para la que no está preparada. Nota una punzada en el centro del pecho. De pronto el aire que respira es insuficiente. Abre la boca para no ahogarse y la pipa sale despedida de su boca. Ni Celia ni Tilde articulan palabra. Se miran en silencio, los ojos desparramados. Hasta ahora ninguna ha llorado en presencia de las demás (probablemente porque Tea ya llora por todas). Pero incluso para derramar lágrimas hay una primera vez.

—Si solo lo hubiésemos privado de una sepultura cristiana y del respeto de los demás... —gime Tilde como hablando consigo misma.

Eloísa abre mucho los ojos.

—¿Qué dices, Tilde?

—Teníamos que haberte escuchado, ahora lo veo. Hemos convertido a padre en un fugitivo. Él no huía de los problemas, padre se enfrentaba a ellos. Al esconderlo, hemos cambiado su biografía, que Dios nos perdone.

Eloísa se acerca a su hermana, convertida en madre desde hace años. Por primera vez repara en su aspecto delgado y cansado. Como si estuviese leyendo su pensamiento, Tilde le devuelve la mirada.

—Estoy bien, estoy bien, no os preocupéis. Lo bueno de las personas optimistas es que cambiamos continuamente nuestro eje para convertir lo malo en bueno. Me preocupa Tea, es normal. Hay que reconocer que padre sabía llevarla mejor que nadie. ¿Os acordáis de cuando sufrió aquella crisis tan gorda y se la llevó a Muros? Los aires de la costa le vendrían de maravilla —suspira— si no fuese porque a menudo siente unas ganas irrefrenables de arrojarse al mar.

Eloísa no puede dormir. De un tiempo a esta parte, la noche le trae las últimas imágenes junto a su padre. Daría lo que fuera por poder espantarlas.

—Yo tampoco puedo dormir... —susurra Celia.

A su hermana no se le da bien andarse con rodeos, nunca le ha hecho falta. Si quiere algo, lo pide, y casi siempre lo obtiene. Al menos hasta ahora. Ser la pequeña y tener la desgracia de haber nacido al mismo tiempo que su madre moría la ha envuelto en una capa de protección y compasión desmesuradas que ha favorecido su carácter caprichoso. Tiene veintiún años, solo cuatro menos que ella, pero parece que Eloísa le lleve una vida.

—¿Qué quieres, Celia?

—¿Puedo preguntarte algo?

—Tú dirás...

—¿No echas en falta un marido?

—¡Menuda pregunta! Pues no, por sorprendente que te parezca, no echo en falta un marido. Lo que sí echo en falta es una habitación para mí sola —gorjea.

—Pero tu soltería se prolonga peligrosamente, Eloísa. ¿De verdad no te importa?

—¿Tan raro te parece?

—Pues sí, francamente —contesta Celia con una rotundidad que le nace natural—, me parece muy raro. Si tuvieses un prometido como Víctor, quizá cambiarías de idea.

—Celia, tú y yo somos diferentes.

—Sí que lo somos...

—¿Te preocupa algo?

La respuesta de Celia tarda en llegar.

—No es preocupación...

—Venga, mujer, escúpelo de una vez.

—Solo si me prometes que no te vas a burlar.

—¡Celia, si no vas a hablar, duérmete!

—Es que tengo muchas dudas…

—¿Sobre casarte con Víctor?

Celia no calcula bien sus movimientos con respecto al espacio que ocupa en la oscuridad y se golpea la cabeza contra la pared. Unas ondas graves como el eco de un gong flotan sostenidas en el aire durante varios segundos. Eloísa también se ha incorporado, como si el giro que ha dado la conversación requiriese otra postura.

—¿Cómo no voy a estar segura de casarme con Víctor? —responde de la manera en que se contestan las obviedades—. Es respecto a… ya sabes…

—No, no sé.

—Vamos, Eloísa…

—¿Te refieres al sexo? ¿No habéis…?

—¡No, claro que no!

—¿Y te vas a casar sin saber si la cosa funciona?

—¡Eloísa! Soy una mujer decente, y las mujeres decentes esperan al matrimonio.

—No sé por qué quieres hablar sobre eso si lo tienes tan claro, Celia.

—¿Importa tanto… eso?

—A mí me importaría. ¿A ti no?

Celia se rebulle en su cama antes de contestar.

—No sé, creo que él es… sexualmente cobarde.

Una carcajada inesperada explota en la garganta de Eloísa, que, por respeto a su hermana, se obliga a componerse.

—Ah, ¿sí? —pregunta.

—No te rías, he oído que algunos hombres lo son.

—O puede que quiera una mujercita virtuosa mientras él se alivia en algún burdel.

—Bueno, tampoco sería tan raro, aún no estamos casados. Además es un hombre. Los hombres tienen necesidades.

Eloísa salta al suelo y recorre la habitación a zancadas, de un extremo al otro.

—¿Los hombres tienen necesidades, Celia? ¿Te estás oyendo? ¿En algún momento te preguntas qué necesitan las mujeres, qué necesitas tú? ¿Es así como quieres empezar la vida con un hombre, con dudas, sin poder contarle qué te preocupa? ¡Dime que tienes otras inquietudes, por Dios! ¡Dime que alguna vez has sentido ganas de cortarte el pelo y subirte la falda!

—Nunca te entiendo cuando hablas, Eloísa, ese es nuestro problema. No sé por qué te he contado nada, ¿qué vas a saber tú, si parece que quieres un mundo donde solo vivan mujeres?

Eloísa siente que toda la sangre de su cuerpo se ha concentrado en su cara.

—No tienes ni idea de en qué pienso, Celia. No tienes ni idea.

# 12

Me debato entre lo que creo que es mi deber y lo que siento que debería hacer. Criar cuatro mujeres es una empresa colosal. Tengo todo en mi mano para que puedan ser las perfectas damas que la sociedad demanda, pero es demasiado tentador pensar que tal vez pueda fomentar un futuro diferente —y desde luego más libre— para ellas.

Joaquín Asorey

**Marzo de 1931**

—Serénate, Tea; es importante que estemos de acuerdo en esto. La vida será diferente a partir de ahora, hagamos lo que hagamos, pero, sobre todo, dependiendo de lo que hagamos. ¿Crees que serás capaz de calmarte? —susurró Tilde muy cerca del oído de su hermana—. Es muy importante que lo pienses bien.

—Tened compasión de mí, recordad que estoy loca.

—No, tesoro, tú no...

—No me quites el desahogo de entender por qué hago lo que hago, Tilde.

—¿Por qué te empeñas en querer estar loca? —saltó Celia fuera de sí.

—¡Porque otra cosa sería peor! —bramó Tea, aunque bramar no fuese su estilo.

Eloísa llevaba un rato (desde que lograron apear a Tilde del estómago de su padre) dando vueltas alrededor de la alfombra, cualquiera diría que pretendía salir del círculo infecto donde habían ido a parar sus hermanas, para tener una visión más clara y desde luego más sensata de la situación. En algún momento, maldita la hora, a Tilde se le ocurrió la peor idea del mundo. Hablaba de deshacerse de su padre —como si deshacerse del cadáver de un padre fuese una acción cotidiana—, y aseguraba (¡qué desvarío!) que era la opción más segura para que ellas, cuatro mujeres solteras, pudiesen salir adelante. No podía creer que Tilde lo dijera en serio; a qué venía semejante majadería. Tilde siempre había sido sensata a su manera, a la manera convencional y práctica. Hablaba tanto, ella sola, que dejó de escucharla. Probablemente fuese lo que llaman enajenación mental transitoria. Y colectiva. Sus hermanas dejaron claro que harían lo que dijese Tilde. Eloísa saltó. Gritó. Trató de convencerlas para que cambiasen de opinión y recuperasen la cordura.

—Yo no puedo estar de acuerdo. ¿Cómo voy a estarlo? ¿Estáis…? —se frenó antes de pronunciar un «locas», a pesar de que a esas alturas ya se habían transgredido todas las reglas. Llevaban años evitando cualquier alusión a la locura; se referían a «problemas de nervios» o a «lo suyo». Bordeaban la locura como si esta fuese un polvorín.

—¿Qué será de nosotras si padre se muere? —susurró Tilde rasgando cada sílaba contra el paladar.

—¡Padre ya ha muerto! —gritó Eloísa.

—Para nosotras sí, pero…

—No sigas, por favor, Tilde. No puedo creer que se te pase siquiera por la cabeza.

—Pero ¡piénsalo, Eloísa! La muerte de padre ha sido repentina, nadie se la espera —se lamentó—. Fingir que sigue vivo nos dará una seguridad temporal y un estatus que no tendríamos si viviésemos solas. Con todos los altercados en las calles, esos salvajes sembrando el terror, no sé qué será de nosotras si se proclama la República, no sé cómo nos afectará. No lo sé, no lo sé…

En ese momento Eloísa rompió el círculo y atravesó la alfombra. Se aproximó a Tilde y la zarandeó para intentar que entrase en razón, pero, en su desesperación, no midió sus fuerzas. La cabeza de la hermana mayor empezó a cimbrear hacia delante y hacia atrás, sin ofrecer la más mínima resistencia.

—Es mejor así, Eloísa, hazme caso —suplicó Tilde con un hilo de voz—. ¿Qué va a ser de nosotras, si nunca hemos vivido solas? Nosotras somos las hijas del doctor Asorey, eso es lo que somos. Padre es el cabeza de familia. Es por nuestro bien, por nuestra protección. Los vivos primero. Propongo que votemos. ¿Quién está conmigo?

Eloísa se alejó para observar a sus hermanas. Volvió a salir de la alfombra, convertida ahora en isla. Permaneció de pie, con los brazos caídos, exhibiendo la derrota que aventuraba se le venía encima. Sabía que Tea votaría lo que propusiese Tilde y que Celia haría lo que creyese que sería mejor para su futuro, el suyo propio.

La primera en levantar la mano fue Tea. Eloísa buscó los ojos de Celia, que se cuidó de no mirarla.

—¡No lo permitiré! Os equivocáis de lleno, Tilde. Jamás creí que se te fuese a ocurrir algo así. Es una locura. —Ya no se esforzó en bordear la palabra, no había ninguna otra manera de definir lo que estaba ocurriendo.

—Es una votación... democrática —dijo Celia, que de pronto la miró sin pestañear—. ¿No es lo que siempre has querido, Eloísa?

# 13

Quizá el hecho de estar vivo no sea un motivo suficiente de celebración, solo hay que ver a Tea para darse cuenta de que para ella vivir es un suplicio.

Hasta yo sé que la felicidad es algo anecdótico, y está bien que así sea. Ser permanentemente feliz le quitaría mérito a la vida y, además, sería extenuante. Pero vivir no sirve de nada si no se cumplen ciertos parámetros.

Admitámoslo, son los vencedores los que afirman que vivir merece la pena.

ELOÍSA ASOREY

Eloísa siente que el mundo avanza con más lentitud de la que debería, que la ciudad ha encogido y el oxígeno escasea. Las losas de piedra que forman el suelo de la ciudad aún no se han secado después de varios días de lluvia ininterrumpida. Es temprano y una corona de niebla fina ciñe la parte baja de la ciudad. Olisquea el aire con el nervio de un sabueso. Se ha corrido la voz de que el alcalde ha organizado una guardia cívica para evitar posibles quemas de iglesias, pero no hay rastro del olor agrio del humo, si acaso de orines y serrín mojado, cuando pasa por la entrada de El Búho Negro.

Aunque tarde, contiene la respiración. Veinte pasos más y se planta en la puerta de la botica. Cruza su chaqueta y los brazos sobre ella. Intenta aparentar decisión, aunque por dentro está temblando. El día menos pensado, está segura, saltará la liebre.

Don Leandro la mira por encima de sus anteojos. Mirada de buitre en una cara de sapo. Le sacude una oleada de asco con la que ya contaba. No es por la doble papada que oculta su cuello ni por su aliento fétido —apenas camuflado con el olor a formol de la botica—. Ni siquiera por la verruga inflada como una coliflor rosada que corona su segunda papada; el boticario provoca el desasosiego de las personas turbias.

—¿Qué quiere? —pregunta el hombre al verla plantada en la puerta.

Eloísa da un paso hacia adelante y saca un papel del bolsillo de la chaqueta.

—Quería esto —dice planchando la nota con la palma de su mano—. Es…

Don Leandro le arranca el papel de las manos y lo lee frunciendo el ceño.

—Sé qué es —refunfuña.

El boticario la mira de nuevo por encima de los anteojos. Por su manera de enarcar las cejas, parece que fuese a poner alguna objeción. Aunque se ha afanado en imitar la firma de su padre, y cree que ha conseguido un resultado más que aceptable, ya es *vox populi* que el doctor no está en la ciudad.

—Supongo que es para su hermana —farfulla el hombre para su papada.

Eloísa asiente en silencio, deseando que el boticario se dé prisa para poder salir corriendo.

—Por esta vez se lo daré —accede convirtiendo la regañina en caridad.

Eloísa guarda silencio, ni siquiera asiente, solo quiere verse fuera de ese sitio que huele a enfermedad, echar a correr y no tener que volver nunca. El boticario se pierde en la rebotica y regresa al cabo de un rato con un fajo de papeles finos plegados.

—Tome —dice depositándolos sobre la mesa para que se sirva ella, con el tono del que quiere dejar claro que le está haciendo un favor—. Pero tengan cuidado.

La Arcadia es un hervidero de personas que entran y salen. Además de los encargos oficiales, se han sumado algunos particulares, libritos y relatos, como si de pronto algunas personas quisiesen empezar a contar su historia.

Alicia y un chico alto, de tez muy morena, pululan, con las mangas remangadas, alrededor de la vieja Minerva. Al padre de Alicia le gusta rodearse de jóvenes, dice que es la manera de no perder el contacto con el mundo. Eloísa podría estar trabajando en la imprenta, pero quiere estar disponible para cuando haya un hueco en las pocas escuelas de la ciudad.

Cuatro es el número exacto de escuelas nacionales que acoge Compostela. Una proporción inquietante. «La ciudad ha nacido para lo grande, su esfuerzo va dirigido a la enseñanza media y a la universidad, pero las escuelas son tan pocas y tan pobres que se podría decir que en Santiago no existen». Un informe reciente sobre las escuelas de Galicia le parece de lo más acertado. Eloísa fantasea con la idea de que la situación cambie y se le dé a la educación primaria el lugar preferente que debe ocupar. No se explica cómo la mayoría no es capaz de ver que sin unos buenos cimientos una casa no se sostendrá.

—Ven, que te presento a Pablo —le dice Alicia—. Pablo es periodista, trabaja en *El Eco de Santiago*.

Eloísa levanta la cabeza y asiente, desconfiada.

—Dice que se adhiere a nuestra causa y que intentará dar visibilidad al tema del sufragio femenino.

Eloísa los mira a los dos y chasca la lengua contra las muelas.

—¿Trabajando en *El Eco de Santiago*? —replica—. Perdona, pero no lo creo.

Le parece que Pablo ha empezado a mirarla con curiosidad. Esta vez sí lo ha notado.

—Tienes razón —contesta él—, por eso solo he dicho que lo intentaría.

—Bien, bien, todo lo que sea bueno para la causa… —añade sin mucho entusiasmo.

—Estábamos hablando del asesinato de la lavandera. Era casi una cría —se lamenta Alicia.

Eloísa asiente. Cada vez que alguien menciona a Casilda siente un pellizco en la boca del estómago.

—Nos lavaba la ropa de vez en cuando. Aún no me lo puedo creer —contesta.

—Pablo se propone investigar el caso, ¿verdad, Pablo?

—¿Investigar? Creí que habías dicho que era periodista —de pronto ha empezado a hablar como si él no estuviese presente. Por alguna razón, el tono le sale afilado.

—Quien dice investigar dice meter las narices cuanto pueda, siempre lo hago. Tengo la manía de querer saber la verdad. Además, me temo que las fuerzas del orden están ocupadas tratando de evitar posibles altercados, quema de iglesias y demás asuntos de la República.

—Querrás decir que las fuerzas del orden no se esmeran con la muerte de lavanderas que nadie reclama.

—Exactamente eso quería decir.

Eloísa esperaba una réplica, un «sé de lo que hablo, lo veo todos los días, a mí me lo vas a decir», pero se ve que el periodista no es uno de esos petulantes a los que les cuesta darle la razón a una mujer.

—Por cierto, si necesitas ideas para tus artículos, yo puedo sugerirte alguna —interviene ella de pronto.

Pablo enarca las cejas y la mira, sorprendido.

—Soy todo oídos.

—La precariedad de las escuelas nacionales en esta ciudad —suelta a bocajarro.

—Me parece de lo más interesante, pero no creo que pueda escribir sobre eso en el periódico, nadie quiere oír hablar de un asunto tan incómodo.

—Lo suponía —se lamenta Eloísa.

—De hecho —interviene Alicia—, Pablo está pensando en… ¿Puedo decírselo, Pablo?

El hombre asiente. El misterio con el que se comportan ha conseguido captar la atención de Eloísa.

—Pablo está pensando en fundar un periódico independiente, libre, que no se case con nadie ni se deba a ninguna ideología.

Para eso ha venido, para hablar con mi padre y pedirle que se asocie con él.

—Pero aún no me ha dicho que sí —responde Pablo.

Eloísa no dice nada, aunque piensa que ojalá lo consiga. La ciudad necesita jóvenes dispuestos a romper con el pasado. «Romper» porque es lo que se hace con las cosas que no funcionan. Resulta estimulante asistir al cambio. Pero todavía hay que ser cautos. Hace menos de un mes que se proclamó la República y cualquier paso en falso antes de su consolidación sería catastrófico. Se pregunta de dónde ha salido el tal Pablo y cuánto tiempo llevará en la ciudad. A la vista está que no es de aquí. No es fácil escuchar a alguien expresarse con tanta naturalidad. Se ve que para eso hay que ser forastero.

El padre de Alicia irrumpe en la sala de máquinas. Camina pidiendo paso. Lleva una montaña de octavillas en ambas manos. Las deposita sobre la mesa, como una ofrenda, con solemnidad. Sonríe y parece decir con los ojos: «Tomad, aquí tenéis vuestro futuro».

# 14

Como si ya estuviese poco revuelta la cosa, aparece muerta una lavanderucha. Siempre ocurre, la muerte llama a la muerte, es lo que dice madre. Parece que los muertos reclamasen a los vivos; sucede desde que el mundo es mundo.

La gente avisa a los cuerpos de seguridad para poder descansar. Creen que solo es un trabajo, no saben que tenemos el poder de modificar la historia —en mi caso, por trescientas noventa y siete pesetas al mes—, aunque a mí siempre me endiñen los asuntos menores. No es casualidad. Mientras otros defienden la ciudad, a mí me toca ocuparme de la escoria.

Puede que tengamos escrita la vida nada más nacer.

Pobre muchacha, la cosa pinta mal.

TENIENTE VENTURA TOMÉ

El teniente Tomé arrastra los pies por las callejuelas de losas gigantes que desembocan en la plaza del Hospital. Se detiene, con la cabeza colgando, y apoya las palmas de las manos sobre los muslos para coger aire. La gordura y el tabaco acabarán con él. Frisa en los cincuenta y hace tiempo que ha empezado a notar su declive.

Tras varios jadeos seguidos para regular la respiración, levanta la cabeza y dirige su mirada al apóstol. No es hombre de misa —ni de nada que requiera esfuerzo o dedicación—, pero el apóstol es más que una piedra tallada, el apóstol es protección.

Piensa en su madre, con quien no ha dejado de vivir desde que ella lo expulsó al mundo. Ella se disgustaría si la ciudad dejase de ser santa, y ese es suficiente motivo para que él lo desee también. Solo por eso le gustaría poder retorcerle el pescuezo a cualquier rojo que se atreva a prender fuego a la ciudad, por poder llegar a casa y contarle a su madre que él, su Ventura, jamás permitirá que la ciudad que ella conoce altere su ritmo lo más mínimo.

Llega jadeando por la calle de la Fuente de San Miguel hasta la fachada trasera de San Martín Pinario. Hace cuarenta años de aquella visita a la consulta del doctor Asorey, pero podría hacer el camino con los ojos cerrados.

El doctor Asorey ostenta el dudoso honor de ser el primer adulto en llamarlo gordo, con todas sus letras (siempre ha pensado que la «o» y la «r» alargan la palabra dolorosamente). Aún no se lo ha perdonado. Tampoco su madre, que se tomó como una afrenta la insistencia del doctor en que su hijo tenía que adelgazar a toda costa, «y ya verá usted como la mitad de los males del niño desaparecerán».

Ahora sus caminos vuelven a cruzarse, aunque dicen que él se ha ausentado del hogar y que allí ya solo viven sus hijas. Tanto mejor. Sonríe de medio lado. Ya no es un niño indefenso. Sigue siendo gordo —nunca ha dejado de serlo—, pero ahora tiene un arma. Los primeros toques en la puerta le salen deslavazados. Rectifica en el acto, como si quisiese borrarlos. Aporrea la puerta con ambos nudillos, no vayan a creer que es un blando. «Date a valer» es la consigna que su madre más veces le ha repetido en la vida. Eso hará, sí señor, mejor desde el principio, para que no haya duda sobre quién manda. «Un puñado de hembras solas no atemorizan a ningún hombre que tenga los cojones en su sitio», se dice para insuflarse valor.

El olor a medicamento no ha desaparecido del edificio, aunque tal vez solo esté en su cabeza, en la cabeza de cuando era una bola de sebo, más ancha que alta, y llegaba, asfixiado, al descansillo de la consulta. Le parece oír unos carraspeos al otro lado de la puerta, señal inequívoca de que alguien se prepara para mostrar su mejor versión. Sabe de lo que habla. Segundos más tarde, acalla el «¿Quién es?» de mujer con otro toque en la puerta, esta vez más enérgico, incluso violento, podría decirse.

—¡Teniente Tomé! —grita—. ¡Abran!

La puerta no se abre al instante y eso lo reafirma en la idea de que su actitud ha tenido el efecto deseado. No sabría cómo describir el cosquilleo que le sube de la entrepierna a la garganta. Esta vez se ha hecho valer. Las manos, sin embargo, le sudan como cuando era un niño y esperaba a que la enfermera abriese la puerta de madera —gruesa y barnizada—, típica de las casas de ricos.

—Buenos días.

Unas manos demasiado grandes para una mujer abren la puerta. Le sorprende el tono de voz deliberadamente suave, casi susurrado. Los de su clase no dudan, se dice, se nota que los han educado para dominar el mundo. Entonces ¿a qué viene tanta cautela?

—Buenos días. Soy el teniente Tomé. ¿Con quién estoy hablando?

—Clotilde Asorey —dice ella haciendo que se coloca el moño.

La mirada de la mujer —brillante y profunda— lo deja atornillado al suelo. Carraspea para sacudir su repentina inseguridad, así la voz le saldrá más grave.

—Vengo a hacerles unas preguntas, a usted y a sus hermanas.

Clotilde Asorey no pestañea, pero de pronto se aferra a la puerta con las dos manos.

—¿Tiene que ser ahora? ¿Es urgente? —pregunta.

—¿Diría usted que una muerte es un asunto urgente?

—¿Una muerte? ¿Qué dice de una muerte?

El teniente se pasa la lengua por los labios. La voz levemente quebrada de la mujer y sus ojos demasiado abiertos le devuelven la valentía. De nuevo el latido indomable en la entrepierna. Calcula que será algo más joven que él. Desde hace un tiempo fantasea con encontrar a una solterona que sepa llevar una casa como Dios manda. Puede que su madre no sea eterna.

—Efectivamente, una muerte. ¿Puedo pasar? —dice dando un paso al frente.

—Por supuesto, pero ¿sería mucho pedirle que espere un minuto mientras mis hermanas terminan de arreglarse?

La visión de un puñado de mujeres en paños menores lo deja sin habla. Solo cuando la mujer enarca las cejas, reacciona.

—Está bien, pero que sea rápido.

La mujer sonríe por primera vez.

—Será rápido, no se preocupe. Las voces lo cogen sentado de espaldas a la puerta, fumando un cigarro.

—Pase, teniente, ya estamos listas —dice la más joven de las tres mujeres.

El teniente se levanta, con esfuerzo, agarrándose a la barandilla con las dos manos. Una vez en pie, succiona el cigarro con fuerza y lo apaga en el suelo, pisándolo con el zapato. No se le escapa la mirada de desdén de las mujeres, que se deben de creer más pulcras y educadas que nadie. Por supuesto, no dicen nada (conoce a las de su clase). Las hermanas Asorey se limitan a apartarse para dejarlo pasar.

—¿Y bien, teniente? —pregunta la mayor.

—¿Puedo? —responde él señalando el diván.

Las hermanas asienten, aunque no parecen muy convencidas.

—¿Están todas?

—Todas menos nuestra hermana Dorotea. No se encuentra bien, ha tenido que acostarse.

—Me gustaría hablar con ella también —insiste.

—Le digo que no se encuentra bien —protesta Clotilde Asorey.

—Pero...

—Supongo que con nosotras tres servirá.

Al teniente no le queda más remedio que conformarse.

—Por ahora servirá —sentencia.

Ventura Tomé se reclina, pero no calcula bien la distancia del respaldo y se queda sentado con la cabeza ligeramente hacia atrás.

—Usted dirá.

Se toma unos segundos para observar la estampa que tiene enfrente. Un poco de suspense le dará categoría. La única de las hermanas que, según sus cálculos, puede considerarse una solterona, retuerce las manos y las hace girar, una dentro de la otra. Después de todo, quizá las mujeres estén nerviosas. El cuerpo le pide alargar el suspense.

—¿Podría traerme un vaso de agua? —dice dirigiéndose a la mayor de las hermanas—. Las cuestas hasta su casa me han dejado seco.

Clotilde Asorey mira a sus hermanas y asiente.

—¿No preferiría una copita de jerez? Tenemos uno realmente bueno.

El teniente finge sopesar la oferta, pero enseguida contesta:

—No me gustaría hacerles un feo, señoritas. Tráigalo, tráigalo.

Para su sorpresa, desaparecen las tres. Las oye murmurar en la distancia. Le pica la curiosidad. «El parloteo típico de las mujeres», piensa. Se incorpora en el diván. Una ligera corriente de aire sucede a un sonido como de fricción. Gira la cabeza y se levanta de un salto.

—¿Qué carallo...?

—¿Le ha asustado el guacamayo, teniente? —pregunta la más joven de las hermanas, de vuelta en el salón.

—Bueno, asustar no es la palabra. ¿Un guacamayo, dice?

—Sí. Es un animal realmente sorprendente, pero a veces se pone un poco pesado. No le gustan las visitas, sobre todo si son hombres, por eso solemos tapar la jaula.

Clotilde Asorey entra portando una bandeja. Demasiada bandeja para tan poca copa. «Típico de la gente rica», piensa el teniente. Por eso tienen dinero, porque saben dosificarlo.

—Mi hermana trae la botella —dice posando la bandeja en una mesa auxiliar—. ¡Eloísa!

El teniente observa a la mediana de las hermanas, que camina, a zancadas, detrás de la mayor. Posa la botella en la mesa con un golpe brusco. «Demasiado envarada», se dice. Y belicosa. Él las prefiere mansas. Aventura que a la muchacha le costará casarse.

—¿Y bien, teniente? ¿Quiere contarnos a qué ha venido?

Ventura Tomé se lleva a la boca la copita de jerez e inclina la cabeza hacia atrás para bebérsela de un trago.

—Sí, claro. No sé si habrán oído...

—No solemos dar pábulo a los chismes, teniente.

—¿A los chismes?

—Sí, a los chismes.

—¿Qué chismes?

Clotilde Asorey ha cogido aire para responder, pero su hermana Eloísa la frena con el brazo.

—Tilde, será mejor que dejemos hablar al teniente —señala.

El teniente Tomé las observa en silencio. Por un momento se siente como un trozo de carne a la espera de ser devorado por una manada de leonas.

—Vamos, teniente. Usted ha venido hasta aquí a decirnos algo —insiste Eloísa.

Al teniente no le queda más remedio que reaccionar.

—Me han informado de que Casilda Iglesias les lavaba la ropa —dice.

—Sí, pobre chica; es terrible lo que le ha ocurrido a la pobriña.

El teniente observa a la mayor de las hermanas. Se pregunta por qué el único momento de alivio —casi excitación, diría— en el rostro de la mujer ha aparecido al mencionar el asesinato de la muchacha Casilda. Normalmente tiene ojo para las mujeres, pero esa vez se ha equivocado. No le gustan las morbosas, no para él.

—¿Estaban al tanto de qué compañías frecuentaba? —pregunta.

Clotilde Asorey hace que se lo piensa. «Demasiado tiempo para una pregunta sencilla», se dice el teniente.

—Bueno, nos lavaba la ropa, teniente, pero desconocemos qué hacía fuera de nuestra casa.

El teniente asiente. No parece que allí haya más que rascar. Aun así, insiste:

—¿Ningún pretendiente? Creo que la rapaza era espabilada, ya me entienden...

—No le quedaba más remedio que serlo, ¿no cree? Estaba sola en el mundo —replica Eloísa Asorey de mala gana.

El teniente se encoge de hombros. Parece que tiene delante a una de esas defensoras de mujeres. «No se casará», se dice. Las mujeres que se pasan la vida defendiendo a otras mujeres no se casan. Su madre, en cambio, tan crítica —y acertada— siempre con las que se desvían del camino de la virtud...

—Le digo que no sabemos lo que hacía cuando salía de nuestra casa —interviene Clotilde Asorey—. Después de todo, no trabajaba aquí dentro como Felisa...

La mayor de las hermanas no parece de frases inacabadas, sin embargo, alterna ahora la seguridad con el titubeo.

—¿Felisa? —pregunta el teniente.

—Nuestra sirvienta —aclara ella.

—¿Está en la casa?

—No, no, ya no trabaja aquí.

—Ya veo —dice, aunque no ve nada—. Volviendo a Casilda —añade rascándose la cabeza—, ¿cuándo fue la última vez que la vieron?

Se crea un silencio pegajoso que se alarga más de la cuenta. Juraría que la pregunta las ha cogido por sorpresa. Percibe la duda en sus caras, incluso una ligera muestra de indefensión. Si el latido de la entrepierna va a más, lo dejará en evidencia. Las hermanas se miran entre ellas como si no supiesen qué contestar, suspendidas en un limbo de indecisión. Debería hacerle caso a su madre y confiar más en su instinto. «Estás en el buen camino, Ventura». Puede oír su voz con total claridad.

Le gustaría alargar ese momento en el que siente que domina, vivir en él eternamente. Le gustaría pensar que, por una vez en la vida, ha provocado algo.

Parece que la tercera de las hermanas, la que tiene los pelos esparcidos por la cara, está a punto de abrir la boca.

—Una tarde del mes de marzo —contesta Eloísa Asorey—. Una tarde muy fría, de hecho.

# 15

A menudo me encontraréis observando. Podría decirse que observar es lo que he venido a hacer a este mundo, porque, mientras observo, acaricio la posibilidad de arrancarle los secretos a la vida.

En términos generales, estoy contento con mi vida, aunque de vez en cuando me invade un miedo atroz a que el tiempo me tire a la cara las expectativas no cumplidas.

Me temo que me muevo en unos baremos de moderación extrema, en un término medio infinito.

Pero por primera vez estoy decidido a atreverme.

PABLO DOVAL

Pablo camina solo, con la humedad de la noche pegada a sus huesos. Mayo no debería ser ya tan húmedo, aunque uno nunca sabe en esta ciudad. Al principio le costó acostumbrarse a la hidratación constante, a esa especie de grifo mal cerrado, al ritmo silencioso de las pequeñas partículas flotantes de agua, ligeras como gotas de saliva. Pero no ha tenido el valor de irse. «Puede que la humedad te hunda —dice su casera—, pero, de alguna retorcida manera, también te atrapa. Si no, al tiempo». 

Camina sin fijarse en nada en concreto, no le hace falta. Sin saber cómo, lo percibe todo. Los llama «destellos de clarividencia»; le ocurre a veces. De pronto la idea de tener un periódico propio le parece más redonda y asequible que nunca. La mujer despeinada con cara de pocos amigos ha impulsado sus ganas. «Un marimacho que no se puede estar quieta», así la describió Víctor el otro día. Quizá con «marimacho» quiera decir «vehemente». Lo cierto es que no es fácil conocer a mujeres como Eloísa Asorey. Víctor del Río debe de estar ciego.

Pablo sabe que no hay nada más indigno que una comparación. Aun así, su cabeza le trae a Leonor. Le reconcome la crueldad con la que todo acabó. Ojalá ella lo hubiese entendido. Intentó explicarle que eran como dos manzanas, que bastaba con que una no fuese feliz para que la de al lado se terminase pudriendo de hastío y desdicha. Como era de esperar, ella no se tomó bien que le dijese que tenía otros planes. Para él. Para la vida. Quizá si pudiese odiarlo, la balanza se equilibraría. Pero no fue así. Terminó por marcharse. En esos casos, marcharse a un lugar donde uno no lleve escrito el linaje en la cara es lo único que se puede hacer.

Lleva un año en Compostela y todavía le sorprende su atmósfera provinciana, más propia de villorrio que de ciudad universitaria. Una ciudad incrustada en el pasado (en uno de mayor gloria, supone). Un fósil. Aunque alberga la esperanza de que ahora las cosas empiecen a cambiar.

De camino a su pensión en el Preguntoiro, pasa por delante de la botica. No le gusta el tal don Leandro, le recuerda a un vino amargo tras cuyo sorbo dan ganas de escupir y correr a enjuagarse la boca. Lo frena la visión de dos bultos. Dos bultos que discuten rasgando las palabras para no gritar. Le parece oír que uno le regala al otro un «te arrepentirás». Traza una parábola para bordear la botica. Nunca ha sido persona de meterse en jaleos. Está cansado, quiere ignorar la trifulca, llegar a la pensión, meterse en el catre y dormirse pensando en el periódico con el que sueña, y quién sabe si en la mujer despeinada, pero uno de los bultos sale propulsado hacia él y termina tirándolo al suelo. Se dispone a protestar, dolorido como está, cuando reconoce la voz que se disculpa.

—¡Víctor! Pero ¿qué...?

Víctor del Río se levanta como puede. A la luz amarilla de la farola distingue un hilo de sangre que sale de su nariz.

—No es nada, no es nada. La culpa es mía —dice enfadado.

—¿La culpa?

—Sigue mi consejo —Víctor levanta el dedo índice amenazador—: nunca trates con sodomitas.

Pablo se sacude los pantalones. Son muchos los comentarios que ha oído sobre el boticario; la ciudad se vanagloria constantemente de no ser lugar que comprenda las anomalías. La gente finge escandalizarse (es lo que mejor se le da) y murmura como si eso fuese un castigo de Dios.

—Oye, no es asunto mío en qué andes metido —dice Pablo—, pero, hombre, acabar a puñetazos…

—¿En qué voy a andar yo metido con ese maricón?

—Como quieras, como quieras, pero si te apetece hablar…

—¿Hablar? ¡Por Dios!, ¿qué somos ahora, mujercitas? —exclama aflautando la voz—. Lo que quiero es beber. ¡Beber! ¿Lo oyes?

Pablo se aferra a su carpeta y asiente con vehemencia para contrarrestar su falta de ganas.


Marcelino Búho Negro los saluda desde el otro lado del mostrador, con una sonrisa franca y un paño encima del hombro.

—¿Y ustedes por aquí? Virgen santa, alguien le ha ofrecido un buen mamporro, don Víctor.

—No sufras, Marcelino, mala hierba nunca muere —bromea Pablo.

—Está bien, está bien, no pregunto, pero apuesto a que es un tema de féminas. —Le guiña un ojo—. ¿Conque quemando los últimos cartuchos antes de casarse?

Pablo rodea a su amigo con el brazo y termina apoyándolo en su hombro. Le saca más de una cabeza, y juntos, uno al lado del otro, forman un escalón.

—¿De qué conoces al boticario? —insiste Pablo.

—De nada, ya te lo he dicho —contesta Víctor de malas formas.

—Está bien, está bien, pero nadie va ofreciendo palizas a desconocidos.

—Olvídalo, ¿quieres? Ha sido un incidente sin importancia.

—Como quieras —desiste Pablo levantando los hombros—. Por cierto, hoy he conocido a Eloísa Asorey, y déjame que te diga que la encontré muy interesante.

—¿Interesante? ¡Bah! Si te gustan las mujeres que no se peinan. —Víctor hace que examina a su amigo de arriba abajo, para eso tiene que levantar la cabeza—. Sí, supongo que te pega.

Marcelino Búho Negro se coloca de nuevo el paño sobre el hombro, después de haber secado una fila de tazas. Carraspea un par de veces y despliega los brazos sobre el mostrador como si fuese un gorila.

—Perdonen que me entrometa, pero no he podido evitar oír que hablaban de la señorita Eloísa Asorey. Es muy buena la señorita, y nada envarada. Merceditas le tiene mucho aprecio. Hace un par de años, en la consulta de su padre, el doctor, comenté que a la niña se le atragantaban las matemáticas, y, claro, siendo hija de tendero, eso no es buena cosa. Esa misma tarde, su hija mandó recado de que enviase a Merceditas a su casa. —Se para y revive el momento—. Casi un año estuvo yendo la niña a casa del doctor, y es justo decir que la señorita no quiso ni oír hablar de cobrar una perra, así que por lo que a mí respecta, Eloísa Asorey es de lo mejorcito que ha dado esta ciudad. Espero que esté bien, dicen que el doctor ha desaparecido. Fíjense que no lo tenía yo por monárquico, pero, claro está, uno nunca sabe lo que piensan los demás de puertas adentro —concluye arrugando la frente.

De pronto Pablo se alegra de no haberse ido a dormir. De pronto todo lo relacionado con la familia Asorey le interesa.

—Habladurías, Marcelino, en esta ciudad no saben más que conspirar, pero nadie conoce qué ocurre en una casa cuando se cierra la puerta —replica Víctor.

—Ahí le doy la razón, don Víctor; nos gusta mucho darle a la lengua, y más en un sitio como este, donde el vino lubrica las gargantas. Seguro que usted sabe la verdad, teniendo en cuenta que está a punto de entrar en la familia. Estoy seguro de que, si no ha pasado nada grave, Dios quiera que no, el doctor vendrá para la boda.

—¿Tú también, Marcelino? —protesta Víctor del Río.

Pablo engancha a su amigo por el cuello, como si fuese a zarandearlo, pero en el último momento desliza el brazo por su espalda y deja la mano colgando de su hombro. Víctor se sacude el brazo de Pablo y deposita unas monedas sobre el mostrador.

—No te molestes, Marcelino —dice Pablo—. No soltará prenda. Parece que el señor del Río hoy está de lo más enigmático.

# 16

La mejor manera (diría que la única) de guardar un secreto es no contárselo a nadie. A no ser que se lo confíes a un muerto, en cuyo caso será como no contárselo a nadie.

El día que enterramos a padre me quedé sola frente a él e hice lo que pude. Si alguien tenía que darle sepultura, debía ser yo. Dicen que nos parecemos, aunque soy, sin duda, su versión menos íntegra.

Jamás pensé que sería su sepulturera. No estoy segura de si eso me engrandeció o me degradó a lo más bajo del escalafón humano. Me llevó menos de dos horas —no había tiempo que perder—. Bajé con las manos lisas y subí con dos pellejos en carne viva.

Ese día hablé con él como nunca lo había hecho, con el corazón desgarrado sobre su tumba, vacía de aliento. Intenté explicarle los motivos que me llevaron a ofrecerme a realizar un trabajo que ni yo misma comprendía. Por lealtad traicionaba mis principios. Le di las gracias por haber sido un buen padre y le pedí perdón por la abrupta despedida.

Ese día convertimos el jardín que tanto le gustaba en un cementerio.

Eloísa Asorey


Eloísa contempla el cuerpo de Tilde, inclinado hacia adelante, con su espalda arqueada sobre unos lirios amarillos, alejada del magnolio. Quizá sienta la necesidad de estar cerca de su padre. A ella también le ha pasado, pero de momento solo se atreve a contemplarlo desde la ventana.

Tilde se ha propuesto hacer del jardín un edén. «Me aferro a las flores como tú a tu causa. Mi causa es mi jardín», le dijo como quien no quiere la cosa a mediados de abril (lo recuerda porque fue justo el día que se proclamó la República). Eloísa no quiere contradecirla, aunque está segura de que la causa de Tilde es velar por la seguridad de sus hermanas. Los vivos primero. Siempre.

La visita del teniente las dejó exhaustas, desnortadas, como barcas a la deriva. Nada más cerrar la puerta, Tilde se desplomó. Impresiona ver caer un cuerpo como el suyo. No deja de pensar en ello, resulta curioso cómo la pregunta las cogió por sorpresa. Para ellas solo existía una muerte, una que las entristece y las perturba más que nada, entonces y ahora, por eso cuando el teniente estaba a punto de mencionar a la pobre Casilda, todas pensaron que acabaría nombrando a su padre (ella incluso habría jurado que lo oyó), y cada una reaccionó a su manera. Celia se rio desmesuradamente, roncando incluso (a pesar de que nunca lo hace en público porque dice que resulta vulgar en una mujer), Tilde se bebió dos vasos de jerez de un trago (pese a que nunca bebe) y ella sopesó, durante un instante, la posibilidad de contarle la verdad al teniente. No quiere ni pensar qué habría ocurrido si llegase a estar presente Tea. El día menos pensado la verdad explotará sobre sus cabezas y los cascotes las sepultarán para siempre.

Tilde levanta la cabeza y la saluda desde abajo. Eloísa le devuelve el saludo. Quizá sea una buena ocasión para bajar. Algún día tenía que ser. Coge aire con determinación y trota escaleras abajo, dispuesta a parecer despreocupada.

Si Tilde está de buen humor, quizá le hable del telegrama que acaba de recibir.

—Con la edad me ha ido gustando la jardinería —le dice al verla llegar—, yo creo que es porque cada vez me acerco más a la tierra, ya me entiendes.

Eloísa sonríe.

—Eres una exagerada; no tienes edad para hablar así. A Tea siempre le ha gustado trabajar en el jardín… —se frena antes de acabar.

—Eso es porque Tea hace tiempo que es vieja —contesta Tilde, y Eloísa cree que en realidad su hermana quiere decir «muerta».

—Me gusta verte contenta, Tilde.

—Con el sol me han entrado ganas de hacer cosas. El reloj me acosa, tictac, tictac. Cuando tienes veinte años no sientes esa presión porque lo que te sobra es tiempo y espacio, pero tienes muy poca perspectiva. Ahora, en cambio, todo se reduce a pesar de que la perspectiva es mayor. Por eso la mayoría de los suicidios se dan en edades avanzadas, ¿no estás de acuerdo?

Eloísa lamenta que Tilde haya sacado a colación ese tema y, a juzgar por su silencio, cree que ella también lo lamenta. Para no tener que contestar, se gira hacia el magnolio. Le gustaría poder contemplarlo como antes, fijándose solo en sus nenúfares aéreos y sus raíces abultadas como anacondas del Amazonas, pero los ojos se le escapan a la tierra y vuelve a sentir el dolor de sus manos en carne viva.

—Ocurrió en esta vida, pero parece que fue en otra, ¿verdad? —susurra Tilde desde atrás.

El comentario de Tilde le parece de lo más acertado.

—Era otra vida, Tilde.

Su hermana se sacude la tierra de las manos y mira hacia arriba.

—En días como hoy parece que todo va a salir bien. Creo que es por el sol.

—¿Por el sol?

Tilde mueve la cabeza en un gesto muy suyo, de falsa desesperación.

—¿Recuerdas lo que decía padre sobre los lugares de sol?

—«Dios aprieta, pero no ahoga».

—Yo también lo creo. El reparto de sol en la Tierra hace que la balanza se equilibre un poco. Solo así se puede entender el mundo, ¿no estás de acuerdo?

—Me entristece que padre no haya llegado a ver la victoria de la República —suelta Eloísa de pronto.

—¿Crees que padre era…?

—¡Tilde! Sabes que padre no era de airear sus ideas, pero amaba la libertad.

—Eso sí —corrobora Tilde clavando sus ojos en el rectángulo de tierra sobre el que ha empezado a crecer hierba—. Dentro de poco la tierra se igualará y el jardín volverá a ser el de siempre. O mejor.

Eloísa traga saliva y envuelve el trozo de papel con la palma de la mano. Ha leído el telegrama al menos diez veces. O más. De pronto siente una alegría contenida y compasión por sus hermanas. Ella siempre ha querido ser maestra. Sueña con una escuela para todos, libre, laica, mixta. Anhela contribuir a ilusionar a un puñado de niños (ojalá a muchos), a situarlos en el lugar que se merecen y a servirles de guía. No hay una causa tan noble, quizá la de los médicos. Oye a esos académicos pomposos, entusiasmados, escuchándose entre ellos, ocupados debatiendo temas tan elevados —a menudo estériles— en salas voluptuosas y siente que no tienen ni la mitad de mérito que el maestro de la escuela más inmunda. Le entran ganas de gritarles a la cara que ese universitario brillante que tienen ante ellos es fruto de la labor de un maestro que supo despertar en él una curiosidad a la edad oportuna.

Contempla el rectángulo de hierba más corta y abre el puño. Estira la tira de papel sobre la palma de su mano, dejándola al descubierto.

—¿Qué tienes ahí? —pregunta Tilde.

Eloísa alarga el brazo y le entrega el papel arrugado. Tilde la mira con los ojos muy abiertos. De pronto el rostro de mujer decidida se ha convertido en el de una musaraña. Se aclara la voz y lee en voz alta:

—«Plaza vacante. Escuela Sar, anexa a la colegiata. Si hay interés, acudir a la mayor brevedad».

# 17

Todos creen que no he sido llamado a hacer grandes cosas, como si lo llevase cincelado en la cara nada más nacer. Mi padre, el primero. Si no, no se comprende que nos dejase cuando yo era solo un crío de seis años. Un padre no abandona a un hijo así como así, a no ser que tenga un motivo justificado.

Debí de parecerle altamente decepcionante.

Quizá esté a tiempo de demostrar lo que valgo. Quizá madre tenga razón y solo me haga falta creer en mí. Menos mal que la tengo a ella.

Si Dios quiere, para siempre.

TENIENTE VENTURA TOMÉ

El teniente Tomé lleva días dándole vueltas a una idea. Más que una idea, es un interrogante. A pesar de que nunca se ha ocupado de grandes asuntos, tiene olfato para ciertas cosas. Es depredador por naturaleza, y los buenos depredadores huelen el miedo.

Después de la visita a la casa del doctor Asorey, no puede dejar de pensar en sus hijas. Es cierto que nunca antes las había tenido tan cerca. No es que no supiese de su existencia, en Compostela se conoce todo de las familias más preeminentes y, en el fondo, él siempre ha estado atento a las noticias que venían del número dos de la plaza de San Miguel. Pero a pesar de que las vidas de las Asorey han orbitado cerca de la suya, jamás se han llegado a cruzar.

Es una cercanía unilateral: él las ha visto crecer y ellas ni se han enterado.

Tal vez no sea demasiado listo, pero algo ha llamado su atención hasta el punto de decidir volver. No puede explicar muy bien qué; quizá la puerta cerrada delante de sus narices con un pretexto dudoso, el murmullo mal disimulado al otro lado de la puerta, las carreras frenéticas, más susurros, las palabras rascadas hacia dentro para no gritar, la respiración más agitada de lo normal y por fin la expresión de extrema complacencia en los rostros de las mujeres cuando se decidieron a abrir la puerta, menos en la más despeinada de las tres. Ya tiene fama de contestataria y poco femenina, también él ha podido comprobarlo.

Las mujeres de su clase no son expresivas; no son como las hembras con las que se relaciona él, no se pueden comparar. Ellas tienen mucha vida acumulada, más del doble que cualquier mujer, y tampoco es que se pueda saber a ciencia cierta lo que piensan; habría que ver cómo se comportan si no hubiese dinero de por medio.

Desde hace días le martillea la convicción de que las señoritas como las Asorey no corren ni rascan palabras ni mucho menos expresan complacencia o alivio por la muerte de una lavandera. Quizá esperaban otra pregunta, una peor —¿qué puede haber peor?—. Y después está la cara que se les quedó a las tres cuando les preguntó cuándo habían visto a Casilda por última vez. Los ojos y las bocas abiertos como óvalos verticales, tan diferentes al rictus horizontal de las mujeres que frecuenta. Tiene que haber algo más, está decidido a llegar al fondo del asunto. Volverá e impondrá su voluntad. Exigirá interrogar a la hermana que falta. Quedó más que patente la resistencia de las tres, sobre todo de la mayor, a que hablase con ella. Se rumorea que Dorotea Asorey está loca, y los locos no mienten. Razón de más para hablar con ella.

«Una tarde fría del mes de marzo». Aún no se habían hecho con el país los rojos, pero ya se barruntaba la República, piensa con pesar. ¿Por qué habían de acordarse, casi sin dudar, del frío que hacía el día que vieron a la lavandera por última vez? Nadie se acuerda de un día en que ve a alguien si no sabe que será la última vez. A no ser que ese día haya ocurrido algo verdaderamente relevante... Quizá la huida del doctor.

Su madre estará orgullosa de todo lo que es capaz de pensar. Quizá esta vez llegue con una buena pieza; solo de pensarlo, un calambre le recorre el cuerpo y se detiene en la entrepierna. Late que late. Será mejor que dé un par de vueltas a la plaza antes de llamar a la puerta.

# 18

«Nunca podría cumplir con lo que, tengo entendido, es el deber primordial de un conferenciante: entregaros, tras un discurso de una hora, una pepita de verdad pura para que la guardarais entre las hojas de vuestros cuadernos de apuntes y la conservarais para siempre en la repisa de la chimenea. Cuanto podía ofreceros era una opinión sobre un punto sin demasiada importancia: que una mujer debe tener dinero y una habitación propia para poder escribir novelas».

Cuanto más pienso en las palabras de Virginia Woolf, más me reafirmo en mis creencias. Una habitación propia lo es todo.

Eloísa Asorey

Si no fuese porque había oído hablar de ella, jamás adivinaría que junto a la colegiata de Santa María del Sar hay una escuela. Eloísa lleva un rato caminando por los arrabales de la ciudad. Le gustaría estar viviendo el momento con más alegría, pero varias cuestiones se lo impiden. Para empezar, el hueco doloroso que ha dejado la ausencia de su padre, la sensación recurrente de que desde hace un tiempo le falta un órgano (puede sentir el hueco, de verdad que puede) y de que la vida la ha castigado en el momento más inoportuno.

En la explanada de la iglesia, con una llave en la mano, la espera un hombre enjuto de mirada maliciosa. Ignora el motivo de su media sonrisa y el brillo de sus ojos, y tampoco está segura de querer saberlo. El hombre hace el ademán de sacarse la boina de la cabeza cuando ella se acerca.

—Soy el sacristán; no sé si le habrán contado... —dice.

—No me han contado nada, de hecho —contesta Eloísa.

La sonrisa y el brillo en los ojos del hombre se intensifican.

—Pues venga, venga, le enseñaré la escuelita. ¿Ha visitado alguna vez un palacio?

Eloísa niega con la cabeza.

—Bien, porque esto es todo lo contrario.

—No tiene por qué serlo —replica.

Se sorprende a sí misma de la brusquedad que le nace de dentro. Aún no ha puesto un pie en ella y ya cree que tiene la obligación de defender su escuela.

—Mejor que no se haya hecho muchas ilusiones, porque bonita, lo que se dice bonita, no es. El anterior maestro salió por patas, no le digo más.

Eloísa se muerde el labio para no contestar. Al fin y al cabo, decir «bonita» es como no decir nada. Nadie puede decir «bonita» y estar seguro de que ha acertado. No hay una verdad universal con respecto a «bonita». No la hay. No es como «grande» o «pequeña». «Bonita» es de lo menos fiable que se puede decir.

Hace un rato que ha dejado de oír al sacristán, aunque cree que sigue hablando. Un grupo de niños la rodean. Se ríen en voz baja y se empujan unos a otros en silencio, pero ninguno habla.

—¡Hola! —los saluda agitando las manos.

Solo el más pequeño, de unos seis o siete años, le devuelve el saludo.

—Buenos días —dice sonriendo—. ¿Es usted la maestra?

Eloísa asiente con un movimiento de cabeza exagerado.

—¿Cómo se llama? —pregunta el niño.

El sacristán se saca la boina y le atiza con ella en la cabeza.

—¡Sácate de ahí, piojoso *do carallo*!

Ella se vuelve hacia el hombre y lo increpa.

—¿Por qué le pega? Su pregunta es de lo más normal. Me llamo Eloísa —dice ahora dirigiéndose solo al niño—. ¿Y tú?

El niño se aleja varios pasos por si al sacristán se le ocurriese propinarle otro boinazo, como si estuviese acostumbrado a esquivar golpes.

—Manuel Zas Zas, pero todos me llaman Manoliño.

—¿Y te gusta venir a la escuela, Manuel Zas Zas, Manoliño?

El niño se toma un momento antes de contestar.

—Depende.

—¿De qué depende?

—De si usted es como don Celedonio.

—Pongamos que no.

—Entonces puede que sí me guste.

—Ándese con cuidado con estos —le advierte el sacristán—. Son niños sin educar, y eso que aquí vienen los mejores.

—Para eso están las escuelas, para educar. Lástima que no vengan todos los que son. Mientras eso no ocurra, será un fracaso de la sociedad. Por cierto, no veo niñas, ¿no va a venir ninguna?

—Antes había aquí cerca una escuela de niñas, pero pocas iban, creo. Ahora dicen que los van a juntar, ¿es verdad?

—Eso dicen. ¿Le parece mal?

El hombre se encoge de hombros, como si no tuviese una opinión al respecto o no le importase.

—Mientras eso no traiga problemas…

Se han parado frente a una puerta de madera reblandecida como el cartón mojado. El sacristán introduce la llave en el orificio y se echa a un lado de manera pomposa para dejarla pasar. Eloísa da un paso al frente y contempla la estancia desde el hueco de la puerta. Lo primero que piensa es que el sacristán se ha confundido de lugar. Lo segundo es que ojalá lo hubiera hecho. Lo tercero es que ningún niño, ni siquiera un maestro, debería tener que pasar mucho tiempo en un sitio tan lóbrego e insalubre como ese, y que, en efecto, nadie podría negar que la escuela no es bonita.

# 19

Yo nunca hablo del futuro, que con el presente ya tengo bastante.
A mí el futuro me vino impuesto.

Eloísa no hace más que hablar de vientos de cambio. Cada vez
que lo hace mi cuerpo se convierte en una fresquera. Me pregunto
a qué viene tanta euforia.

A ver si el viento va a resultar un huracán.

CLOTILDE ASOREY

Tilde lleva toda la mañana con la cabeza en cualquier sitio menos en
lo que está haciendo. No es normal que se le hagan añicos dos platos el mismo día; hay años en que no se le ha roto ninguna pieza
de la vajilla. Los dichosos vientos de cambio —dentro y fuera de
casa— la están ahogando. Le preocupa que «la cosa» se escape a los
extremos; opina que, cuando «la cosa» se escapa a los extremos, hay
que agitarla para que todo vuelva al centro. Se imagina «la cosa»
como un cilindro cerrado con arenilla en su interior.

Y, por si fuese poco, va y se presenta ese teniente seboso, de
pelo grasiento y ojos de avechucho, preguntándoles si consideran
que la muerte es un asunto urgente. Aún no se explica cómo no se
desmayó allí mismo, delante del hombre. Lo cierto es que ninguna
había vuelto a pensar en el día previo a la muerte de su padre. Parece que sus recuerdos empezasen aquel día de aguanieve de marzo,
como si el contador de memoria se hubiese puesto a cero entonces.

Fue la pregunta del teniente sobre la última vez que vieron a Casilda la que las situó en la tarde anterior al día que cambiaron sus vidas. Ni siquiera llegaron a saber entonces que había sido esa misma noche cuando encontraron el cuerpo de la pobre criatura, abandonada en la noche, con el cuello tronzado y la cara inflamada por el frío, porque a partir de la mañana siguiente todo lo que no fuese la muerte de su padre dejó de tener importancia para ellas.

Dos hechos simultáneos. Dos terribles coincidencias.

Ella misma le abrió la puerta a la muchacha. Recuerda que le sorprendió su presencia porque el jueves no era el día en que recogía la ropa sucia. Quería ver al doctor, le dijo frunciendo su naricilla roja. Parecía preocupada, aunque tal vez solo estaba cansada. «La pobre trabajaba de sol a sol», le explicó al teniente. Intentó bromear para quitarle hierro al asunto: «Es un decir, usted ya me entiende». Para completar su salario infame, Casilda había empezado a trabajar limpiando la botica. Solo un par de horas al día. Tenía la ilusión de ahorrar para poder montar una tiendecita cuando fuese mayor de edad. El caso es que permanecieron encerrados en el interior de la consulta más de media hora. Tilde recordaría cómo estuvo tentada a entrar fingiendo una excusa, aunque eso no se lo dijo al teniente.

Como todas las lavanderas, Casilda tenía problemas de sabañones a causa del frío y el agua, y cada cierto tiempo el doctor le proporcionaba un ungüento con el que se embadurnaba las manos antes de acostarse. La rapaza era presumida y odiaba ver sus dedos inflamados. Tenía diecisiete años y escondía sus manos detrás de la saya. Solía decir que cuando hubiese ahorrado suficientes cuartos no volvería a lavar ni siquiera su propia ropa. Pobriña, cómo iba a suponer que no habría un futuro para ella, se lamenta Tilde.

Recordó que, tras salir de la consulta, su padre la acompañó hasta la puerta. Estaban serios. Los dos. «Demasiado serios», diría. Como si su padre acabase de darle una mala noticia. O quizá fuese al revés. Lástima que la viuda del general Gallardo le preguntase en ese momento si iba a tener que esperar mucho para ser atendida. «Amalia Cebrián es tremenda, teniente, se cree con más derechos que los demás porque su marido luchó en la guerra de Cuba. Yo estaba tan preocupada de que no se alterase y me revolucionase la sala de espera que no pude oír lo que Casilda le dijo a padre cuando se despidieron, aunque, ahora que caigo, me pareció entender que ya hablarían».

Se arrepintió nada más escupir aquella retahíla. Eso le pasa por hablar sin haber rumiado antes las palabras. Tonta, Tilde, tonta. Su padre era un hombre de palabra, si quedaba en hablar con alguien, lo hacía. «Una pena que él tuviese que marcharse», respondió el teniente, que no tendrá pinta de listo, pero ahí estuvo fino. Y la conversación murió ahí. Lo que no le llegó a decir es que, después de eso, su padre abandonó la consulta, para desmayo de Amalia Cebrián, que juró que nadie volvería a verla allí después de semejante desplante, que si algo sobraba en Compostela eran doctores.

Desde entonces, Tilde está más inquieta de lo normal, como si adivinase que algo malo está a punto de ocurrir. A veces le pasa, se anticipa a los hechos. Si lo dijese, la tomarían por loca.

Tener a Eloísa fuera de casa agudiza su desasosiego. De alguna manera, desde que su padre no está, Eloísa ha ocupado su lugar, aunque no comparte ese pensamiento con nadie, y menos aún con ella. A pesar de vivir instalada en el futuro, la tercera de las hermanas se ha convertido en una mujer sensata y un apoyo imprescindible para Tilde. No quiere ni pensar qué habría sido de ellas aquella gélida noche del mes de marzo de no ser por Eloísa. Se merece ser feliz y cumplir sus sueños (aunque no los entienda), así que se traga su desasosiego e intenta alegrarse por ella.

Hace un rato Tea se ha despertado sin que tuviese que sacudirla ni susurrarle al oído. Por primera vez desde el mes de marzo, se ha dormido sin ayuda de ningunos polvos, y eso la hace parecer más humana, aunque Tilde no quiere hacerse ilusiones. Cuidar de su hermana es como caminar con una sopera de Sargadelos en la cabeza: una nunca puede bajar la guardia. O la frente.

Ahora Tea lee sentada en su diván. Han tenido cuidado de poner a su alcance solo libros optimistas y entretenidos, relegando las tragedias a la parte de atrás de las baldas superiores de la biblioteca. Tilde incluso se ha tomado la libertad de deshacerse de algunas obras de Rosalía de Castro que intensifican en su hermana su sensación de melancolía. También ha escondido un ejemplar de *Mujercitas* y de *Crimen y castigo*, por el mismo motivo que escondería un espejo a alguien al que se le ha quemado el rostro. Se armará la gorda cuando Eloísa se entere.

Con Tea concentrada en la lectura, Tilde se ha animado a destapar al guacamayo. Su plumaje brillante y colorido lo convierte en un faro en medio de una masa predominantemente gris. Los colores vivos son de otras latitudes, se dice; mal que nos pese, somos grises.

Celia ha salido al mercado. En unos meses no vivirá en la casa. Se alegra por ella. Y por todas. Víctor ha sido muy comprensivo, después de todo. Más de lo que ninguna esperaba, las cosas como son. Y será un seguro de vida, dadas las circunstancias. Tilde no siente la animadversión de Eloísa hacia el futuro marido de su hermana. No es que sea un mirlo blanco (no es tan ingenua), pero cree que tal vez sea la salvación para todas.

Aporrean la puerta. Varias veces. Con el siguiente golpe se le cae otro plato al suelo. Esa forma insolente de llamar... Sale corriendo, dejando los trozos de loza desperdigados por el suelo.

—¿Tilde? —la voz de Tea suena inquisitiva en extremo.

—No pasa nada, tesoro. ¿Quieres retirarte a la habitación? A lo mejor prefieres estar más tranquila, leyendo acostada.

—No quiero acostarme, no tengo sueño. Aquí estoy bien. ¿Quién crees que será?

La aparente calma de su hermana provoca en ella un efecto paradójico de desconfianza e inquietud.

—No sé, ¿cómo voy a saberlo? —dice, aunque cree que sí lo sabe.

—¿Y no vas a abrir? ¿Quieres que vaya yo? Hoy me encuentro con ánimo para hacer cosas. Si quieres, abro yo.

—¡No! —el grito le sale desmesurado, incluso para ella.

Tea la mira con dulzura.

—No sé si te lo digo con la frecuencia con la que debería, Tilde; eres la mejor hermana del mundo, tengo mucha suerte.

A Tilde los ojos se le inundan de lágrimas. Últimamente llora por cualquier cosa. Corre hacia la puerta antes de que la derriben.

Cada segundo que pasa, los golpes se convierten en bolas de cañón más grandes.

—Ya va, ya va —grita desde el otro lado de la puerta.

Esta vez no se coloca el moño. Ni siquiera se da cuenta de que un mechón de pelo le roza la mejilla. Abre la puerta sin más, convencida de que da igual lo que haga porque la suerte ya está echada.

—Buenos días, señorita Asorey, le sorprenderá verme aquí de nuevo, imagino.

Tilde hace un movimiento de cabeza que no significa nada, si acaso, rendición. Antes de mandarlo pasar, el teniente ya ha dado un paso al frente.

—Venga por aquí —le indica.

El teniente obedece, acompasando su paso renqueante con una respiración sonora e irritante, como de cisterna mal cerrada. Tea lo sigue con la mirada. Hace tiempo que no se la ve tan despierta. Ha dejado el libro sobre la mesa y permanece sentada con la espalda pegada al respaldo.

—Buenos días —saluda el teniente—. Precisamente usted es la que me faltaba.

Tea recorre el rostro de su hermana con los ojos muy abiertos. Tilde asiente, desde atrás, mirándola fijamente, en un intento desesperado de infundirle calma, aunque parece que no le haga falta.

—Sí, es ella… —empieza a decir.

—Supongo que tiene boca —gruñe el teniente.

—¿Cómo dice?

—Supongo que su hermana tiene boca, ya me entiende, que puede hablar sin ayuda de nadie.

—Sí que puedo.

Las palabras de Tea la cogen desprevenida, tan claras y contundentes, tan llenas de vida. Tilde mira a su hermana y solo ve un milagro.

—Usted es…

—Dorotea Asorey.

—Supongo que le habrán contado…

—Sí —lo interrumpe Tea—, lo que no sabemos es qué hace aquí otra vez, ¿no es cierto, Tilde?

Tilde tarda en reaccionar, tal es el asombro que le ha causado la voz envolvente y absurdamente pausada de Tea, pero solo acierta a mover la cabeza porque las palabras se le han quedado agarradas a la garganta.

—Por supuesto, todo tiene una explicación —dice el teniente—. El otro día nos centramos en Casilda, por supuesto, no hay nada más importante que una muerte, en eso estaremos todos de acuerdo. Pero creo que hemos pasado de puntillas la marcha repentina de su padre. Me gustaría volver a eso. No es que me quiera inmiscuir en sus asuntos, es solo parte de mi trabajo. Estoy seguro de que hay una explicación, casi todo lo tiene. He oído diferentes versiones, ya saben cómo es la gente, nunca se cansa de murmurar... Por cierto, ya que estamos, me gustaría ofrecerles mi ayuda, en caso de que la necesitasen, claro está. Estamos para eso —afirma hinchando el pecho, que, en su caso, es la barriga.

Tilde no responde. Se retira un mechón de la cara con una expresión de máxima dignidad, desvía la mirada hacia su hermana y frunce los labios sin saber qué decir.

—Es muy amable, teniente —se adelanta Tea—, pero no hay nada anormal en la ausencia de nuestro padre, ¿a que no, Tilde?

Tilde mueve la cabeza de un lado a otro. De pronto tiene la boca seca. El guacamayo lleva un rato moviéndose en círculos y agitando las alas.

—¿A que no, Tilde? ¿A que no, Tilde? —repite.

Tea se levanta y alcanza un trozo de tela blanco que cuelga del soporte de la jaula. Camina alrededor del guacamayo como si estuviese segura de lo que hace.

—Pájaro bobo, será mejor que descanses —dice tapando la jaula.

El tono condescendiente de Tea llama la atención de Tilde.

Por un momento, hasta se ha olvidado del teniente. Por un momento, le parece que su hermana es el pájaro.

Y cree que a ella también se lo parece.

# 20

No pienso darle a la muerte la satisfacción de pensar demasiado en ella. Solo lo justo, para que no me coja desprevenido.

JOAQUÍN ASOREY

**Marzo de 1931**

—¿Y ahora qué? ¿Y ahora qué? —empezó a gritar el guacamayo.

—¡Maldito pájaro! ¡Que alguien lo tape, por Dios santo! —gritó Tilde.

Las hermanas Asorey llevaban doce horas dando vueltas por la casa, como si andar las ayudase a pensar. Susurraban acuchillando las palabras contra la garganta, en un intento de amortiguar su ira.

Acababa de anochecer. La oscuridad y el cansancio las había calmado solo en parte, como si nadie pudiese estar enfadado para siempre.

—Tea tiene razón —dijo Eloísa, cuyos pelos le tapaban gran parte de la cara—. ¿Y ahora qué? Es noche cerrada y todavía no hemos llamado a nadie para avisar de que padre está muerto. Llevamos todo el día con el cadáver en su cama. ¡No podemos retenerlo durante más tiempo, ya no es él! —gritó—. Ya no es nadie —añadió bajando la voz.

Tea llevaba un rato acunándose en el diván, con los brazos sobre el vientre, a menudo el movimiento la ayudaba a conservar la calma. Celia tuvo que levantarse para tapar la jaula del guacamayo, que, como siempre, se convirtió en el eco sobreactuado de Tea. Siempre sus palabras. Una y otra vez. Con cada vaivén.

—Escuchadme, no voy a seguir esperando a que entréis en razón —las amenazó Eloísa—. Iré a la casa de socorro y le explicaré a la primera persona con la que me encuentre que padre ayer estaba perfectamente sano y que hoy ha amanecido sin vida. No sé a qué esperamos, he entrado en su habitación cada cinco minutos desde esta mañana y está igual de muerto que cuando lo encontramos. El hecho de ocultar su muerte no va a hacer que resucite. Sé que ha sido una impresión para todas, pero no podemos llevar a cabo lo que proponéis. ¡No tiene sentido y, además, es un delito!

—Lo de menos será el delito —replicó Celia—. Lo peor será lo que la gente diga de nosotras.

—Pero ¿tú te oyes? ¿Hay algo ahí dentro? —contestó Eloísa señalando la cabeza.

—Por favor, no discutáis.

La súplica de Tea frenó por un momento la cascada de reproches de las hermanas. Siempre lo hace. Con un solo susurro, Tea consigue más que las demás con una perorata.

—¡Tenemos que hacer algo ya! —Eloísa cargó toda su voz y hasta su cuerpo en la última palabra.

—Propongo que llamemos a Víctor —apuntó Celia de pronto.

—¿A Víctor? ¿A Víctor por qué? —gritó Eloísa fuera de sí.

—Porque pronto formará parte de nuestra familia y porque es un hombre.

Eloísa emprendió una marcha desenfrenada por el salón, con la falda subida hasta bien entrados los muslos. Solo le hicieron falta dos zancadas para dar un salto y caer de pie sobre el diván, haciendo saltar también a Tea. Con la zona de la clavícula roja y los pelos fuera de control, se agarró al pie de la jaula y bramó desde las alturas, como un mono aferrado al mástil de un barco:

—¿Y qué si es un hombre? ¡No nos hace falta un hombre!

Tilde se apresuró a acercarse a ella y comenzó a tirarle de la chaqueta y de la falda. Eloísa tenía la mandíbula y los ojos fuera de su sitio, de su cabeza.

—Por favor, Eloísa, bájate de ahí y tranquilízate —le imploró—. A lo mejor tienes razón, quizá hemos perdido el juicio y no somos capaces de pensar con claridad por el dolor tan grande que sentimos. ¿No crees que alguien de fuera, pero de nuestro círculo de confianza, podría sacarnos de nuestro error?

—Tilde tiene razón —le susurró Tea al oído—. No es que me guste Víctor, pero no nos vendrá mal otra opinión, ¿no crees?

Eloísa cerró los puños como si con eso estuviese evitando un mal mayor. No se atrevió a replicarle a Tea —ninguna lo hace—, pero gritó por última vez que todavía estaban a tiempo de escribir su historia. «Estamos en el momento cero, después será tarde para rectificar», fueron sus palabras exactas. Tilde empezó a hacer aspavientos al tiempo que desplegaba los brazos como velas de un bergantín y gritaba qué momento cero ni qué niño muerto, y Celia sentenció —con un tono de superioridad que no venía al caso—: «Que venga Víctor, no se hable más».

# 21

No debería estar tan ilusionada; no es natural, dadas las circunstancias. Si tuviese que explicarlo de una forma sencilla, diría que siento como si una fuerza subterránea estuviese empujándome hacia arriba. Supongo que son esas cosquillas en el estómago.

He de confesar que me costó volver a mirar a la cara a mis hermanas. Me costó perdonarles que me hubiesen encadenado a ellas y arrastrado al fondo del abismo, pero ya no las culpo, al menos no como antes, ahora comprendo que a menudo se cometen errores con tal de sobrevivir.

ELOÍSA ASOREY

Nada más ver la cara de Tilde sabe que algo malo ha debido de ocurrir. No es propio de su hermana esa ingravidez al andar, incluso en la mirada. Tilde siempre ha estado perfectamente apuntalada al suelo que pisa —menos aquel día frío y lechoso del mes de marzo; entonces no lo estuvo en absoluto—. Por si fuese poco, varios mechones de pelo le cubren la cara, y eso sí que no.

—¿Qué pasa, Tilde? —pregunta.

—Es Tea. Tiene fiebre. Llevo un rato intentando bajársela, pero nada.

Eloísa se abre paso por el pasillo, a zancadas, hasta la habitación de su hermana. Tea yace tumbada en la cama; tiene los brazos extendidos, como si se hubiese rendido. Resulta contradictorio que el color —de un rosa oscuro— de sus mejillas la haga aparentar más viva que nunca, a pesar de que tiene los ojos cerrados y de que su respiración —estentórea y regular— parezca de ultratumba.

—¿Cuándo empezó a encontrarse mal?

—De repente. Vino a visitarnos ese teniente horrible. Tenías que verla, Eloísa, parecía más serena que nunca. Aguantó todas las preguntas sin inmutarse, no podía dejar de mirarla. Te digo que no la reconocerías de lo tranquila que se la veía, mucho más que yo. Una tranquilidad espeluznante.

Eloísa piensa que era cuestión de tiempo que el teniente se presentase de nuevo en la casa, pero se lo calla.

—Trae un caldero de agua, vamos. No, déjame a mí, tú quédate con Tea. ¡Desnúdala!

Tilde obedece al instante, como si agradeciese que por una vez la eximiesen de tener que tomar la iniciativa.

—¿Y qué quería el teniente? —grita Eloísa desde la cocina.

—Saber cosas…

—¿Qué cosas? —pregunta Eloísa subiendo la voz.

—Muchas cosas. ¿Por qué padre se marchó con tanta urgencia? ¿O no había tal urgencia? ¿Fue ese día o fue otro? Si fue ese día, ¿por qué justo ese? ¿Por qué si iba a hablar con Casilda al día siguiente? ¿Por qué, por qué, por qué?

Eloísa entra en la habitación, congestionada por el peso del caldero y la angustia. Tilde la mira con la frente arrugada. De pronto representa cada uno de sus años. De pronto su frente es el mapa de su vida.

—¿No creerás…?

—Lo que yo crea no importa, lo que importa es lo que crea ese hombre, y te advierto que no voy a consentir que a padre lo tomen por un asesino. ¡Por ahí sí que no paso! Tenía que haberos parado —dice como para sí—. Quizá aún estemos a tiempo…

Tilde le da la espalda y mira a Tea con preocupación. «Primero los vivos», parece pensar. Siempre.


Las arrugas de la frente de Tilde no han desaparecido del todo, pero, en conjunto, ha recuperado parte de su brillo. Está sentada en el sillón de su padre, revolviendo el interior del costurero, afanada en buscar algo que no encuentra. Por momentos, incluso se le escapa el estribillo de una tonadilla. Eloísa lleva un rato observándola, mal sentada en el diván de Tea, pensando por primera vez que nunca ha echado en falta a una madre.

—¿Crees que es tarde para decir la verdad? —le pregunta Tilde—. Se nos ve muy delgadas y nerviosas, aunque a Celia menos —gorjea.

—Será mejor que vayamos viendo cómo va la cosa, ¿eh? El teniente no parece muy listo. Deben de estar todos muy ocupados en salvaguardar el orden público para mandar a ese sujeto. La pobre Casilda era una lavandera huérfana, y, si no encuentran a su asesino, no se sentirán en deuda con nadie. La gente no se preocupa por los que más se tienen que preocupar, Tilde, siempre lo he creído.

Tilde levanta, triunfante, la mirada del costurero y arquea las cejas, exhibiendo una aguja.

—¿Por eso siempre has querido ser maestra? —pregunta—. ¿Para preocuparte por alguien?

—Bueno, para preocuparme y porque me gustan las mentes infantiles, la sensación de que nadie es nadie todavía y de que cualquiera puede llegar a ser lo que quiera. Cuando tengo a un niño delante pienso que está a tiempo de ser lo que se proponga en la vida, y no hay nada más estimulante que eso, Tilde.

—Qué bonito eso que dices, Eloísa. Qué suerte van a tener esos niños.

—No solo lo hago por ellos, también lo hago por mí. Cuando adecente la escuela, te llevaré a verla —contesta Eloísa animada por primera vez desde que llegó—, pero me llevará un tiempo, ahora mismo es una cuadra. Por cierto, quizá coja algunos libros; resulta desolador ver la única estantería de la escuela vacía.

Un portazo anuncia que Celia ya está en casa. Cada una tiene su propia manera de cerrar la puerta. Tilde la maneja con energía pero con control, sin dejar que la casa tiemble, Eloísa y Celia, en cambio, son las de los portazos, y Tea no lo hace de ninguna manera, porque para cerrar una puerta hay que haberla abierto antes.

Eloísa agradece la presencia de su hermana pequeña. Sin ella, la casa es solo una cáscara hueca y llena de eco. A pesar de que su falta de sensibilidad le resulta a veces exasperante, reconoce que Celia llena la casa como ninguna. Puede que, de alguna manera, ella sea lo más parecido al embrión.

—Qué bien estáis ahí sentadas, ¿eh?

Las hermanas se dedican una mirada silenciosa entre ellas, y Eloísa se pregunta si eso es lo que Tilde lleva haciendo toda la vida.

—¿Dónde está Tea? —pregunta Celia.

—En cama —responden las dos.

—No es bueno que pase tanto tiempo acostada, se está perdiendo la vida.

—A lo mejor es que no quiere vivir —replica Eloísa.

—No me extraña, se pasa el día regodeándose en la tristeza.

—No es tristeza, Celia, es una enfermedad —contesta Tilde.

—Si es una enfermedad, es una muy egoísta. A mí no me gustaría contagiarme, desde luego.

Eloísa guarda silencio. Con Tea, ella también ha alternado la compasión y el enfado, casi a diario. Lo peor de todo es no saber con quién enfadarse.

—Cuéntanos qué has hecho en la calle, anda —dice Tilde—. Se te ve contenta.

Celia se quita el abrigo y esboza una media sonrisa.

—¡Como para no estarlo! —canturrea—. Ahora os cuento, ahora os cuento, pero dejemos que el salón se llene de color —añade quitándole el trapo a la jaula—. A veces creo que sin este pájaro la casa sería un cementerio.

El guacamayo aletea, mudo, exhibiendo todo su esplendor.

—¿Vas a decírnoslo o vamos a tener que rogarte? —refunfuña Eloísa.

—Por supuesto que sí, por supuesto que sí. Por cierto, Eloísa, me encontré en la calle a la chica de la imprenta esa, ¿cómo se llama?

—La Arcadia —contesta Eloísa.

—La imprenta no, la chica.

—Alicia.

—Es bastante guapa, demasiado moderna para mi gusto, quizá. Me dio un recado para ti.

—¿Un recado?

—A ver si me acuerdo… Creo que dijo: «Se rumorea que Virginia Woolf está a punto de llegar» —dice subiendo los hombros.

—¿Virginia Woolf? —pregunta Tilde—. ¿Quién demonios es Virginia Woolf?

—Una escritora inglesa —aclara Eloísa.

—¿Y dicen que va a venir?

—Bueno, no exactamente…

—¡Ya estamos! O se viene o no se viene, Eloísa, no hay más.

—No, me temo que aquí ella se sentiría muy sola.

—Eloísa, no hay quién te entienda —gruñe Tilde—. Celia, tesoro, cuéntanos…

—Fui al despacho de Víctor —gorjea la pequeña—. Teníais que ver cómo me recibieron todos allí, era como si ya estuviésemos casados.

—Pero no lo estáis —le recuerda Tilde—. ¿Acordasteis una fecha?

La boca de Celia se agranda hasta formar una góndola.

—Aún no, pero Víctor me ha dicho que sería bueno que hablásemos con calma para concretar algunas cosas…

Eloísa yergue la espalda y la pega al respaldo.

—Mira por dónde, eso mismo iba a sugerir yo —replica.

—Le dije que encontraríamos un buen día para que viniese a casa, pero me respondió que sería mejor que nos viésemos en otro sitio. Supongo que prefiere que primero hablemos nosotros a solas. Es normal…

—Ya… —masculla Eloísa.

—¿Y nada más? —pregunta Tilde.

—¿Te parece poco, Tilde? —protesta Celia—. ¿No os dais cuenta de lo que significa?

—¿Qué significa? —corean sus hermanas a la vez.

Celia coge aire y no espera a expulsarlo para contestar.

—¡Pues que poco a poco volvemos a la normalidad!

Eloísa contempla a sus hermanas con atención. Con Celia no tiene término medio, con ella zigzaguea de la alegría al desprecio más absolutos. La hermana pequeña se comporta como si la vida siempre le debiese algo, por eso es capaz de hacer explotar una bomba sin inmutarse. A Tilde, en cambio, le gusta tener el control de la situación. Sufre cuando no lo tiene. Sentada en el sillón de su padre, la mayor lleva un rato fingiendo que todo va bien. Sigue cosiendo, pero es la segunda vez que se pincha.

Quizá la normalidad a partir de ahora sea eso.

Quizá lo normal sea fingir que todo va bien.

# 22

Aún no me creo la suerte que he tenido de que Víctor del Río haya puesto sus ojos en mí. Es bueno, inteligente, rico. Algo bajo, quizá. Le he dado muchas vueltas y creo que es precisamente su estatura la que hace que algunos no lo traten con el respeto que debieran. Su padre, el primero.

Ni se me ocurriría decírselo a nadie, y menos a mis hermanas. No seré yo quien les dé un motivo de qué hablar. Por alguna razón, la armonía no fluye entre ellos. Sospecho que es envidia. Yo voy a casarme y ellas no. A la fuerza eso tiene que dolerles, si no, no serían humanas. Menos a Tilde, ella solo es capaz de sentir alegría por las cosas buenas que nos ocurren.

Recuerdo la noche en que apareció Víctor en casa, con padre ya muerto. Jamás olvidaré su mirada cuando abrí la puerta y apareció detrás de Eloísa.

CELIA ASOREY

**Marzo de 1931**

Como un bulto gris. Pardusco, más bien. Un ratón de campo mojado y asustado. Tembloroso, incluso. Lógico, teniendo en cuenta que debía de ser la noche más fría del año. Tan desvalido parecía que le daban ganas de achucharlo contra su pecho y acunarlo hasta que se le borrase la cara de susto. Aunque estaba convencida de que, una vez que le contasen lo ocurrido, sería él quien se ocuparía de consolarla. Normal.

—Te preguntarás por qué hemos ido a buscarte a estas horas —dijo Tilde nada más verlo en la puerta.

Víctor del Río las miró sin levantar del todo la cabeza y asintió.

—Algo importante, supongo...

—Algo terrible —sentenció Eloísa.

—Terrible, terrible —gimió Tea con la palma de la mano extendida sobre la clavícula.

—¿Qué está pasando aquí? —preguntó Víctor recorriendo, ahora sí, los rostros de las mujeres.

—Ay, Víctor —intervino Celia—, resulta que padre ha muerto.

Algo en la cara de Víctor del Río se ablandó. Su cuerpo también. Con movimientos pausados, se quitó el sombrero (el abrigo se lo dejó puesto) y se lo entregó a Celia, que corrió a colgarlo en el perchero del vestíbulo.

—¿Dónde está? —preguntó.

—En su cama —contestó Eloísa.

—¿Cómo ha ocurrido? ¿Cuándo...?

—No sabemos cuándo, suponemos que la pasada madrugada. Esta mañana ya no se despertó —intervino Celia.

—¿Ayer? ¿Y no habéis notificado su fallecimiento? ¿Nadie sabe que está muerto?

—Nadie —contestó Eloísa adelantándose a sus hermanas—. Vaya por delante que yo me opuse rotundamente. Si alguien fallece, se notifica su muerte; es lo que hacen las personas normales. Díselo, Víctor.

—¿Por qué no queréis que se sepa que ha muerto? —preguntó Víctor abriendo mucho los ojos.

Eloísa hizo un ademán teatral con el brazo para cederles la palabra a sus hermanas.

—Siéntate, Víctor. —Esa vez fue Tilde la que se adelantó.

—Pero no te pongas muy cómodo, hay que tomar una decisión ya —añadió Eloísa.

Víctor del Río obedeció —a las dos—, quizá por eso se colocó en el borde de la silla. Celia corrió a sentarse a su lado. No le cogió la mano porque creyó que, dadas las circunstancias, tal vez no procediese, aunque ganas no le faltaron.

—Padre murió por causa natural —explicó Celia.

—Ni siquiera lo sabemos, no tenemos manera de saberlo, no somos forenses —objetó Eloísa.

—¿De qué otra cosa podría haber muerto? —preguntó Víctor.

—¡No lo sé! ¿Cómo voy a saberlo? —gimió Eloísa.

—El pobre padre comía mucho, y comer mucho a ciertas edades es peligroso. Él mismo se hartaba de repetirles la cantinela a sus pacientes, pero ya conoces a los médicos: nunca siguen sus propios consejos. Lo curioso es que ayer no quiso cenar… Su plato estaba como se lo dejé —siguió Tilde como si acabase de caer en la cuenta del detalle.

—Te diré qué es lo que pasa, Víctor —explotó Eloísa desgajada y roja como una granada—. Mis hermanas opinan que es una buena idea que hagamos desaparecer a nuestro padre, que nos irá mejor si las personas de esta ciudad piensan que el doctor Asorey ha abandonado su consulta, su hogar y a sus hijas en vez de haber muerto de manera pacífica. Diles que es una locura. ¡Te lo ruego!

—No es eso, Eloísa, tesoro —protestó Tilde—, padre no desaparecerá, estará presente en la distancia, que es muy diferente.

—¿Así, de repente? La gente quiere datos, no se conformará fácilmente, lo sabes como yo. ¿Qué responderemos cuando exijan saber cuándo, cómo, por qué?

—De momento, nada. Últimamente se le veía muy cansado, no habrá nada anormal en que haya ido a tomar los baños a uno de esos balnearios una temporada larga. O que vaya a tratar algunos asuntos a Madrid, como ha hecho otras veces. No sabemos qué va a ocurrir. Si al final se proclama la República, sabe Dios las barbaridades que harán. Tal vez no estemos seguras solas. Después el tema perderá fuelle y, pasado el tiempo, todos darán por hecho que no volverá. Tal vez muera en Madrid, no sería tan extraño. Sea como sea, ya sabéis cómo funciona esta ciudad: un asunto es jugoso hasta que deja de serlo. La gente nos respetará por llevarlo con estoicidad, solo hay que aguantar el chaparrón al principio, mientras su desaparición todavía se considere actualidad. Cuando nos demos cuenta, dejarán de preguntar. Hablarán por detrás, eso sí, pero también admirarán nuestra entereza.

—Veo que has pensado en todo, Tilde —le recriminó Eloísa.

—Es por nosotras, Eloísa, padre es lo más valioso que tenemos; perderlo ahora, que todavía es joven y competente, sería un suicidio social. Estamos viviendo unos tiempos convulsos, de cambio tal vez —¡Dios no lo quiera!—, y no sabemos cómo nos podrá afectar si el giro se llega a producir.

—¡El giro es necesario, enteraos de una vez! —gritó Eloísa, tanto que todos la mandaron callar.

—No habléis de giros. No quiero giros —gimió Tea.

—¡No quiero giros! ¡No quiero giros! —repitió el guacamayo.

—No sé si he entendido bien... —titubeó Víctor.

—Creemos... —empezó Tilde.

—¡Yo no! —protestó Eloísa.

—Si las cosas se ponen feas, todas, menos Eloísa —Tilde se cuidó de espaciar las palabras y alargar la «i»—, creemos que la vida será más segura si padre está con nosotras.

—¡Padre está muerto, no puede estar con nosotras! —gritó Eloísa.

—Pero la gente no lo sabrá, tesoro, eso es lo único que importa —replicó Tilde.

—Víctor, por favor, explícales que esto, además de ser una locura, es un delito. ¡Diles que paren ya! —imploró Eloísa.

Las miradas de las cuatro fueron a parar al rostro de Víctor del Río, que dejó de temblar, a pesar de que en todo el día no se había encendido el brasero. Celia lo miraba con devoción, ahora sí le pareció apropiado cogerle la mano. Una mujer siempre debería estar al lado de su marido (la mayor parte de las veces ya sentía que podía comportarse como si lo fuese), apoyándole en las decisiones importantes.

Él le apretó la mano (menos mal, tenía miedo de que se la apartase, que, para según qué cosas, él era muy tímido). Se tomó un tiempo antes de hablar.

—¿Y? —insistió Eloísa.

—Me halaga que me preguntéis, teniendo en cuenta las vicisitudes...

—¡Por Dios, Víctor, deja de hablar como un abogado!

—No, yo… Creo que Eloísa tiene razón. Es una locura —admitió Víctor.

Eloísa levantó los brazos con aire triunfal.

—¿Lo oís? ¡Una locura! Será mejor que nos olvidemos de esto. Estoy deseando hacerlo.

Celia carraspeó un par de veces. Maldita Eloísa, siempre imponiendo sus ideas, dándoselas de superior, ninguneándola a ella como si fuese un trozo de carne sin opinión propia ni poder de decisión.

—Bueno, tal vez deberíamos pensarlo mejor, ¿no creéis? —señaló Celia clavando sus ojos en Víctor.

—¿Qué quieres decir? —preguntó Víctor, que de nuevo empezó a temblar.

Tilde levantó la cabeza con la violencia de un toro de Miura y, sin esperar a que Celia contestase, preguntó a bocajarro:

—¿Os he educado mal?

Se impuso un silencio que solo Eloísa se atrevió a romper.

—Tilde, no…

—¿Os he educado mal? —repitió Tilde al borde del llanto.

Eloísa bajó los brazos, pero esa vez no contestó.

—Claro que no, Tilde, para mí eres una madre —respondió Celia—, y supongo que las demás opinan lo mismo —añadió mirando solo a Eloísa—. Víctor, quizá podíamos pensarlo, quizá Tilde tenga razón.

Tilde llevaba un rato sorbiendo las lágrimas de manera ruidosa. Tea hacía lo mismo, pero ella en silencio. Celia se enjugaba los ojos, con suaves golpecitos sobre el lagrimal, aunque no había nada que enjugar. Eloísa, en cambio, no podría llorar, aunque quisiese. A juzgar por la congestión de su cara y la rapidez con la que cogía y soltaba el aire, la ira se lo impedía.

—¿Entonces, Víctor? —preguntó Celia entornando los ojos.

—No sé, si lo tenéis claro… —dijo rascándose la cabeza—. Este es un buen momento para desaparecer, pero…

Eloísa pegó su cara a la de Víctor del Río.

—No te he traído para que le des la razón al rebaño. Para ser del todo sinceros, yo ni siquiera quería que vinieses, creo que este disparate se debía hablar y finiquitar en familia.

—Víctor es casi de la familia —protestó Celia—. Me gustaría aclarar que haré lo que él diga.

Víctor del Río optó por el silencio. Celia llevaba un rato apretándole la mano. Quería decirle que su opinión para ella contaba más que la de sus hermanas y que la suya propia, que ya se sentía como si los dos fuesen una persona, pero que en ese momento, aunque fuese por una vez, se pusiese de su lado. Todo eso le dijo al apretar su mano.

—Bien. —Eloísa dio una palmada sonora sobre la superficie de la mesa camilla—. Supongo que tenéis un plan.

—Tenemos tiempo —contestó Tilde—. Durante el fin de semana nadie lo echará en falta, y con las temperaturas de fresquera que hay en esta casa, no habrá problema.

—¿Dónde pretendes que se ausente padre, Tilde? —preguntó Eloísa levantando las cejas.

Tilde carraspeó un par de veces (y después otras dos veces más) antes de susurrar:

—En el patio, en nuestro pequeño jardín, bajo el magnolio donde se sentaba a leer.

—¡Ris-ras!

El sonido explotó en la boca de Tea como un petardo inesperado. Los ojos de todos se volvieron hacia ella en busca de una respuesta.

—Tesoro, ¿qué dices? —preguntó Tilde frunciendo los ojos.

La segunda de las hermanas Asorey empezó a rascarse los brazos mientras repetía sin parar:

—¡Ris-ras, ris-ras!

—¡Estaréis contentos! —gritó Eloísa.

Víctor se deshizo de la mano de Celia, que pensó que ojalá él no tuviese que presenciar la escena. Quizá los problemas mentales deberían tratarse en familia (para eso Víctor aún no lo era). Ojalá Tea no hubiese escogido ese momento para parecer más demente que nunca. ¿A cuento de qué esa expresión tan absurda? Le faltó poco para desmayarse cuando oyó semejante delirio.

Tilde se acercó a su hermana y la ayudó a levantarse.

—Tesoro, vamos a tomar algo que te ayude a dormir.

Tea se puso en pie como si no contemplase más opción que obedecer y Eloísa esperó a que las hermanas mayores desapareciesen de su vista sin dejar de recorrer el salón de un lado al otro.

—¿Y? —preguntó al cabo de un rato pegando su cara a la de Celia.

Celia ni siquiera pestañeó.

—Eres una ingrata. ¿Quieres contradecir a Tilde, después de lo que ha hecho por nosotras? Ella no ha tenido vida. ¡Su vida somos nosotras!

—¿Aunque sea una auténtica locura? Ya veo. ¿Es esa vuestra última palabra? —preguntó.

Ninguno respondió. Víctor agachó la cabeza. Celia, en cambio, la mantuvo erguida. Se hizo patente su distanciamiento, a pesar de que seguían pegados. Era una leve, casi imperceptible, inclinación de sus hombros hacia el lado opuesto de sus cuerpos lo que los hacía parecer disociados.

—Nos arrepentiremos, sé que nos arrepentiremos —masculló Eloísa.

Víctor del Río levantó la mirada por primera vez y arrugó su frente, llena de disculpas.

—Si quieres, yo puedo ocuparme…

Eloísa lo miró con desprecio, como si no pudiese hacer otra cosa.

—¡Nadie toca a mi padre! De padre me ocupo yo.

# 23

Recuerdo a una familia a la que, siendo yo niña, enseñé a leer y escribir. No tenían ni zapatos ni comida, pero reían y lloraban todos a la vez. Formaban una unidad tan armoniosa e indivisible, y había tanta sinceridad entre ellos, que daban ganas de irse a vivir a aquella casa, aunque no tuviesen nada ni remotamente parecido a una biblioteca.

No sé por qué recuerdo eso ahora. Quizá porque por primera vez siento que un hogar es donde vive un padre. Sin él, la casa se tambalea.

La orfandad te cambia, te deja como una piedra pómez, llena de agujeros que nadie puede llenar. Absolutamente nadie. Son agujeros irremplazables.

ELOÍSA ASOREY

El calor a primera hora de la mañana aprieta de manera inusual para la época del año (las temperaturas deberían empezar a ser agradables, pero nunca asfixiantes). Eloísa lleva un buen rato caminando con un hatillo de libros al hombro. Ha procurado hacer una selección adaptada a las distintas edades y materias. Le gustaría imaginar las caras de sorpresa de los niños cuando vean lo que les ha traído, pero no puede.

Apura el paso con la esperanza de desprenderse de la imagen de su padre. De pronto no puede pensar en él vivo, sonriente, serio, condescendiente, enfadado. Ya solo ve cómo estará ahora, en qué fase exacta de descomposición, después de ochenta días en contacto con la tierra húmeda y fértil, en si le faltará toda la carne, en si su cráneo servirá de maceta para las malas hierbas, en si su cuerpo se habrá licuado o si los gusanos se habrán comido hasta la última membrana, dejando limpios los huesos. ¿Será un ente semisólido o completamente líquido? O peor aún: ¿será un espectro? De repente necesita saberlo. No quiere, pero necesita saberlo. Ojalá su padre pudiese preservarse incorrupto en su cabeza. Ojalá pudiese recordar su cara tal y como era, no hay nada más repugnante que un cuerpo en estado de descomposición, aunque sea el de un padre al que se quiere y se añora.

No cree que pueda reprimir la náusea.

Ya no es náusea.

Ya es tarde.

El esófago le arde como si acabase de tragar cal viva.

En la esquina de la iglesia, incrustado como un relieve en la piedra de granito tostado, la espera Manuel Zas Zas, Manoliño. En cuanto la ve, el niño echa a correr hacia ella.

—¿Qué trae ahí? —pregunta abriendo mucho los ojos.

—Libros.

—Yo no sé leer.

Manoliño no parece avergonzado, habla como si constatase un hecho.

—Habrá que ponerle remedio a eso entonces —replica Eloísa.

Una docena de niños se unen a ellos, formando una cola nerviosa y ruidosa. Los mayores cuchichean entre sí y se ríen por lo bajo. Manoliño tironea de su falda para que se agache.

—¿Ocurre algo, Manoliño? —le pregunta mientras hace malabarismos para que no se le caigan los libros.

—Hay alguien esperándola.

Se le pasa por la cabeza que algo terrible (probablemente relacionado con Tea) ha debido de ocurrir en su casa. En el fondo siempre ha sabido que lo peor podría llegar en cuanto levantasen un poco la guardia. Apura el paso. Ojalá llevase unos pantalones de esos con forma de falda; le permitirían dar zancadas más grandes. Dobla la esquina lo más rápido que puede.

Cuando ve a Pablo Doval, con un cuaderno en la mano y un lápiz detrás de la oreja, no sabe cómo reaccionar. Mentiría si dijese que no ha vuelto a pensar en él.

—Te he tomado la palabra —se adelanta el periodista—. Me he decidido a escribir sobre la precariedad de las escuelas nacionales.

Eloísa apoya el hatillo en el pasillo de tierra que circunda la iglesia.

—¿Cómo has sabido dónde encontrarme? —pregunta.

Pablo levanta una ceja —solo una— y sonríe. Se quita el lápiz de la oreja y lo levanta con aire teatral.

—Se me da bien hacer averiguaciones.

La tierra del suelo está húmeda y caliente, y el aire huele a una mezcla de moho y vegetación fermentada. Pablo emite un silbido prolongado. Eloísa lo mira, triunfante. Entiende la expresión de su cara, la escuela está peor de lo que nadie pueda imaginarse.

—¿Y bien?

—Esto es… intolerable. Hay que tener muy poca vergüenza para llamar a esto escuela.

—Pero la dejaremos bien —dice Eloísa mirando a los niños—. Empezaremos por limpiar las mesas y las sillas. ¿Algún voluntario?

Los niños levantan la mano. Su disposición instantánea, libre de dudas, la conmueve. Se comportan como si creyesen que han nacido para servir. Pablo se remanga y tira la libreta sobre una mesa. Ni siquiera se levanta polvo; el polvo está tan pegado a la superficie que se ha convertido en una película de barro fino y pegajoso. Todos cargan con una silla, los más fuertes, con dos, y las sacan a la explanada anexa a la casa del sacristán. Eloísa reparte trapos. Algunos canturrean mientras limpian. Por alguna razón se le vienen a la cabeza los esclavos recolectando algodón.


Aunque intuye la respuesta, Eloísa no se resiste a preguntarles a los niños si tienen hermanas. La mayoría asiente. Un niño pecoso tuerce la boca como si estuviese mordiendo un limón.

—¡Tres! —dice. Y su respuesta suena a condena.

—¿Qué pasa, no te gustan tus hermanas? —pregunta Eloísa.

—No, son muy mandonas. Como soy el pequeño piensan que me pueden mangonear.

—¿Cuántos años tienen?

—La mayor tiene once, pero se cree la madre de todos.

—¿Y tu madre?

—Murió el año pasado, de tuberculosis.

Manoliño se acomoda en su silla recién limpia y levanta la mano.

—La mía también murió, pero no fue de tuberculosis. La limpieza la mató.

—No seas bruto —lo azuza uno de los mayores desde atrás—. No le haga caso, lo que le pasó a la madre de este es que se cayó por la ventana al sacudir una alfombra.

—Si no fuese tan limpia, no se habría matado —protesta Manoliño.

Eloísa le dedica una mirada sesgada a Pablo, que se limita a escuchar.

—En sentido estricto, Manoliño tiene razón —explica ella—. Por cierto, me gustaría que hablaseis con vuestros padres y les dijeseis que me encantaría que vuestras hermanas viniesen a la escuela con vosotros.

—¿A la misma escuela? —balbucea un niño escuchimizado, de ojos enormes.

Eloísa asiente. Los niños se miran entre ellos mientras murmuran sonidos ininteligibles. De pronto el murmullo se extingue, ahogado por una voz masculina que viene del exterior.

—Permiso. ¿Se puede?

Eloísa abre la boca, pero la frase de bienvenida se ahoga en su garganta al ver que un hombre corpulento se planta en medio de la estancia.

—¡Qué tugurio, Virgen santa! —exclama.

—¿En qué puedo ayudarle?

El hombre echa un vistazo fugaz a la escuela.

—Me han dicho que me lleve a ese —dice señalando el retrato polvoriento de Alfonso XIII, que ocupa, mal colgado, la pared principal, detrás de la mesa de Eloísa—. Ya vine el otro día, pero no había nadie… —El hombre le hace un gesto para que se acerque—. Me dijeron que era mejor que me lo llevase cuando estuviesen presentes la maestra y los niños, que así le daría pie a usted a explicarles lo del cambio, ya sabe.

Eloísa retrocede un par de pasos. Al olor a moho se le ha añadido, desde que el hombre ha entrado, un tufo a cebolla frita.

—Usted haga lo que tenga que hacer. Ya decidiré yo cuándo hablarles del cambio —pronuncia «cambio» como el que se refiere a una contraseña—. Ahora, si no le importa, estamos ocupados.

El hombre se encoge de hombros y carga el retrato de Alfonso XIII con la misma solemnidad que si se estuviese portando un jarrón.

—A rey muerto, rey puesto —dice Manoliño sonriendo—, solo que no hay otro rey.

—Qué listo parece el rapaz —bromea el hombre.

—Es que lo es —contesta ella.

—Qué felicidad la de los niños, ¿eh? —señala el hombre.

Eloísa lo mira con estupor.

—¿Sí? ¿Usted cree?

El hombre se rasca la cabeza como si estuviese vacía de réplicas.

—Bueno, si no se les ofrece nada más…

Eloísa niega con la cabeza. Desde hace un rato, los niños cuchichean entre ellos. El que parece mayor le propina un codazo a Manoliño, que termina entonando, con su voz atiplada: «Si los reyes de España supieran, lo poco que van a durar, a la calle saldrían cantando: libertad, libertad, libertad» en el momento en el que el retrato del rey camina, tumbado, bajo la axila del hombre.

# 24

Es más fácil determinar cuándo algo empieza que cuándo acaba. Eso me parece a mí.

Ahora que lo pienso, puede que tenga dificultad con los finales.

Teniente Ventura Tomé

El teniente Tomé no quiere recordar, pero para eso tendría que arrancarse la cabeza y después martillearla sin piedad. Menudo cerdo ese doctor Asorey. Solo un insolente se atrevería a soltarle a una madre que está ejerciendo una maternidad castrante y hacerle ver que lo dice por el bien del niño. ¿Puede alguien decir algo más cruel?

Entonces no sabía qué era aquello de «castrante», pero leyó la ira en los ojos de su madre, sintió el tirón que a punto estuvo de despegarle el brazo del tronco, oyó (aunque no entendió del todo) sus exabruptos mientras bajaban la cuesta de San Miguel y el bisbiseo de los viandantes, con su eterno aire de superioridad moral.

No fue hasta más tarde cuando entendió en profundidad que el insulto en realidad iba dirigido a él. «Es delirante la viveza con la que se puede revivir el pasado», se dice.

Está decidido a llegar al fondo del asunto.

De los asuntos (porque, sin duda, hay dos).

Se lo debe al niño gordo y castrado.

Al final de la calle de los Laurales, cinco portales más abajo de La Arcadia, haciendo esquina con un descampado infinito plagado de chuchameles, una mujer morena de carnes magras recoge la ropa de una cuerda mugrienta como si fuesen uvas maduras.

El teniente Tomé avanza hacia ella, seguro de que la mujer se corresponde con la descripción que le han dado de Felisa Expósito. «Sus pechos y nalgas reivindican un lugar privilegiado en el cuerpo que habitan, como una diosa primitiva de la fertilidad», le dijo el cabo Serantes, que casi no habrá ido a la escuela, pero habla como Calderón de la Barca.

El teniente esboza una sonrisa de medio lado, no duda de que es esa la mujer, que acaba de reparar en él y lo espera con los brazos apoyados sobre sus caderas, como un ánfora romana rebosante.

—¿Qué se le ofrece? —le grita cuando todavía le faltan unos metros para llegar hasta ella.

—¿Felisa Expósito?

—La misma.

—Teniente Tomé —afirma como si fuese a quitarse un sombrero que no existe.

—Usted dirá.

Parece que ahora sí ha captado su atención. No siempre es capaz de captar la atención de las mujeres, por raro que le parezca a su madre.

—Estamos investigando la muerte de Casilda Iglesias, la lavandera… Su prima —farfulla.

—Eso está bien; no tenía yo muchas esperanzas de que se fuesen a molestar por una rapaza como ella. —Pone cara de compungida como si creyese que «ella» podía ser «yo».

Ahora que la tiene delante, no sabe por dónde empezar. En su cabeza todo sucede de una manera mucho más ventajosa para él. Por suerte, Felisa es una mujer dispuesta y no parece tener paciencia ni ser el tipo de persona que juega con los tiempos para hacerse la interesante.

—Vamos, escúpalo, teniente.

—¿Cómo dice?

—Las preguntas, que las escupa.

Una cosa es que aprecie la disposición y otra muy distinta que lo avasallen hasta hacerlo parecer un pelele.

—Hábleme de Casilda, de sus últimos tiempos, no se remonte a cuando eran rapazas —dice de corrido, para dejar claro que los tiempos los marca él.

Felisa arruga la frente como si se estuviese forzando a pensar.

—Lo que puedo contarle es que había empezado a trabajar en casa del boticario... Bueno, empezado y terminado, que hay centellas menos rápidas que lo que duró mi prima en esa casa.

—Porque se murió, claro está —señala el teniente.

—No, no, antes.

—¿Cómo es eso?

—¿No va a anotar lo que le digo? —pregunta Felisa exhibiendo una sonrisa que bien podría ser de burla.

El teniente enarca las cejas y la maldice en silencio. Él nunca toma notas, no se le da bien escribir; parece como si esa ramera lo supiese.

—No me hace falta, tengo una memoria privilegiada —dice señalando la sien.

—Como usted diga, teniente... La cosa es que Casilda dejó de trabajar en la botica unos días antes de que la mataran —prosigue y se lleva las dos manos al cuello de manera teatral—. Parece ser que tuvo una agarrada con el don Leandro ese.

—¿Una agarrada?

—«Algo muy jugoso», soltó la infeliz. Y, al decirlo, se le iluminaron los ojos. «Ya te lo contaré, prima», añadió, pero ¡qué va!, no me lo llegó a contar.

—¿La despidió el boticario? —pregunta el teniente.

—Se despidió ella. «Me voy antes de que me desaparezcan los sabañones», parece ser que le dijo. Casilda tenía arrojos, aunque no le sirvieron de mucho a la pobriña...

—¿Y no le insinuó nada? Vamos, haga memoria.

Felisa agita la cabeza de lado a lado, de pronto cesa el bamboleo y suspende la mirada en un punto inconcreto del descampado.

—Ahora que lo pienso, dijo que iba a hablar con el doctor Asorey...

Las palabras de la mujer casi lo hacen saltar. De nuevo el cosquilleo y los borbotones de sangre latiendo en la entrepierna. Eso ha sido un golpe de suerte, las cosas como son.

—¿Al doctor Asorey? ¿Por qué cree que quería hablar con él?

Felisa ha vuelto a clavar sus muñones en la parte alta de las caderas. Suspira y, esta vez sí, se toma su tiempo antes de contestar.

—Supongo que quería pedirle asesoramiento. Muchos lo hacíamos. Era una buena persona, nada envarado. Ayudaba a todos los que se lo pedían a rellenar algún escrito, a solucionar alguna partija o lo que fuera. Sin aceptar ni una perra, no como otros, que cobran hasta por respirar.

Conque buena persona… Al teniente le entran ganas de explicarle a la mujer unas cuantas cosas, pero no lo hace.

—¿Por qué dice «era»?

—Porque ya no está —contesta Felisa.

—No estará insinuando que…

—Que presiento que no volveremos a verlo, sí.

—¿Presiente?

—Se me da bien presentir.

—¿Y se puede saber por qué lo presiente?

Felisa adopta un aire de artista. Coge la cesta del suelo, de pronto parece que tuviese prisa por acabar la conversación.

—Ah, no. Eso no se lo puedo explicar, lo presiento y ya está.

El teniente se muerde el labio inferior, pero no controla su fuerza, y su boca se inunda del sabor ferruginoso de la sangre. Felisa da un paso al frente con el que parece iniciar el camino hacia el interior de su casa. El teniente quiere cogerla de un brazo y pedirle que no se vaya, pero intuye que no es mujer que tolere que la agarren.

—¿Si no, por qué habían de despedirme? —dice antes de girarse—. Aunque usted ya sabe cómo es la gente bien.

—¿Cómo es? —pregunta desesperado por que la mujer se quede un rato más.

—Muy diferente a nosotros —contesta como si la hubiesen obligado a aclarar una obviedad—. La señorita Eloísa, por ejemplo, solo se preocupa por las cosas de las que se preocupan los que no tienen problemas. Se pasa las tardes aquí al lado, en La Arcadia. Cuentan los vecinos que traman hacer algo para conseguir que las mujeres puedan votar —cacarea con desprecio—, en cambio, no les da por asegurarse de que todos tengamos una taza de caldo —suelta con retintín—. Ellas no son como su padre, ellas no se han tenido que esforzar. Sin embargo, creo que llegará lejos.

—¿Por qué lo dice? —se sorprende el teniente.

—Porque tiene amor propio —responde Felisa—. Las personas que tienen amor propio consiguen hacer cosas. Aunque, si he de ser sincera, sobre todo lo siento por la pobre señorita Dorotea. Nadie sabía calmarla como el doctor.

Felisa apoya la cesta en la cadera, levanta la cabeza y entra en la casa sin más, como si no sintiese la necesidad de despedirse. El teniente la mira ensimismado. El suyo no es un andar artesanal, construido a base de tiempo y esmero. Felisa es una nota de color y movimiento natural en una ciudad plúmbea e inerte.

Y, por alguna razón, se le viene a la cabeza el guacamayo de las Asorey.

# 25

El luto me habría convertido en una hipócrita. Yo no soy de ir lamentándome por ahí, vestida como un cuervo. Pero tengo mis principios, que nadie se equivoque.

Celia Asorey

El cielo se ha convertido en una maraña de nubes sucias y estáticas, propiciando una atmósfera inusualmente cálida, irreal. Celia sale enganchada del brazo de Tilde. Se han vestido como si la vida les sonriese (le costó convencer a Tilde de que abandonase la idea de ir de negro. «Recuerda que aún no estamos de luto», tuvo que recordarle) y se han echado a andar a una hora en la que las calles están concurridas.

Aún no han llegado al Preguntoiro cuando vislumbran las inconfundibles piernas de elefante de la viuda de su dentista de siempre (en la ciudad se valora sobremanera todo lo que es de siempre), y, a un metro de distancia, a la antipática Araceli Cobián, miembro de las Mujeres Católicas de Compostela. Al no pertenecer ninguna de las dos a su círculo de amistades más estrecho, no se ven obligadas a pararse, así que optan por un movimiento de cabeza y un «buenas tardes» que pretende sonar a cotidianeidad.

—Ante todo, sonríe —mascullla Tilde—. Se te ve muy envarada. Debemos parecer naturales.

—Ya están esas viejas murmurando, estoy segura de que hablan de nosotras.

—Eso es porque todavía somos alguien, tesoro.

—Pues casi prefería no ser nadie, Tilde.

—¿Estás loca?

La pregunta de Tilde la obliga a reaccionar.

—Tienes razón, Tilde —admite—. ¿A ti no te molesta que hablen de nosotras?

—No te preocupes, tesoro, verás como en breve ya no seremos novedad. Venga, ahora que nos hemos decidido a salir, vamos a comprar unas telas —dice Tilde—. Josefina es una buena mujer.

Al nombrarle las telas, Celia recupera el ánimo.

—Más bien es una santa, por aguantar a la bestia de su marido, aunque supongo que no tiene tanto mérito como nosotras.

—Qué cosas dices, ¿por qué no iba a tenerlo?

Celia hace que se lo piensa.

—Esa gente está más preparada para sufrir —contesta.

—No digas tonterías, Celia. Nadie está más preparado que nadie para sufrir.

Celia asiente, aunque piensa que la vida carece de incentivo si una no puede sentirse superior a alguien la mayor parte del tiempo.

—Es curioso, ¿verdad? Parece un hombre encantador… —murmura Celia.

—A menudo las bestias lo parecen.

Celia respira hondo al poner un pie en la entrada de la tienda. Ambas buscan la sonrisa enmarcada en la cara cansada de Josefina, pero la mujer se afana en mostrarle una bobina gigante de lino a Consuelo Porto, la esposa del catedrático en Medicina más preeminente de la ciudad. Es tarde para salir corriendo sin ser vistas. Consuelo Porto avanza hacia ellas con las palmas de las manos juntas y extendidas, mira hacia arriba en señal de oración y blande su sonrisa más compasiva. Cómo le gustaría a Celia sentirse como se debe de sentir Consuelo Porto, poder saludar a todos con la cabeza bien alta, sabiéndose superior a la mayoría de las personas con las que se va encontrando. Cómo echa de menos recibir visitas y formar parte de esas sinfonías de conversaciones banales que nadie recordará al día siguiente porque siempre son las mismas.

—¿Cómo están? —musita la mujer.

Sin duda ha escogido el tono adecuado para referirse a una tragedia, alargando primero la «o» y después la «a». Ahora se lleva la palma extendida al esternón, como si quisiese quitarse de encima la opresión que sepulta su pecho. Como quien no quiere la cosa, Consuelo Porto acaba de preguntarles lo que nadie hasta ahora se había atrevido, y, con su mejor caída de ojos, exige una respuesta.

—Muy bien, muy bien —contesta Tilde sacudiéndose la pregunta.

Celia repara en cómo su hermana ha palidecido de repente. Abofetearía a Consuelo Porto allí mismo si no fuese ella, Celia Asorey, quien es.

—Supongo que saben que, si necesitan algo, pueden contar con nosotros, ¿verdad? —dice la mujer.

—Lo sabemos, lo sabemos —responde Tilde de corrido.

La mujer no disimula su fastidio. Sin duda esperaba otra respuesta. «Solo Tilde es así de valiente», se dice Celia.

—Pobres criaturas… —cuchichea la mujer mirando a Josefina.

—¿Pobres criaturas? —Tilde enarca tanto las cejas que se le han subido a la parte alta de la frente. La palidez es cosa del pasado, ahora parece que le hubiesen inyectado sangre a borbotones.

—Me refiero a ustedes —aclara la mujer del catedrático.

Consuelo Porto hace que susurra, pero en realidad no lo hace. Josefina levanta la cabeza. Todos en la tienda han oído sus palabras y esperan una reacción de cualquier tipo, solo eso pueden significar esos ojos de besugo. La mujer ha conseguido su propósito: que todos se sientan con el derecho a saber de ellas.

—¿Nosotras? Nosotras estamos bien, todo lo bien que se puede estar teniendo en cuenta las circunstancias del país —dice Celia haciendo que susurra, contenta de haber sabido estar a la altura.

La cara de Consuelo Porto se arruga. De pronto su cuerpo ocupa menos. Entona un «sí, sí» mecánico y añade:

—Que no esperen de mí que cambie. De todas formas, les digo que no creo que nosotros vayamos a notar mucha diferencia. A Compostela no le queda más remedio que seguir siendo santa, es su herencia y lo que se espera de ella. A la ciudad se la respeta, tiene una influencia, por eso no nos dicen nada.

—La cosa ya ha empezado a cambiar, Consuelo —replica Tilde—. Es lo que nos toca vivir, tenemos que adaptarnos a los tiempos modernos. No nos queda más remedio —apostilla.

Un chasquido explota en la boca de Consuelo Porto, en lo que parece una señal de desprecio.

—La ciudad pertenece al apóstol, y el apóstol nunca podrá ser moderno. El apóstol está muerto —contesta mientras se gira para seguir mirando telas, como si la conversación hubiese perdido interés para ella.

Tilde se despide de Josefina desde atrás, asegurando que se les ha hecho tarde y que volverán otro día con más calma. Las hermanas Asorey salen de la tienda agarradas del brazo, con la satisfacción propia de la victoria. Caminan más ligeras que cuando salieron de casa. Al doblar la esquina, les llega el olor a serrín mojado de El Búho Negro. En ese momento Marcelino baldea el suelo de la entrada desde dentro y las salpica al pasar.

—Pero ¡qué...! —protesta Tilde.

Marcelino sale a la puerta con mirada circunspecta, la frente arrugada.

—Perdonen ustedes, señoritas. Soy un torpe, tenía que haber comprobado que no pasase nadie.

El rostro de Tilde se ablanda al instante.

—No se preocupe, no ha sido nada.

—¿Quieren pasar? —pregunta Marcelino—. Invita la casa, por supuesto.

Celia aprieta el brazo a su hermana (espera que entienda que significa un «no» rotundo).

—Gracias, pero tenemos prisa.

—Como quieran. —Marcelino Búho Negro se encoge de hombros y se lleva la mano a la boina, sin llegar a quitársela—. ¿Me harían un favor? ¿Saludarían a su hermana Eloísa de nuestra parte?

Las hermanas Asorey contestan que «por supuesto, los saludos serán dados» y siguen de largo. Al llegar a la esquina, deben decidir qué dirección tomar.

—¿Te apetece que sigamos paseando? —pregunta Celia animada.

Con el último suspiro, Tilde parece haberse desinflado.

—Vámonos a casa, anda; estoy cansada. Por hoy he tenido suficiente.

# 26

No debí haber nacido. Sé cómo suena cuando suelto frases como esta. No es mi intención hacerme la víctima ni nada por el estilo; si no tengo fuerzas para vivir, mucho menos para actuar. Cuando pienso en mi vida veo un error de la naturaleza. Un milagro a la inversa. Ojalá las vidas fuesen estampitas. Cambiaría la mía sin pestañear.

Si mis hermanas pudiesen vivir dentro de mí tan solo cinco minutos, me dejarían marchar.

No me queda más remedio que aprender a fingir para que dejen de vigilarme.

Siento envidia de padre.

En general, siento envidia de los muertos.

¡Ris-ras!

DOROTEA ASOREY

Eloísa y Tea llevan un rato solas. Sus hermanas no han regresado de su paseo. Tea pregunta la hora cada poco tiempo, se pone nerviosa cuando Tilde no está cerca. Aun así, disfruta de la compañía de Eloísa; siente que su hermana tiene la energía que le falta a ella y un punto de vista revolucionario que le gustaría tener si no fuese porque le aterran los cambios que requiere toda revolución.

—¿Qué te apetece que hagamos? —le pregunta Eloísa.

Tea aprecia y detesta su condescendencia a partes iguales. Ojalá no se sintiese como una muñeca de porcelana a la que todos han de conservar intacta en una vitrina.

—Nada en especial, Eloísa, con charlar y pasar el rato me conformo. ¿Sabes? He estado pensando en la República.

Pobre Eloísa, Tea puede leer el susto en su cara, a pesar de que no es de las que se asustan con facilidad.

—¿Sí? —su voz suena atragantada, como si parte del sonido se le hubiese quedado dentro.

—Sí. Y no todo me parece mal. Tiene cosas buenas.

—¿Como cuáles?

—Por ejemplo, que ya nadie mirará mal a una persona que no vaya a misa.

—¿Te has apartado de la iglesia, Tea? —gorjea Eloísa.

—No es eso, pero creo que es bueno que nadie mire mal a nadie por no ir a misa.

—¡Exacto! Todo el mundo debería poder elegir lo que quiere ser, de eso se trata.

Tea observa a su hermana. Es trece años más joven, pero mucho más sabia, porque para ser sabia hay que haber vivido. Estar en contacto con la calle te granjea un lugar en el mundo. Algo que ella jamás tendrá. A Tea le gustaría reunir las fuerzas necesarias para poder salir. Lástima que todo se haya vuelto una amenaza para ella. La sola visión de una calle atestada de gente mirándola, rozándola al pasar, quitándole el oxígeno, saludándola en el peor de los casos, la pone al borde de la muerte.

Hoy ha sido un día bueno. No recuerda haber tenido uno tan bueno desde que murió su padre. Incluso ha animado a Tilde a salir a la calle. Las palabras le salieron solas, como lubricadas. Aunque casi le da algo cuando Tilde aceptó. Pobre Tilde, después de más de dos meses recluida, con lo que siempre le ha gustado pasear. «Sal, por favor», insistió al notar la duda en su cara. Entonces vio su sonrisa y supo que el sacrificio merecía la pena. Incluso se permitió decirle «Anda, vete y disfruta» con toda la naturalidad que fue capaz de fingir después de que ella se girase y le dijese «Volveré pronto».

—Los días se están alargando. ¿Te gustaría que hiciésemos una excursión lejos de aquí? —le pregunta Eloísa.

—No sé, Eloísa…

La pregunta de su hermana la ha cogido desprevenida.

—Tranquila, no tienes que decidirlo ahora.

Tea asiente, aunque está segura de que cuando llegue el momento no querrá ir.

—Odio sentirme una carga para vosotras —contesta—, sobre todo para Tilde.

—No lo eres.

—No es verdad.

—No vuelvas a decirlo. Si eres una carga, eres una carga maravillosa.

Durante unos segundos, Tea guarda silencio.

—¿Quieres saber por qué todavía sigo viva? —suelta de pronto.

Eloísa se ha quedado quieta en una postura rara, pobre niña, con la espalda redondeada, como una «c» congelada, su cara muda de espanto.

—Porque la persona que se mata ejerce, aunque sea sin querer, un acto de violencia sobre los que se quedan —dice Tea—. Por eso. Pero no sé si podré seguir evitándolo durante mucho tiempo, Eloísa.

# 27

Siempre me he preguntado cómo sería sentir que se pertenece al lugar al que también pertenecieron tus antepasados, tener un sitio que es refugio y en el que todo (bueno y malo) resulta cómodo y familiar.

Un único punto de vista.

Inamovible.

ALICIA ALLÓN SMITH

Alicia contempla la montaña de octavillas que alguien —tal vez ella— ha depositado en una caja de madera al lado del último encargo, un librito de un joven que a su padre y a ella les parece que promete. Su mirada se ha ido a posar en las octavillas como podía haberlo hecho en cualquier otro bulto mientras piensa que hace días que no sabe nada de Eloísa.

No conoce a muchas personas tan apasionadas como Eloísa Asorey. En realidad, a ninguna. Y tiene mérito, mucho más que ella, que al fin y al cabo no es más que una apátrida ambulante, sin un referente claro ni una biografía estrictamente definida. La familia Asorey pertenece a Compostela desde tiempos inmemoriales, y eso marca el camino, como si al nacer uno recibiese un documento con los límites entre los que se puede mover.

A Eloísa le brillan los ojos. Es el brillo de las personas que terminan consiguiendo cosas en la vida. Durante meses ha sido la primera en llegar a La Arcadia y la última en irse. «Sin independencia económica no tendremos voz, y, sin voz, no conseguiremos nada». Habla —incansable— de Clara Campoamor y Victoria Kent. «¡Dos mujeres que están a punto de hacer historia, Alicia! No tiene ni pies ni cabeza que puedan ser elegidas diputadas, pero no puedan votar. ¡Qué despropósito! Está claro que hay que invertir en educación, ¿no lo ves? La educación son los cimientos de la libertad».

Espera que su hermana le haya dado el recado y le haya picado la curiosidad. Se le ocurrió mientras hablaba con Pablo —otro al que le brillan los ojos— sobre organizar una charla para hombres. Quizá sea una locura y no estén preparados, pero a Pablo le pareció «la mejor idea que he oído últimamente».

A Alicia le da la sensación de que, desde que su padre se fue, los ojos de Eloísa han dejado de brillar. No es que se haya apagado del todo, pero está que no está. Ha estado pensando en el doctor Asorey. Después de preguntarle por su padre, Eloísa le dijo que se encontraba en Madrid, pero a ella le sonó como si hubiese dicho «en ninguna parte».

Por alguna razón, no termina de creérselo. El doctor, como Eloísa, no es una persona que se desvanezca con facilidad. Además, está lo que vio. Hasta ahora no le había dado más importancia. Fue aquella noche tan fría del mes de marzo. Se acuerda porque a esas horas empezaban a caer copos de nieve, ligeros como plumas diminutas. La nieve no se deja ver tantas veces en Compostela —cinco o seis nevadas fugaces en toda su vida, no más—, por eso recuerda todo lo relacionado con ese día. Se había pasado toda la tarde revisando un manuscrito que llegó a La Arcadia, uno realmente bueno. Serían las once de la noche. Le sorprendió ver al doctor Asorey a esas horas, hablando solo —aunque en realidad no hablaba, más bien maldecía—. Eso le extrañó aún más, si cabe. Por lo que conoce al doctor, tiene buen talante y es raro verlo contrariado. Si hubiese seguido caminando, se habrían cruzado en un punto entre los Laureles y San Miguel, pero ella se refugió en un portal antes de llegar a la escalinata de San Martín Pinario. Es curioso que esa misma noche, unos quince minutos más tarde, se encontrase a Víctor del Río en la penumbra de los soportales de la rúa del Villar, en la esquina con su casa. Tenía la espalda doblada y las manos apoyadas en los muslos. Si la vio, no pareció importarle en absoluto. Le dio la impresión de que estaba vomitando. Recuerda que pensó que era extraño que lo hiciese en la puerta de su casa.

Ella siguió caminando, calle abajo, intentando atrapar los copos de nieve, que cada vez eran más grandes. Ni el doctor Asorey ni Víctor del Río, en cambio, parecían darse cuenta de que estaba nevando.

Al día siguiente se enteró de que había aparecido el cuerpo sin vida de la pobre lavandera. Pero no fue hasta más tarde que se le ocurrió que la noche es otro mundo —puede que más libre, pero también más borroso— dentro del mundo.

# 28

Es negra y pesa mucho.
No es mi sombra.
Es la culpa.

Víctor del Río

En días como hoy a Víctor la vida se le hace cuesta arriba. Por suerte, tiene un armario lleno de botellas, todas de licores del color del ámbar. Piensa en lo fácil que es hacer el mal y convencerse de que uno no tiene más remedio que ser así. Mentira todo. El diablo es usurero y cobra unos intereses desorbitados por pactar con él.

Ha sabido de su naturaleza desde que era un niño, tiene el mal incrustado en el cuerpo, bajo la epidermis. Como su padre, sospecha. No debería arrastrar a Celia con él. Sabe que es añadir un mal a otro mal, pero no puede hacer nada para arreglarlo. No aquí ni ahora.

Por suerte, Celia es parecida a él. Dos caras de una misma moneda, una muy brillante y pulida. Ambos huyen del escándalo como de la Santa Compaña y sienten un placer inconmensurable en la seguridad que les produce pertenecer a un círculo, cuanto más cerrado, mejor.

Aparentar es importante.

Aparentar lo es todo.

No ve por qué no va a poder funcionar su unión. La de sus padres funciona, o eso cree. Seguro que pueden llegar a ser, si no felices, algo que se le acerque. Otro tipo de felicidad, diferente a la que idealizan los idiotas. Se convienen, eso debería ser suficiente. Lo que conviene es bueno. Ahora, además, son cómplices en la desaparición del doctor (cada vez que lo piensa sus cuerdas vocales se hacen un nudo), a pesar de que nunca hablen de eso. Después de todo, es probable que les unan más cosas de las que los separan. Tal vez sea cuestión de centrarse en las primeras. Tal vez persigan el mismo sueño.

Se pregunta cuál es exactamente mientras se regala un sorbo prolongado de coñac. Sabe que la culpa no es algo que se vaya con intentarlo. Le atormenta su incapacidad para quererla. Es perfecta y, aun así, no la quiere.

En parte, le consuela la seguridad de que a ella le ocurre lo mismo.

Son la pareja perfecta para esta ciudad.


Las cinco de la tarde es una buena hora para dejarse ver en compañía de su prometida. El cielo está indeciso, pero parece que no lloverá. En días así, las lavanderas corren hacia el río por si al viento le da por rolar. Celia Asorey y Víctor del Río llevan un rato andando y ya se han cruzado con varias mujeres, todas con sus cestas.

—De lejos, parecen cucarachas —dice Víctor.

—¿Cucarachas? —pregunta Celia fingiendo sorpresa.

—Por las faldas negras.

Celia levanta los hombros como si no quisiese esforzarse en entender. Le gusta eso de ella. Es mucho más perspicaz de lo que deja ver. Como el asunto del ojo; está segura de que se ha fijado, pero no ha hecho ni la más mínima alusión. Víctor la mira de reojo. Camina erguida, con la confianza que le da su propia perfección. Él parece pequeño y arrugado a su lado, no es que no se dé cuenta, cualquiera puede verlo.

—Ya... Pobre Casilda, no puedo sacármela de la cabeza. Es horrible lo que le ha ocurrido.

—Horrible, sí —contesta él de manera mecánica.

Víctor le ofrece su brazo —menudo y desnervado— para que se enganche a él. Forma parte de la puesta en escena. Quizá así no parezcan tan descompensados. Quizá ella lo haga parecer más interesante a los ojos de los demás. De pronto ella le presiona el antebrazo, hasta cuatro toques intermitentes en los que su corazón bombea sangre a trompicones y casi se le para. A Víctor le gustaría decirle que deje de espolearlo, que no comparten ningún código, que esos no son ellos, que no lo soporta, pero la observa de reojo, alerta, complaciente, sin poder sonreír.

—Mira —dice ella entre dientes—. Ese hombre es... repugnante.

Víctor levanta la cabeza buscando la figura flácida y desbordante del boticario detrás del mostrador de la botica.

—Sí, repugnante —contesta con un tono contundente (o eso cree)—. No sé cómo sigue teniendo la botica llena.

—¿La botica? —pregunta Celia.

Víctor del Río carraspea para ganar tiempo. De pronto la camisa se le ha pegado al cuerpo. Algo ha debido de decir mal. Vive con la sensación constante de hacerlo todo mal. Ella, en cambio, parece despreocupada. Le ríe el despiste, se diría que hasta lo encuentra adorable.

—Pensé que hablabas del...

Celia niega con la cabeza, exhibe una rotundidad que a ella le sale natural y Víctor anhela para él.

—Me refería a él —señala con un movimiento leve de cabeza el portal donde el teniente Tomé se ha detenido a coger aire—. Míralo, gruñe como un cerdo, el muy... —deja la frase a medias como si su educación le impidiese terminarla.

Víctor se deshace del brazo de Celia. Un silencio pegajoso se interpone entre ellos.

Más que un silencio es una barrera.

# 29

«En solitario, una avispa puede no ser gran cosa, pero, como enjambre, son poderosas».

No me cabe la menor duda de que hemos copiado su modelo. Puede que así sea más fácil esconder la falta de inteligencia de algunos individuos.

ELOÍSA ASOREY

Parece que la escuela al fin ha cogido forma de escuela. Vieja y rota, pero escuela. Una vez limpio el polvo y colocados los libros en la única estantería apolillada y torcida, poco más puede hacerse.

Hoy han venido más niños, entre ellos, cuatro chicas. Algunos han tenido que sentarse en el suelo. Eloísa no es tan ingenua como para creer que terminarán el curso todos los que están ahora, está segura de que muchos habrán acudido movidos por la curiosidad o puede que aún no haya trabajo en casa para ellos. La escuela siempre es el segundo plato para esos niños, lo sabe bien. Aun así, piensa que habrá que traer más sillas antes de que dejen de ir para siempre.

—¿Qué vamos a hacer hoy? —curiosea Manoliño con sus ojos de musaraña abiertos de par en par. Su baja estatura (baja incluso para su corta edad) hace que solo le sobresalga la cabeza, creando una desproporción con respecto a la mesa que él parece no percibir.

—He pensado que cada uno cojáis un libro. Si no hay para todos, podéis compartir. Tú —dice señalando al más alto—, ¿cómo te llamas?

—Vicente —responde el chico nuevo, de voz áspera, quitándose la boina.

—Vicente, reparte los libros de la estantería entre tus compañeros, por favor.

Vicente se mueve con movimientos desganados, friccionando las perneras del pantalón, levantando terrones de tierra con cada paso.

—¿Qué libro es ese? —pregunta Manoliño frunciendo los ojos.

—¿Y a ti qué más te da, si no sabes leer? —le espeta su compañero de mesa.

—Por eso estoy aquí —responde Manoliño sin inmutarse—, para llegar a tu edad y poder leer sin trabarme.

El compañero de mesa de Manoliño le propina un empujón.

—Lo importante es entender lo que se lee —dice Eloísa—. Leer es de lo más importante que se puede aprender en la vida.

—Pues mi padre no sabe leer. Él nunca ha hecho cosas importantes, creo —replica Vicente desde la última fila.

—Os diré una cosa —continúa Eloísa envolviendo las palabras, como si estuviese a punto de desvelar un secreto—: a mí leer me salvó la vida.

A juzgar por el murmullo, ha conseguido captar la atención de todos.

—Leer no puede salvar la vida de nadie —protesta un coro entero.

—Quizá no en sentido estricto —responde Eloísa—, quizá debería haber dicho que me salvó de llevar una vida que no me gustaría vivir.

Salvo algún zumbido aislado, predomina el silencio y las frentes arrugadas.

—Pues yo quiero aprender a leer —insiste Manoliño.

—Aprenderás enseguida, estoy segura —contesta Eloísa mientras piensa que, con un poco de suerte, a Manoliño leer también le salvará la vida—. ¿Qué libro dices que quieres?

—El que tiene una avispa dibujada en la tapa.

Eloísa le hace señales a Vicente para que se acerque a la primera fila.

—Enséñaselos —dice Eloísa.

—Este —contesta el más pequeño de la clase señalando un libro de mayor tamaño que el resto.

—¿Te gustan las avispas? —le pregunta Eloísa.

—Gustar, gustar... La verdad es que no.

—¿Entonces?

—Se parecen a nosotros, por eso me interesan.

—¿A nosotros?

Eloísa levanta la cabeza y observa al resto. Por un momento, Manoliño ha conseguido acallar el zumbido de fondo.

—¡Qué animal eres! —exclama su compañero de mesa—. Las avispas se parecen a las personas lo que mi padre a una monja.

Un cacareo repentino rompe el silencio.

—Dejad que se explique —protesta Eloísa—. ¿Por qué crees que se parecen a nosotros, Manoliño?

—Porque necesitan vivir en grupo y porque dentro del grupo unas mandan más que otras.

Eloísa se toma un tiempo para responder algo a la altura.

—Es verdad lo que dices. ¿A ti te gusta que haya diferencias?

—Mi padre dice que tiene que haberlas para que todo funcione como Dios manda.

—Ahora ya no hay Dios, ahora se dice «como la República manda» —se pavonea un niño pelirrojo de la segunda fila.

—¿Vosotros también creéis eso? —pregunta Eloísa con la cabeza levantada para que el sonido llegue a todos.

La mayoría se encoge de hombros y alguno chasca la lengua contra las muelas.

—A mí me parece que nada debería ser para siempre —señala Manoliño.

—Yo también lo creo. Habría que revisar las creencias cada cierto tiempo. Una creencia que no se revisa pierde credibilidad.

—Creo que no la entiendo, maestra —dice Manoliño.

—No importa —contesta Eloísa girándose hacia la puerta.

Hace un rato que nota una presencia. Las miradas diagonales y las risas sofocadas le confirman que está en lo cierto. Se pregunta cuánto tiempo lleva Pablo Doval espiando a través de la rendija que deja la puerta entreabierta. Lo invita a pasar. El hombre entra y saluda con una mano, en la otra, columpia una libreta. El lápiz, como siempre, lo pasea montado en la oreja.

—No era mi intención interrumpir —se disculpa.

Eloísa se acerca a él y susurra:

—Tendrás que esperar a que terminemos. Si quieres sentarte... —propone señalando el suelo.


El último en abandonar la escuela es Manoliño. De un salto, baja de la silla y se dirige a Eloísa.

—¿Puedo llevarme el libro a mi casa? —pregunta.

—Siempre que lo cuides y lo traiga después —responde Eloísa asintiendo con la cabeza.

Manoliño asiente a su vez, con un gesto descoordinado de gratitud infantil mientras se dirige a la puerta.

—Hasta otro día, Manoliño —lo despide Pablo.

El niño se frena en seco bajo el marco de la puerta, lo mira (mirada aviesa, en contraste con su rostro angelical) y sentencia antes de desaparecer:

—Para usted, Manuel.

Pablo Doval se ríe como si no le quedase otro remedio.

—Como sean todos como este, no te arriendo la ganancia —dice descabalgando el lápiz de la oreja.

Eloísa permanece en silencio, se diría que necesita tiempo para pensar.

—¿Quieres que te hable de ganancia? —le pregunta al cabo de un rato.

—Quiero que me hables de lo que quieras.

—¿Cómo dices?

—Quiero que me hables de lo que quieras, aunque no te garantizo que lo vayan a publicar.

Por un momento Eloísa ha pensado que Pablo Doval estaba allí por ella y no por su escuela. Por un momento más largo que los demás. Por su tono solemne al decir «lo que quieras», como si «lo que quieras» fuese precisamente eso.

—Pues mira —contesta fingiendo una serenidad que no tiene—, ahora que has sacado el tema, aún no sé cuánto ni cuándo cobraré mi salario. Supongo que eso es lo que se nos valora a los maestros. Hemos sido relegados a la parte más baja de la pirámide. Deberíamos exigir que se nos remunere como es debido, acorde a nuestra importancia y responsabilidad —apostilla—. No solo es cuestión de cuartos, tenemos en nuestras manos el poder de abrir una puerta a la curiosidad de unas mentes que todavía están a tiempo de todo. No hay nada más importante que eso, en mi humilde opinión.

Quizá sean imaginaciones suyas, o su incapacidad para interpretar situaciones —maldita sea—, pero le parece que Pablo la mira de una manera especial.

—Dicen que la cosa va a cambiar —responde él bajando la voz.

—Espero que sí. Tengo la ilusión de que la escuela deje de ser un lugar triste…

Pablo frunce los ojos; algo ha debido de llamar su atención. Ya no susurra, la voz le sale chillona:

—¿Y eso? —pregunta señalando una vara larga y flexible apoyada contra la pared.

—Era del anterior maestro —contesta Eloísa—. Ahora la usamos para coger los libros menos accesibles.

Pablo asiente. Se coloca de nuevo el lápiz detrás de la oreja. Cierra la libreta y la aprisiona bajo la axila, entre el brazo y el costado.

—¿Ya has acabado? —le pregunta Eloísa.

—No quiero escribirlo todo hoy. Si me dejas, me gustaría venir más veces. ¿Te importa?

Eloísa niega con la cabeza. No sabe qué más puede decir (quizá un «por supuesto, me encantaría», pero se le atraganta), así que no añade nada.

—Todo el mundo habla de los vientos de cambio —sigue Pablo solemne—. Supongo que será porque vengo de un pueblo de costa, y en los pueblos de costa el viento siempre trae cambios. El viento trae mares revueltos, oportunidades. Creo que ahora tenemos la oportunidad de cambiar las cosas que funcionan mal.

—Tienes razón, pero, si los vientos cambian otra vez de dirección, los más castigados seremos los maestros, si no, al tiempo. La educación es de lo más peligrosa —bromea Eloísa.

Pablo Doval se ha quedado callado. A ella no le parece de esos que callan lo que han venido a decir. Ni mucho menos. Más bien cree que es de los que escriben la historia. Literalmente. Pablo alarga el silencio un poco más, busca los ojos de Eloísa, se asegura de que ella lo mira y susurra:

—A mí no me gustaría que te ocurriese nada malo.

## 30

Leí en algún sitio que alguien había dicho que es peligroso educar a las mujeres, ya que se corre el riesgo de que se rebelen contra su destino y enloquezcan de frustración. ¡Cuánta razón!
Como engordar a un cerdo para terminar matándolo. Igual.

TENIENTE VENTURA TOMÉ

El teniente Tomé sabe que algo no va bien, lo sabe desde hace tiempo, pero ahora lo ve con mayor claridad que nunca, aunque aún no esté preparado para afrontarlo de golpe. De momento está centrado en el que podría ser el caso de su vida, con un poco de suerte. «Acabarás brillando», le repite su madre, y él también lo siente en las tripas. O un poco más abajo.

Termina de acicalarse en su casita de la calle Carretas. Lo hace de espaldas al espejo, menos para hacerse la raya al lado; entonces dirige la mirada a su pelo, procurando no detenerse en la cara, sobre todo en los ojos. Se rocía las manos y el cuello con una loción embriagadora y permanece inmóvil durante un instante. Le ha parecido oír la voz de su madre. Probablemente quiera desearle suerte, como siempre, y decirle lo mucho que vale. Pero no puede ser ella. Hace apenas unos minutos la ha arropado y le ha acariciado el pelo mientras dormía. Después ha intentado ordenar la casa antes de salir, ha barrido las moscas y ha dejado el baño para el final.

Sube la primera pendiente hasta la plaza del Hospital, allí hace una parada para coger aire mientras contempla la fachada de la catedral. Siempre lo hace. «Un edificio de una arquitectura melodramática, una rapsodia», según el cabo Serantes. Se pregunta dónde habrá oído el cabo esas palabras si nunca ha salido de Compostela. Traza una señal de la cruz lánguida, más por costumbre o por miedo a no hacer lo correcto que por fe.

El teniente estornuda varias veces. Farfulla entre dientes, maldiciendo el sol. El polen de los árboles de la alameda lo cubre todo de un manto amarillo verdoso, convirtiendo la ciudad en una casa abandonada a la que se han olvidado de limpiar el polvo. Resulta insólita la estampa. Y desagradable. Sin duda Compostela está hecha para la lluvia.

Llega a la botica en el momento en el que el boticario se dispone a cerrar la puerta.

—¡Eh! —dice levantando una mano a modo de barrera.

El hombre lo observa desde arriba como se mira a un insecto al que se está a punto de aplastar. Ni siquiera contesta.

—Soy el teniente Tomé —refunfuña él.

—¿Teniente? Ah, ya... Usted es el hijo de esa señora que venía a por las pastillas de regaliz. Hace tiempo que no pasa por aquí.

Conque es eso. Para el boticario, él es el hijo de la señora sin nombre a la que le ha estado despachando pastillas de regaliz durante toda la vida. Toda la vida. Aun así, ninguno de los dos es alguien tan importante en la vida del boticario como para que el hombre se sepa sus nombres. No sabe de qué se sorprende. Así de recio y cruel es el engranaje de esta ciudad.

—He venido a hacerle unas preguntas —dice el teniente.

Ahora sí parece haber captado su atención. El hombre sube las cejas y abre la boca, lo que provoca un temblor en su papada.

—No me gusta perder el tiempo, así que, sea lo que sea, dispare pronto o me voy a mi casa.

Su casa es el piso de arriba de la botica; él sí sabe quién es y dónde vive. Todo el mundo lo sabe. Resulta patético no ser correspondido.

—Pues me temo que no podrá irse a su casa hasta que responda a mis preguntas.

El teniente acaricia la porra como quien no quiere la cosa. El boticario hace como que se lo piensa y le indica que entre. Hace tiempo que no pone un pie en la botica. Aspira el olor a regaliz y formol y le invade una nostalgia que a punto está de paralizarlo.

—Vengo a preguntarle por Casilda —dispara.

El boticario mira al teniente con desprecio y responde:

—¿Y qué es lo que quiere saber en concreto?

—Bueno, tengo entendido que Casilda trabajaba aquí.

—Sí, y, si llego a saber cómo era, jamás la habría metido en mi casa.

El teniente abre mucho los ojos. Tanto que hasta siente un pinchazo en la sien.

—¿Cómo era? —pregunta.

—Una chismosa, como todas las que se dedican a eso. Metes a alguien en tu casa y se cree que forma parte de tu familia —farfulla.

—Dicen que, unos días antes de que la mataran, se despidió.

—Así es.

El boticario se ha puesto a ordenar los frascos de la vitrina, dando a entender que a partir de ahora responderá de espaldas.

—¿Y se puede saber por qué? —pregunta el teniente.

—Si no se hubiera despedido ella, la habría despedido yo. Se lo he dicho, era una chismosa. Desprecio a las chismosas.

—¿Fue por ahí contando chismes sobre usted?

El boticario permanece inmóvil con un frasco en la mano. Como está de espaldas, el teniente no puede verle la cara.

—Sí.

Su respuesta llega demasiado tarde. El teniente bordea el mostrador para poder mirarlo de frente.

—¿Qué chismes?

—Simples chismes, vulgares, como todos los chismes.

—Algo habrá que le haya molestado…

—Le digo que eran simples chismes.

—Y yo le digo que no me iré de aquí sin que me cuente el motivo por el que se despidió.

Al teniente le tiemblan las piernas y hasta el mentón (es un cobarde de libro), pero está orgulloso del arrojo que ha mostrado con el boticario. Su madre también lo está, puede oír su voz con total nitidez.

—Ya veo, usted también es un chismoso. Esta ciudad está llena de murmuradores; la cosa ha adquirido categoría de plaga. No le conciernen a nadie mis asuntos personales.

—Eso depende.

El teniente se ha esmerado en emplear un tono cáustico que no le sale de manera natural, y, casi al instante, su ojo derecho procede a guiñarse él solo, sin que le haya dado permiso. Es *vox populi* que el boticario es un sodomita. De momento nadie ha hecho nada al respecto, pero la cosa podría ponerse fea para él si se ve mezclado en algún asunto turbio.

—Oiga, Casilda no era el ángel huérfano que todos dicen. Era una lianta. La muerte no convierte a las personas en santas, las personas son de muertas lo que eran de vivas.

El teniente piensa que razón no le falta al boticario y que las mujeres, salvo honrosas excepciones —como su madre— no son seres de fiar.

—¿Entonces? —pregunta.

—Entonces ¿qué? —brama el boticario.

—¿Cómo calificaría el asunto por el que dejó de trabajar para usted la rapaza?

—Puramente doméstico —contesta tajante.

Un hombre armado no debería sentirse inferior, se lamenta el teniente, que de pronto piensa que la visita al boticario lo está rebajando de categoría.

—¿Doméstico? ¿Está seguro?

El boticario asiente, pero por primera vez le cuesta tragar. Quizá la cosa no esté yendo tan mal. «Vamos, Ventura, sé valiente y demuestra lo que vales».

—O tal vez sea un asunto de pantalones —sigue el teniente.

Don Leandro no se mueve, se ha quedado con un frasco en la mano, suspendida a la altura del ombligo.

—No sé a qué se refiere…

No llega a titubear, pero sus palabras se han quedado en el aire y el tono es blando, inconsistente.

—Yo creo que sí lo sabe —contesta Ventura, que siente que por fin disfruta de una posición de ventaja.

—Le digo que no, y, aunque supiese a qué se refiere, no tengo nada que contarle al respecto —sentencia el boticario.

Su tono es firme, sólido. Vuelve a ser don Leandro, el que lo desconoce todo sobre él y su madre, el que no necesita el afecto de nadie porque él solo se basta. El teniente siente que la oportunidad se le ha escurrido como arena entre los dedos, sabe distinguir el momento exacto en el que ya no hay nada que hacer para que alguien cuente lo que no quiere contar. Es un clic sonoro con el que terminan buena parte de sus interrogatorios. «Mal, Ventura, mal».

—Ya veo...

—Y ahora, si no se le ofrece nada más, me gustaría cerrar la botica.

El teniente hace que se lo piensa.

—Una última cuestión. —Para su propia sorpresa, la pregunta le sale sola—: ¿Sabe algo del doctor Asorey?

En la cara del boticario se dibuja una mueca de desdén.

—¿Por qué tendría que saber algo? —responde.

—Un médico y un boticario siempre tienen algún tipo de relación —replica el teniente—, sobre todo teniendo en cuenta que son vecinos.

—Yo no soy amigo de mis vecinos.

Ni de nadie, le entran ganas de decir.

—Pero...

—No sé nada del doctor Asorey, y, si le soy sincero, no es un asunto que me preocupe.

Desde hace un rato el boticario se ha convertido en un muro de piedra. Ligeramente arrugado, Ventura Tomé asegura que volverá pronto y que la cosa no termina ahí, pero ni su tono ni su presencia están a la altura de la amenaza. Se pregunta cómo harán sus compañeros para conseguir que los tipos como el boticario terminen cantando, y si eso que él no tiene será la razón por la que no está formando guardia para sofocar a los rojos y su fuego.

Como siempre que necesita una respuesta, esta llega sola. «Eres demasiado bueno, Ventura», le susurra su madre. Y se consuela pensando que eso debe de ser.

# 31

Hasta ahora nunca había reparado en el ritmo de la vida, pero el tiempo ha empezado a pasar tan rápido y tan distinto a como solía ser en el pasado, y yo estoy tan cansada…

Hay días en los que hasta a mí me cuesta encontrarle la gracia a la vida.

Clotilde Asorey

Tilde recuerda el pasado, de cuando tenía padre y madre y todo parecía eterno. De cuando solo había en la casa dos niñas alegres —también Tea, sobre todo Tea— sin ningún tipo de preocupación más que las normales de la edad. Dicen que las personas recuerdan el pasado a medida que se van quedando sin futuro. A Tilde le parece un mecanismo de lo más sofisticado.

Aunque ella aún no tenga edad para que se le borre el presente, últimamente los años se le han multiplicado por dos. De pronto necesita recrearse en la felicidad de sentirse protegida y bien aconsejada. Hace tiempo que no se siente así. Ahora menos que nunca. Ahora siente que se ha alejado del buen camino y que ha arrastrado a sus hermanas con ella.

Echa de menos a Tea —de cuando era niña y estaba viva—, antes de que una bestia le arrancase la confianza y el mundo se volviese un lugar hostil para ella. No recuerda el día exacto en que todo cambió, solo que era febrero. Era febrero porque hacía frío (febrero es el mes más frío en Compostela). Después su hermana se cerró, la casa se oscureció y todos empezaron a hablar susurrando.

Tilde tenía once años cuando todo se volvió un secreto y nadie volvió a mencionar lo ocurrido.

Los secretos son malos, tenía que haberlo recordado.

Ahora la casa se ha vuelto de nuevo oscura por culpa de un secreto.

Acaban de acostar a Tea después de que volviese a suplicar que la dejasen marchar (al menos tiene la delicadeza de no decir «morir»). Tilde casi la prefiere así, sabe que lo que ve es exactamente lo que es. En cambio, le asusta que aparente tranquilidad, como cuando las visitó ese horrible teniente. Sabe que después de la calma les toca rescatarla del abismo y devolverla al mundo de los vivos con unas secuelas de las que le lleva tiempo recuperarse.

Cada vez le resulta más difícil fingir que puede con todo. Puede notar el cansancio de sus hermanas también. A Celia le cuesta soportarlo más que al resto.

—¿Y si la vida se niega a vivir aquí dentro? —dice la pequeña señalando su sien.

—Es nuestra responsabilidad mantenerla con vida. Se lo prometí a padre —susurra Tilde por lo bajo.

Con el paso de los años han adoptado un patrón: después de una de las crisis de Tea, se abre un debate —lleno de reproches y algún desvarío— que dura lo que dura el desahogo, pasado el cual, todo vuelve a ser como antes.

Si Eloísa está en casa, es más fácil no pensar en lo feo de la vida. Eloísa es una corriente de aire fresco, la única persona que las comunica con un mundo exótico, como si cada vez que entrase en casa acabase de llegar del extranjero, o eso le parece a Tilde. «Qué lástima de sociedad, destinada a educar a niñas, destinadas a convertirse en señoritas todas ellas», recuerda que le contestó a su padre tras una reprimenda por no haberse peinado. Solo ella podría decir algo así y no perder ni un ápice de su encanto.

—Anda, Eloísa, cuéntanos algo —suplica Tilde como si «algo» fuese «una buena noticia».

—¿Qué quieres que os cuente, Tilde? —pregunta Eloísa, más ausente que de costumbre.

—Lo que quieras mientras sea algo, tesoro.

—Echo de menos a padre —dice Eloísa de pronto.

Eso no se lo esperaba Tilde. Abre la boca y los ojos y echa la espalda hacia atrás, como si quisiese escapar. Su garganta lleva décadas ofreciendo palabras de consuelo y ánimo —también regañinas—, pero no está acostumbrada a pedir perdón, nunca hasta ahora le ha hecho falta. Intenta hablar, pero algo se remueve por dentro, como si todos los órganos —incluida la garganta— se hubiesen movido y se hubiesen olvidado de su función. Abre la boca, esta vez para llorar.

—Tilde...

Eloísa no termina de hablar. Tilde mueve la cabeza con violencia, negando varias veces al aire.

—Lo siento —dice al fin.

—¡No, Tilde! —protesta Celia—. No tienes por qué pedir perdón.

Eloísa agita un brazo como si quisiese pegar a alguien.

—Cállate, Celia. Deja que hable —exclama.

Tilde se toma un tiempo para que el cuerpo se le vuelva a componer. Carraspea un par de veces para comprobar que la garganta responde. No es fácil para ella decir lo que lleva un tiempo queriendo decir.

—Creía que estaríamos más protegidas, de verdad lo creía —gime—. Algunos decían que si llegaba la República se harían con el poder los salvajes, que no quedaría ninguna iglesia en pie, que saquearían a las familias decentes, y quién sabe qué podrían hacernos a nosotras, cuatro mujeres... —Hace una pausa para pensar cómo seguir—. Ya sé que no soportas que piense que somos indefensas, Eloísa, ahora sé que somos más fuertes de lo que creía y que la República no fue para tanto, pero entonces... Tuve miedo. —Se tapa la cara con las manos para ocultar sus lágrimas, como si las lágrimas fuesen su cuerpo y su alma enteros.

Eloísa y Celia se miran. Los ojos abiertos y las bocas cerradas las hacen parecer la viva imagen del susto y la compasión.

—Ahora ya está hecho, Tilde —susurra Eloísa—. Yo también siento no haber sido capaz de haceros ver que aquello era una locura… Pienso en ello todos los días. Pero encontraremos la manera de arreglarlo, aunque sea en parte. Ya se nos ocurrirá algo —dice envolviendo a su hermana con su cuerpo delgado.

—No veo cómo —añade Celia, que parece haber recobrado el ánimo.

Eloísa le dedica a su hermana una mirada de desprecio que contrasta con el abrazo prolongado a Tilde.

—Además está la otra fatal coincidencia —se lamenta Tilde—. Cómo íbamos a saber que iban a asesinar a la pobre Casilda esa misma noche… Y ahora nos ronda ese teniente, que puede que sea más listo de lo que parece. Ya no sé qué pensar…

—De momento es mejor que no pensemos nada. Vamos, Tilde, alegra esa cara. A ver, ¿qué querías que os contase? —pregunta Eloísa.

—No sé —contesta Tilde afanándose en eliminar cualquier rastro de lágrima—. Podías hablarnos de las reuniones de esa sociedad literaria. ¿A que estaría bien, Celia?

Celia se encoge de hombros sin levantar los ojos de la labor de *petit point* que tiene entre manos.

—Mi vida últimamente es tan aburrida que con cualquier comadreo me conformo —responde la pequeña—. Vamos, Eloísa, podrías intentar convencernos de que el voto femenino es algo bueno… —se burla.

—¡Por Dios, tienes veintiún años y parece que tengas cincuenta! —exclama Eloísa.

Celia levanta la cabeza de la labor. Aunque no sonríe abiertamente, sus ojos se han convertido en dos centellas.

—Ten cuidado, Eloísa, no querrás que piensen que no eres nada tolerante con los que no opinan como tú.

—Venga, muchachas… —protesta Tilde.

—No, Tilde, es que estoy cansada de que la gente se preocupe por tonterías cuando hay tantas cosas importantes por las que preocuparse —se queja Celia—. Yo no necesito una causa para sentirme viva. Las causas son para los que no tienen vida —sentencia—. Te crees superior, restregándonos tus ideas, pero no eres mejor que nosotras, entérate de una vez.

A Tilde no le gusta la mirada de Eloísa, brillante y afilada como una navaja, la conoce bien.

—No deberías depositar todas tus esperanzas en el matrimonio, Celia —contesta Eloísa—. ¿Sabes? Hay cosas que ya deberían funcionar. Si algo no funciona ahora, tampoco lo hará después. El matrimonio no hace magia, hermanita. El matrimonio es un papel.

Celia se ha quedado petrificada en una postura un tanto ridícula, con la espalda combada, la aguja en una mano y la lana en la otra. Sus mejillas se han coloreado de un rojo agranatado, como si se hubiese derramado una botella de vino bajo su epidermis. Eloísa se desinfla y se deja caer en el diván de Tea, levantando una corriente de aire que hace que la sábana que cubre la jaula se caiga al suelo. El guacamayo comienza una coreografía de saltitos nerviosos, girando sobre sí mismo, pero no dice nada que suene a palabra. Celia deposita la labor sobre la mesa camilla, estira la falda plisada con las palmas de las manos y abandona el salón con la mirada agachada, vacía de dignidad. Tilde mira a Eloísa con la dureza que el cansancio le permite y Eloísa susurra:

—Nosotras somos ese pájaro, ¿no crees, Tilde?

# 32

El dolor puntual es una aflicción aguda, una puñalada de una dureza indescriptible. El dolor continuo es un estado somnoliento, sordo, silencioso, un mal vivir soportable, que te curte y te hace creer que a partir de ahí ya puedes con todo.

Siempre me he anticipado a la nostalgia. Ahora veo lo ridícula que era.

ELOÍSA ASOREY

Eloísa pone un pie en La Arcadia. No sabe muy bien cómo ha llegado hasta allí. Flotando, tal vez, sin saber siquiera que caminaba.

—Estamos perdiendo las buenas costumbres, ya no saludamos ni decimos contraseñas. Me encantaba nuestra contraseña —se lamenta Alicia.

Eloísa mueve la cabeza en señal de disculpa.

—Lo siento, me temo que tengo muchas cosas en la cabeza y no hago ninguna bien.

De espaldas a ella, Alicia ordena unas planchas de papel, las clasifica en montones, por tamaños.

—No voy a insistir, está claro que no quieres hablar. Es una tontería pensar que hablar vaya a liberarte. Puede que sí, o puede que sea peor. No todos somos iguales, a mí me va bien lo de soltar lastre, pero tú no eres como yo.

Eloísa se pregunta cuál es la principal diferencia entre ambas. Alicia es la primera persona ajena a su familia a la que creyó que merecía la pena conocer, la primera que encontró interesante (mucho más que nadie con quien hubiese tratado antes, desde luego). Le inspira, y eso es mucho más de lo que puede decir de la mayoría de las personas que conoce. Jamás ha tenido la sensación de ser un espantapájaros estando con ella, algo que le ocurre todo el tiempo. Quizá porque ella es lo más exótico que se puede ver por ahora en la ciudad. Para empezar, viste esas faldas que en realidad son pantalones (algo que Tilde no aprobaría en la vida) y habla sin tener en cuenta los modales propios de su género (cuestión a la que Tilde da muchísima importancia). Pero lo mejor de su amistad con Alicia es que no se juzgan.

—A veces la clave está en el cambio —dice Alicia de pasada.

El cambio. Como si fuese posible devolverles la vida a los muertos y a los que deciden instalarse en el borde del abismo, con un pie siempre en la muerte. Se nota que Alicia no está en su pellejo.

—Supongo que todo termina pasando —miente fingiendo despreocupación—. Por cierto, he estado con tu amigo el periodista. Varias veces. Fue a visitarme a la escuela, le interesa el tema, creo. Me gusta… Es sensible a ciertos asuntos.

Alicia acaba de ordenar el último montón y se da la vuelta.

—Sí que lo es —corrobora.

—Estuvimos hablando largo y tendido sobre el estado precario de las escuelas nacionales, y su interés me pareció verdadero.

—¿Por qué no iba a serlo? —Alicia chasquea la lengua con la boca medio abierta, produciendo un sonido como de petardo.

—¿A qué viene eso? —pregunta Eloísa.

—A que cuando te gusta alguien puedes caer en la tentación de intentar parecer interesado por los asuntos de esa persona. Pero, tranquila, Pablo no es así.

Eloísa frunce el ceño y la mira en silencio.

—No te diría nada si no creyese que sois tal para cual —dice su amiga.

Eloísa se remanga la blusa hasta el codo y se sitúa frente a uno de los montones de octavillas, pero no reacciona. Alicia mete la cabeza por detrás y busca sus ojos.

—Eloísa… —susurra como para no despertarla.

Eloísa apoya la palma de la mano en la cabeza, como si tuviese fiebre o su cabeza fuese un cuenco a punto de desbordar. En poco más de un mes se ha muerto su padre, lo ha enterrado con sus propias manos, Tea pide a gritos marcharse con él, alguien ha matado a Casilda, se ha proclamado la República, le han adjudicado una escuela, Celia está a punto de casarse, por fin ha conocido a un hombre interesante… Y no encuentra la manera de vivir con todo a la vez. Debería volver a casa y empezar a deshacer los entuertos —uno por uno— para poder centrarse en lo bueno.

—Perdona, Alicia —contesta—, es que están ocurriendo muchas cosas…

—Tienes razón, hay siglos en los que no sucede nada y de pronto una noche…

A Alicia no se le da bien el suspense, y desde luego siempre acaba lo que empieza. Le concede unos segundos por si las palabras se le hubiesen atascado.

—¿Una noche? —pregunta al cabo de un rato.

—Casualidades, supongo —responde Alicia.

—¿Casualidades? ¿Qué casualidades? —la frase le sale chillona, más de cansancio que de desesperación.

Alicia se afana en quitarse una mancha de tinta de su mano a pesar de que ella mejor que nadie debería saber que la tinta no sale rascando.

—Supongo que no tiene importancia —contesta al fin—. Fue la noche que nevó. La misma que mataron a Casilda. La misma que Víctor del Río vomitaba en la puerta de su casa. La última que vi a tu padre…

Eloísa escucha en silencio, segura de que ha empezado a cambiar de color.

—No, supongo que no tiene importancia —admite más tarde.

—Perdona si he sido brusca, Eloísa.

—No te preocupes, estoy bien —miente—. Tengo que irme a casa, no tenía que haber venido.

—Tranquila, vete, no se puede llevar a cabo la gran revolución si hay revueltas domésticas pendientes —bromea Alicia—. La primera revolución siempre empieza en casa.

Eloísa se baja las mangas de la blusa. El cielo se ha vuelto a mimetizar con el conjunto, se han unificado tonos, colores neutros todos ellos. Acaba de empezar a andar y ya tiene el pelo pegado al cráneo, y la blusa, al cuerpo. La lluvia de hoy es eminentemente silenciosa, más humedad global que gotas cuantificables, un exudar continuo que empapa a traición, sin escándalos ni alharacas, barriendo el polen, cartografiando cercos amarillos en el suelo. Deshace el camino, vuelve sobre sus pasos, intenta no resbalar, deslizándose con cuidado sobre las enormes losas de piedra erosionadas. La ciudad entera es una necropsia. Lingotes gigantes de cantería que hablan. Piedra, piedra, piedra. Por todos lados menos por arriba.

Desde que su padre no está, Eloísa puede oír su voz. Por suerte, no a todas horas, solo en momentos puntuales. La voz de su padre es su nueva conciencia. Quizá la única solución sea la verdad, liberarse para siempre y centrarse en vivir. Mientras camina, ha posado los ojos en una mujer colorida de andar sinuoso que bambolea una cesta de ropa apoyada en su cadera. La mujer se para de manera abrupta, y la mirada de Eloísa se vuelve concreta.

Reconoce a Felisa un segundo después de que la mujer la reconozca a ella.

—¿Cómo estás, Felisa? —le pregunta.

Felisa desencalla la cesta de su cuerpo y con la mano que le queda libre pesca una prenda.

—Me gano la vida como buenamente puedo. Ahora corro de casa al río y del río a casa. Si le soy sincera, prefiero las labores a cubierto que estar con las manos mojadas y frías todo el día, pero las mujeres como yo no elegimos nuestro destino. Espero no correr la misma suerte que mi prima Casilda —dice poniendo cara de circunstancias.

Eloísa le devuelve la expresión, incapaz de construir una nueva. El silencio se alarga más de la cuenta. Podrían aguantar la humedad, pero la ausencia de palabras pesa. Felisa cambia la cesta de cadera, sin disimular su impaciencia.

—Pues si no se le ofrece nada más... —suelta al cabo de un rato—. Salude a sus hermanas de mi parte y dele recuerdos a su padre cuando regrese... Si regresa —masculla.

Eloísa la observa en silencio. Un desparpajo como el de Felisa no se aprende si no es de niña, eso seguro. Cómo envidia la libertad de la mujer, tan dueña de su tiempo y del suelo que pisa. Y como no sabe qué responder, asiente.

La mirada de Tilde se derrite nada más verla.

—¿Dónde está Celia? —pregunta Eloísa.

—En la habitación. Qué bien que hayas venido, Eloisiña. Qué bien.

Tilde no abusa de los diminutivos, los reserva para las emergencias, lo que le hace pensar que ha acertado al volver a casa. Asiente. No quiere entrar en la habitación y enfrentarse a Celia, pero sabe que no le queda más remedio que hacerlo. Odia perder los estribos. Odia su temperamento. Suspira en dos tiempos. Tendría que estar en La Arcadia, pero se encuentra en un hogar cuya atmósfera le retuerce el alma con un torniquete.

Dos toques en la puerta deberían ser suficientes. No tiene por qué llamar (también es su habitación), pero, dadas las circunstancias, le concede a Celia un derecho extraordinario.

—Lo siento —se disculpa nada más abrir la puerta.

Celia la mira a los ojos, casi no pestañea.

—No, puede que tengas razón. No debería poner todas mis esperanzas en el matrimonio, pero es que yo no tengo nada mío. Dependo enteramente de otros.

—No es verdad.

—Las personas con una vocación lo tenéis más fácil; los que no tenemos esa suerte debemos buscarnos otras vías para ser felices.

—¿Quieres a Víctor? —le pregunta a bocajarro.

Los ojos de Celia se desparraman en el acto.

—Claro —contesta, aunque tarda demasiado—. No soy tonta, Eloísa, no he admitido que lo sea, espero que lo entiendas.

—Nunca he pensado que fueses tonta.

Celia se rebulle como un gato.

—¿Quieres saber qué opino de ti? —añade de pronto.

Eloísa asiente. En realidad no quiere, pero cree que Celia se ha ganado el derecho a réplica.

—Pienso que siempre te adelantas a la nostalgia, resulta patético. Mañana no será necesariamente más prometedor, Eloísa. Lo importante es hoy, es lo único que tenemos seguro.

—Si eso es lo que piensas…

—Es lo que pienso.

—Está bien, lo respeto. Puede que tengas razón. Por cierto, ya que parece que estás segura del futuro que quieres, deberíamos ir pensando en una fiesta de compromiso. No hay motivo para seguir esperando. Eso sí, tendrá que ser algo austero, solo la familia.

A Celia le brillan los ojos de nuevo. Por primera vez Eloísa casi entiende la alegría de su hermana. Aunque Pablo no es Víctor, no lo es en absoluto. Uno es un hombre, y el otro, una ciudad.

# 33

«La avispa es un insecto himenóptero de tamaño moderado, de color amarillo con bandas negras, dotado de un aguijón venenoso. Las avispas pueden ser solitarias o sociales. Las sociales construyen colonias formidables cada primavera, partiendo de cero gracias a las reinas fecundadas el año anterior. Cuando la reina emerge de su larga hibernación, construye un pequeño nido y cría una camada inicial de hembras obreras. Estas asumen el trabajo de ampliación del nido construyendo numerosas celdas hexagonales en las que la reina deposita continuamente sus huevos. Al finalizar el verano, toda la colonia, de más de cinco mil avispas, incluida la reina fundadora, fenecen a causa del frío invierno. Solo las reinas recién fecundadas sobreviven al frío para poder reiniciar el proceso durante la primavera».

Se ve que el reinado de las avispas es más fuerte que el de las personas.

MANUEL ZAS ZAS (MANOLIÑO)


Manoliño no le ha dicho a nadie que sabe leer. Hace pocos días que ha aprendido, a base de oír los titubeos de su compañero, a quien las letras se le resisten: «Bailan en mi cabeza, parándose cada vez en un lugar diferente, ¡y así no hay quien pueda, ho!», dice.

Fue de repente, como si un día, al despertarse, le hubiesen trasplantado la cabeza de otra persona (una que no es la de su compañero), y todas las letras se volviesen amigas y dejase de haber secretos para él. No más titubeos ni códigos encriptados. No volverá a depender de otros para que le cuenten qué esconden los libros. Se siente como un ciego que, milagrosamente, ha logrado ver. Pero lo guardará en secreto de momento. Quiere aprovecharse de su nuevo estado, devorar todo lo que caiga en sus manos. De pronto se siente en posesión de un arma. Un arma silenciosa. Más poderosa que los Winchester que ha oído que usan en el salvaje Oeste. Está deseando poder leer esos libritos de historias de vaqueros.

La maestra es una mujer inteligente, a pesar de lo que diga su padre: «Debes saber que solo hay tres tipos de mujeres que no se casan: las putas, las monjas y los marimachos» o «Por muy inteligente que sea una mujer, nunca podrá serlo tanto como un hombre, esto es así, es un hecho científico». Ese tipo de perlas va soltando. Manoliño no le lleva la contraria, no le conviene despertar a la bestia, pero está seguro de que la maestra es más capaz que la mayoría de los hombres con los que trata. Si su padre la conociese, no le quedaría más remedio que darle la razón.

—¿Te gustó el libro de las avispas? —le pregunta la maestra.

Manoliño asiente. Se lo ha dejado en casa. A propósito. Quiere alargar la sensación de tenerlo en su poder.

—No te olvides de traerlo el próximo día. Cuando lo hagas, podrás llevarte otro. Y, si alguna vez queréis repetir libro, también podéis. —Ahora la maestra levanta la cabeza para dirigirse a toda la clase.

A Manoliño le invade una oleada de excitación solo de pensar en que libros de diferentes tipos desfilen por su casa. Cree que podría pasarse todo el día leyendo, y que la vida a partir de ahora pinta mucho más interesante. Qué lista es la maestra. Espera que leer la mente de los demás no sea una de sus habilidades; por un momento le ha parecido que sabía lo suyo.

—¿Quieres compartir con tus compañeros lo que más te ha gustado del libro?

La pregunta de la maestra lo coge desprevenido. Aunque no es un niño apocado, Manoliño reacciona agachando la cabeza y negando en silencio.

—Muy bien —dice la maestra—. Antes de empezar la lección de hoy, me gustaría contaros algo importante.

—¿Es algo sobre la República? —pregunta la hermana de Julio, el pelirrojo de la segunda fila—. Porque mi padre...

—No es nada sobre la República.

—Mejor —contesta la niña, de nombre Victoria, pelirroja también—, porque dice mi padre que no va a consentir que en la escuela nos metan ideas en la cabeza, que una cosa es escribir y hacer cuentas y otra que nos laven el cerebro.

A Manoliño le gustaría decirle un par de cosas a esa Victoria. Hablarle así a la maestra, con lo buena que es. Hay que tener muy poca humanidad y educación. Conoce al padre de Victoria —es compañero de jornal de su padre—, más de una vez los han echado a los dos a patadas de la taberna. Su padre también suelta burradas como esa —y peores—, pero a él no se le ocurre repetir todo lo que cuenta.

—Es algo práctico, algo que parece una tontería pero que es importante —dice la maestra.

Sus palabras provocan un zumbido como de enjambre seguido de una nube de silencio. Manoliño cree que la maestra se expresa perfectamente y ha sabido reaccionar con mucha soltura ante la impertinencia de la mocosa esa. Por lo que a él respecta, todo lo hace bien. No le extraña nada que el hombre del lápiz en la oreja venga a verla tan a menudo. No hace falta ser muy listo para darse cuenta de que le gusta la maestra. Tiene una manera de mirarla muy rara, como si le hubiese entrado polvo en los ojos. También ella cuando está con él, parece que se contagiasen, qué cosa. Espera que, si se casan, ella no renuncie a la escuela, aunque no tiene pinta la maestra de dejarse convencer así, por las buenas. Cuando sea mayor, Manoliño también se buscará una novia como la maestra y le brillarán los ojos.

—Una buena ventilación e higiene de manos nos salvarán de muchos males.

De nuevo el zumbido inunda la escuela. Ninguna palabra, solo tes y eses.

—Intentaré que nos construyan una letrina y una pileta —dice la maestra con su voz de miel—, pero mientras tanto pondremos en una esquina una jofaina en la que siempre habrá agua y una pastilla de jabón. A partir de ahora, todos nos lavaremos las manos al llegar y antes de marcharnos, ¿entendido?

A Manoliño le parece una buena cosa eso de la higiene. La maestra, como siempre, tan acertada.

# 34

No soy lo que se dice un valiente. Tampoco un cobarde, creo. Diría que estoy a medio camino entre una cosa y la otra. Después de todo, estoy dispuesto a sacrificar mi vida, y para eso hay que tener arrestros. Pero he empezado a sentir miedo. Si no, ¿por qué iba a seguir dándole tantas vueltas a este asunto?

A las personas como yo no les queda más remedio que estar alerta y rumiarlo todo como si fuese tabaco de mascar.

VÍCTOR DEL RÍO

Víctor del Río espera compañía en un banco apartado del paseo de la Herradura. Está mal sentado, con los codos clavados en los muslos, como siempre que está nervioso. A pesar de la postura, sus ojos miran al frente, siempre lo hacen. La vida le ha enseñado a no bajar nunca la guardia.

Durante un momento fantasea con otro tipo de compañía. Los encuentros clandestinos le aceleran el corazón como ninguna otra cosa en la vida. Pero ha llegado la hora de sentar la cabeza, tiene que ser. Celia es una buena chica, se repite para ver si así termina creyéndose su suerte. Se necesitan mutuamente, ¿y qué es el amor, a fin de cuentas, sino un necesitarse y acompañarse?

El vello del cogote se le eriza de repente. La visión de la figura rebosante de carne del teniente le repugna. No sabe qué esperarse de esa visita como no sea algo malo, catastrófico. Será mejor que aparente tranquilidad.

—¡Eh! —grita el teniente levantando una mano.

Él también levanta la suya. Son viejos conocidos. Cada vez que uno de esos ancianos sin familia a los que se les asesora durante años estira la pata, reciben una visita del teniente. Casi siempre termina apareciendo un pariente lejano que reclama un trozo del pastel, pero normalmente es tarde para eso. Las relaciones se cultivan en vida, no después; en eso hay que ser tajantes, y un trato es un trato, así que a nadie debería extrañarle que algunos le dejen todos sus bienes a «Del Río Abogados». Todo en la vida son acuerdos. Protección y asesoramiento a cambio de dinero. Un trato justo.

Esta vez presiente que se trata de algo diferente. El teniente se presentó en el bufete, pero no quiso hablar con su padre. Resulta que era a él a quien buscaba, quería comentarle «algo personal», y sonó como si hubiese dicho «escandaloso». Los asuntos personales —aún más los escandalosos— se tratan en privado, lejos de miradas indiscretas. Casi lo prefiere; el bufete es el peor lugar para tratar cualquier asunto personal.

Víctor del Río se levanta antes de que el teniente lo alcance. Si van andando, le resultará más fácil camuflar su inseguridad. Viene con la lengua colgando y dos cercos amarillos en la camisa, en la zona de las axilas.

—Así que quiere usted matarme, ¿eh?

—¿Cómo dice?

—Es una buena caminata —responde el teniente—, y uno ya no es lo que era.

Víctor del Río piensa que el teniente nunca fue mucho mejor de lo que es ahora —una versión más joven del hombre que es hoy, le concede, como mucho—, aunque calla.

—Pero, a cambio, Compostela le regala la mejor vista de la ciudad —contesta solemne.

—Sí, sí, eso sí. ¿Qué le ha pasado en el ojo, don Víctor?

—Nada digno de mención —contesta él sacudiéndose la pregunta.

—Como quiera, como quiera…

—¿Y bien? Me tiene usted en ascuas, teniente. ¿Qué es ese asunto personal que tiene que tratar conmigo en privado?

El teniente se para a coger aire. No tiene pinta de ir a durar mucho, con esa obesidad y ese ruido de cafetera italiana al respirar.

—Será mejor que vaya al grano, ¿verdad? —farfulla el teniente.

—Soy todo oídos.

El teniente se rasca la cabeza. El poco pelo que tiene —ralo y fino— se arremolina en lo alto, formando un nido de gorriones.

—Quería preguntarle por el doctor Asorey —escupe al fin.

—¿Por el doctor Asorey? Caray, teniente, eso sí que no me lo esperaba.

El teniente hace que se ríe, pero la carcajada se le cuaja a medio camino. Víctor hace ademán de echar a andar, y el teniente lo sigue, esforzándose por ir a la par. Ahora son dos hombres del montón que dan un paseo bajo el arco de robles de la Herradura.

—Como pronto serán familia, supuse que usted debía de estar enterado de su paradero.

Víctor del Río se para en seco.

—¿Ha hablado con sus hijas? —pregunta.

—Sí, pero me temo que no he sacado mucho en claro, don Víctor.

—¿Y qué le hace pensar que yo podría tener más información que ellas? —De pronto su voz suena agresiva. Se fuerza a serenarse.

—No sé...

Víctor del Río tiene buen olfato. Puede oler la inseguridad como si fuese un excremento. El teniente tiene ganas de demostrar su autoridad, pero su falta de amor propio es más pestilente. Es un tufo perenne. A Víctor se le da bien tratar con ese tipo de gente, podría decirse que es su especialidad.

—Mire, a menudo las personas hacen cosas imprevisibles —señala—. Lo que rumia un hombre solo lo sabe él; a veces hay señales, pero otras veces no. —Se encoge de hombros para dejar clara su postura.

El teniente se detiene de forma abrupta.

—¿Sabe que el doctor desapareció el mismo día que mataron a la lavandera? —suelta.

Un escalofrío pellizca la espina dorsal de Víctor. ¿A cuento de qué viene ahora sacar a colación a la lavandera?

—Pues no, teniente. No tengo por qué saberlo, no tenía ninguna relación con la pobre lavandera.

—Casilda, don Víctor, la pobre lavandera se llamaba Casilda. ¿No la había visto nunca en casa de su prometida? Supongo que está al tanto de que la muchacha se encargaba de lavarle la ropa a la familia.

—Sí, sí —dice de pasada.

—¿Sabe que, la noche que mataron a Casilda, la infeliz fue a visitar al doctor y tuvieron una conversación privada?

—Ah, ¿sí?

—¿No lo sabía?

—No, no lo sabía. No veo por qué debería saberlo.

—Dos hechos horribles al mismo tiempo... —El teniente ha empezado a darse una serie de golpecitos ridículos en la sien.

—¿Dos? —pregunta Víctor.

—Una muerte y una desaparición.

—Le concedo asesinato como hecho horrible, teniente, pero una desaparición... Cualquier adulto puede ausentarse de su casa voluntariamente. No existe ninguna ley que diga que hay que comunicar un viaje a las autoridades ni, por lo tanto, nada susceptible de ser considerado un delito.

—Ahora habla usted como lo que es.

—¿Eh?

—Digo que habla usted como el hombre de leyes que es.

—Ah, ya.

—No sé, don Víctor. Nadie se esfuma así como así, y menos aún una persona como el doctor. Algo huele a chamusquina en todo esto. Además está el secretismo de las hijas, perdone que le diga. ¿Cuál es su teoría?

—¿Teoría? No tengo ninguna teoría. Si el doctor dijo que se marchaba a tratar unos asuntos, no tengo por qué dudar de su palabra ni él tenía por qué desgranar sus motivos.

—Visto así...

Víctor del Río hincha el pecho y levanta los hombros. Un segundo más tarde se vacía de aire y sus hombros vuelven a su sitio.

—No hay otra manera de verlo, en mi opinión. Todos presuponen que no va a volver, pero en realidad nadie lo sabe. Si aparece o no es algo que el tiempo dirá, teniente. Mientras tanto, habremos de ocuparnos de los asuntos reales.

—El asesinato de la pobre Casilda, ya, por supuesto.

—Ese sí que es un asunto horrible, ¿ve?

—Porque usted no sabrá…

—No veo cómo puedo yo saber algo si ni siquiera la conocía —contesta Víctor.

El teniente se detiene en el punto del paseo que regala el ángulo más encantador de la ciudad, un hueco deforestado en el que se enmarcan los picos de la catedral. No es por las vistas, es por el enfisema.

—Debería cuidarse, teniente. Por cierto, ¿qué tal está su madre?

El teniente se rebulle en su camisa ajustada. Víctor juraría que han empezado a brillarle los ojos.

—Bien, bien —dice dejando a la vista unos dientes picados en su mayor parte—. Gracias por preguntar, don Víctor, usted no es como otros. Se lo agradezco mucho. —Asiente con la cabeza como si realmente estuviese agradecido. De pronto se frena, su rostro se endurece y se vuelve rojo, se acerca tanto a él que puede notar su respiración—. Un momento… ¿No estará usted intentando desviar la atención?

# 35

Creen que vivo despegada de la realidad, pero no saben que la percibo con una nitidez desgarradora. Puedo ver el interior de las personas como se lee un libro. Cuanto más lúcida estoy, más ganas tengo de desaparecer. Soy yo y mis aristas.
Ris-ras. RIS-RAS. ¡RIS-RAS! **¡RIS-RAS!**

DOROTEA ASOREY

Tea piensa en el mar como en un amigo cercano y auténtico de los que nunca ha tenido porque la vida se le tronzó a una edad muy temprana. A veces sueña con fundirse en él, convertirse en líquido y más tarde en gas para volver a ser líquido y formar parte del ciclo del agua para siempre.

Diez años es una edad indecente para conocer el mal tan de cerca que tienes que dejar de respirar para no notar su aliento fétido en la cara —olor a vino agrio y a muelas picadas—. En días malos, todavía lo nota. Y los sonidos de la bestia, regulares y salvajes. Elige llamarlo bestia para descargar la poca furia que le queda en un nombre de alimaña, pero la bestia tiene forma de hombre. La sucesión de imágenes es lo peor; sin ellas, la vida podría ser hasta llevadera, pero una no elige la proyección que vendrá a continuación.

No sabe cómo explotó esa expresión en su boca. Fue algo espontáneo. Ocurrió la noche después de la muerte de su padre. ¡Ris-ras! Es contundente y suena como si consiguiese cortar el aire y la cabeza de la bestia. Sabe que la calma es momentánea. ¡Ris-ras! La tranquiliza el rasgueo de las erres contra el paladar.

La única que la distrae de su objetivo es Tilde. Como entonces. La recuerda intuyendo su desgracia, sin atreverse a nombrarla. Y sus palabras balsámicas: «Tú no tuviste la culpa».

Lástima que no la creyese.

Últimamente sus hermanas están muy ocupadas con sus cosas —sobre todo con ella— y no han observado lo suficiente a Tilde. Si lo hubiesen hecho, se habrían dado cuenta de que ha perdido parte de su brillo —además de algún que otro kilo— y el pelo se le ha vuelto opaco y algo nacarado.

Tilde se está consumiendo y nadie en la casa parece haberse dado cuenta.


Es la primera vez en días que Tea se levanta de la cama. Por las voces, parece que están todas en casa. Debe de estar a punto de anochecer. En un rato volverá a acostarse, pero ahora se quitará el camisón, se vestirá y se unirá a la tertulia del salón, porque eso es lo que hacen los vivos.

—Dicen que los caballos de la familia real languidecen en las cuadras de palacio —señala Celia con la cara arrugada, como si no existiera nada más triste.

—El país también languidecía y a nadie parecía importarle —replica Eloísa, que levanta la cabeza al percatarse de su entrada.

—¡Tea, tesoro! —exclama Tilde—. Ven y siéntate aquí, anda —añade señalando una silla vacía a su lado.

—Tranquila, Tilde, me sentaré en el diván.

—Tea, hemos estado hablando…

Las hermanas se miran. Siempre lo hacen. Creen que no se da cuenta de que antes de dirigirse a ella se miran. Es una mirada de advertencia, un «ten cuidado, a ver qué vas a decir». La mirada de cuando hay una loca en la sala.

—¿De qué habéis hablado? —pregunta sin ganas.

—De una fiesta —continúa Tilde.

—Pequeña, una fiesta pequeña —aclara Eloísa.

—De compromiso —apostilla Celia.

¿Una fiesta? ¿Qué se supone que debe decir? Una fiesta, dadas las circunstancias, es la idea menos sensata después de la gran idea menos sensata.

—¿Cómo de pequeña? —pregunta por preguntar.

—Familia, nada más.

—Y algunos amigos de la familia —cacarea Celia.

«Amigos de la familia». Deberían llamarlos «falsos amigos de la familia». Llevan dos meses sin ver a nadie porque nadie hasta la fecha se ha sentido lo suficientemente amigo como para plantarse en su casa y exigir noticias sobre el paradero del doctor. Amigos que eligieron conformarse con la explicación del repentino viaje a Madrid y que lo habrían hecho con cualquier historia rocambolesca que les quisiesen contar, porque eso es lo que hace la gente civilizada. Amigos con una relación tan superficial que se reservan sus comentarios de preocupación para la intimidad de sus casas (ahí sí que se explayan, no le cabe la menor duda). Amigos de conversaciones banales que, en cambio, jamás faltarían a una fiestecita en el número dos de la plaza de San Miguel.

—Sé lo que estás pensando —se adelanta Eloísa—, pero, si pretendemos que todo sea normal, tendremos que dejar que la vida siga su curso.

Tea asiente, más por acto reflejo que por voluntad propia. «La vida nunca sigue su curso, se queda varada en los errores y en las desgracias», le entran ganas de gritar.

—Es algo que tarde o temprano teníamos que afrontar —dice Tilde—. No podemos vivir toda la vida recluidas, no es natural, tesoro. Nos preguntarán por padre, debemos contar con ello, que ya se sabe que el enjambre es más atrevido que la avispa solitaria, pero tendremos que estar preparadas. Miradlo de esta manera: mientras viva en nuestra memoria, vivirá en la de los demás. Mientras haya una duda, habrá esperanza.

—Si eso es lo que queréis… —susurra Tea.

—Nadie te pide que disfrutes —añade Eloísa.

—No lo haré —se apresura a contestar.

—Te aseguro que yo tampoco disfrutaré, pero creo que será la prueba de fuego. Si nuestros invitados son capaces de aceptar con normalidad nuestra situación, ya habrá pasado lo peor. La gente tiene su vida, que es mucho más importante que las nuestras —puntualiza Eloísa— y, a partir de ese momento, se acostumbrará a la ausencia de padre y le reservará comentarios aislados.

—¿Comentarios aislados? No me puedo imaginar nada más cruel —replica Celia.

—Vosotras elegisteis convertirlo en un fantasma, ahora deberéis asumir que padre no morirá del todo.

—No me gustan los fantasmas —dice Tea.

—Ni a mí, tesoro, ni a mí —contesta Tilde—. No vuelvas a decir que padre es un fantasma, Eloísa.

—Pues yo pienso disfrutar —protesta Celia—. No consentiré que nada arruine mi día. Y puesto que Víctor ha aceptado hacerse cargo de los gastos de la boda, deberíamos esmerarnos en la preparación del convite. No quiero que nadie tenga que compadecerse de mí. Si damos una buena fiesta, tal vez la ausencia de padre pase a un segundo plano.

Tea le dedica una mirada compasiva al guacamayo, que no se ha movido desde que ella entró en el salón. Se levanta como puede, mareada como está. Si permanece un segundo más allí, se quedará sin aire, el esternón se le hundirá y el corazón se le parará momentáneamente. Por más que digan que es imposible, ocurrirá. Conoce la secuencia y sabe que es así. El corazón tiene autonomía propia y deja de funcionar cuando le da la gana.

—Deberíamos liberarlo —dice de pasada señalando al guacamayo.

—¿Ya te vas? —pregunta Tilde.

Tilde ha arrugado tanto la frente y se le han hundido de tal manera los ojos que casi le da pena defraudarla.

—Tranquila, estoy bien —miente—. Y mañana también lo estaré. Descansa, Tilde; tienes cara de cansada.

# 36

Me deslizo por la vida debatiéndome entre lo que soy y lo que me gustaría ser. Soy una revolucionaria que no hace revoluciones. Soy un fraude de los buenos.

Después de observar el mundo, creo que los únicos honestos son los locos (y puede que los artistas un poco también).

ELOÍSA ASOREY

Mentiría si dijese que no se ha preguntado qué habrá sido de Pablo. Desde hace días parece que se lo ha tragado la tierra. Ni rastro. No es que hubiesen quedado en verse. Quizá lo dedujo de su actitud. Ahora que creía que por fin había aprendido a interpretar las palabras y los gestos vuelve a sentirse desorientada. Tal vez lo único que le interesaba a él era escribir su artículo y ya ha visto todo lo que tenía que ver.

Hoy Eloísa llega un poco tarde. El sacristán se ha encargado de abrir la escuela. A ella le gusta ver a los niños correr y gritar antes de entrar.

Se cruza con el hombre en un punto, pasada la iglesia.

—Ahí tiene al rebaño reunido —vocifera el sacristán.

—Si no llueve, pueden estar fuera hasta que yo entre.

—Los hay que estarían fuera toda la mañana holgazaneando —farfulla el hombre—. Estoy seguro de que alguno viene a la escuela para no tener que trabajar. Pero otros...

—¿Otros qué?

—Otros están deseando aprovechar cada minuto que tienen para leer.

—Entonces ha hecho bien en dejarlos entrar.

—El que más ansia tiene es el rapaz más *cativo*. No he conocido en mi vida a nadie con más ganas de aprender. Ese niño quiere leer para poder tener otra vida, se lo digo yo.

—¡Y quién no! —exclama Eloísa.

Se despide del hombre, que se marcha haciendo sonar las llaves mientras rumia palabras que no llega a entender. El murmullo del interior cesa a medida que retumban sus pasos. Cuando pone un pie en el aula, el silencio es sagrado, roto solo por el sonido de los perdigonazos de las goteras al impactar con los baldes de zinc dispuestos por toda la estancia para que el suelo no se embarre.

—Buenos días —saluda.

—Buenos días —corean todos los niños menos el compañero de Manoliño.

—Los modales muestran nuestra preocupación por los demás.

—El tono le ha salido brusco, casi sin pensar.

El compañero de Manoliño baja la cabeza, pero cuando Eloísa se da la vuelta, pregunta:

—¿Por qué no está casada?

Eloísa traga saliva y carraspea para ganar tiempo. Sopesa si enzarzarse en un intercambio dialéctico absurdo, pero las palabras le salen solas:

—¿Por qué tendría que estarlo?

—Porque es lo que hacen las mujeres de su edad.

—Casarse no es una función vital, casarse es… una opción.

Manoliño sonríe. Al fruncirse, su piel muestra unos hoyuelos marcados.

—¡Este qué va a saber de funciones vitales, maestra! —exclama.

Eloísa finge que lo reprende, pero se permite paladear la victoria.

—Por cierto, ¿alguien puede decirme cuáles son las funciones vitales?

Julio, el pelirrojo de la segunda fila, levanta la mano.

—Nacer, crecer y morir.

—¿Alguien quiere apuntar algo más? —pregunta dirigiéndose a toda la clase.

Crece un murmullo que suena a risa sofocada.

—¿No? ¿Nadie? —insiste.

Una niña resuelta, de nombre Angélica, levanta la mano con gesto solemne. Es de las últimas alumnas en incorporarse a la escuela. El primer día anticipó que «a lo mejor no vengo mucho», pero de momento solo ha faltado dos veces.

—¿Sí, Angélica?

—Nacer, crecer, pecar y morir.

—¿Pecar?

Las risas ahogadas han adquirido la categoría de trueno.

—No hay ninguna función vital que sea pecar, Angélica.

—En mi casa, sí —se defiende la niña.

—La religión no tiene nada que ver con las funciones vitales —señala Eloísa.

Manoliño lleva un rato mirando a algún punto de la pared. No es propio del niño estar distraído.

—¿Manoliño? —le grita Eloísa.

El niño tarda un rato en contestar.

—Esta situación me confunde, maestra —dice señalando la alcayata de la que hasta hace poco colgaba el retrato de Alfonso XIII—. ¿Se supone que debemos olvidar a Dios? —Ahora apunta con la cabeza al rastro claro que ha dejado una cruz en la pared ennegrecida—. El rey era amigo de Dios y ahora han desaparecido los dos.

Eloísa coge aire y se prepara para responder. Cuando se encuentra con sus ojos, no ve al niño inteligente que es ahora, sino al hombre analítico que será si tiene suerte.

—No han desaparecido, el rey se ha marchado del país y Dios sigue presente para el que quiera. Lo importante es que cada uno pueda elegir a quién quiere seguir, ¿entendéis?

—Mi padre dice que en las escuelas nos van a meter ideas comunistas en la cabeza —interviene Angélica.

—Aquí no —contesta Eloísa—. Aquí cada uno puede creer en lo que quiera. Cualquier creencia respetuosa con los demás es bienvenida.

Angélica retuerce tanto el morro que parece que le quedarán las marcas. En vez de responder, traza con su brazo menudo una señal de la cruz desdibujada, casi un ocho, y termina con un sonoro beso a su dedo pulgar. Eloísa se dirige al aula:

—Volvamos a las funciones vitales... ¿Alguien puede decirme la que falta?

Se miran unos a otros, pero nadie habla.

—Muy bien, hagamos una cosa, vais a investigar por vuestra cuenta y el próximo día me lo decís, ¿entendido?


La mañana transcurre sin más. A veces le parece que el aula es como el océano: un rugido de olas puntuales seguido de momentos de calma. Espera a que se vayan todos para vaciar los calderos y dejar la estancia recogida y aireada. No quiere que los niños piensen que tienen la pocilga que se merecen. Apoya la espalda contra la pared y contempla los descampados repletos de chuchameles amarillos a ambos lados de la iglesia. Pensándolo bien, aunque la vida se redujese a eso, no podría quejarse.

—¿No quiere irse? —pregunta una voz atiplada a su espalda.

Eloísa despega el cuerpo de la pared. En el vano de la puerta, con un libro que le tapa la mitad del cuerpo, la espera Manoliño. Quizá él tampoco tenga ganas de regresar a su casa.

—¿Y tú?

Manoliño se encoge de hombros.

—Quería decirle que sé la función vital que faltaba. Es la reproducción.

Eloísa enarca las cejas todo lo que puede.

—¿Dónde lo aprendiste? —pregunta.

Manoliño señala con la cabeza *El gran libro de las avispas*.

—¿Y por qué no lo dijiste antes, cuando lo pregunté?

—Porque no quería que supiesen que sé leer.

Eloísa contempla al niño que tiene delante y se pregunta si puede alguien de seis años ser un hombre.

—¿Y por qué diantres no quieres que nadie sepa que sabes leer? Leer es bueno.

—No quiero que se entere mi padre.

—¿Por qué? —En algún punto de la garganta, la pregunta se convierte en grito.

—Porque, si cree que ya no puedo aprender nada más, me sacará de la escuela.

Las palabras del sacristán —redondas, crudas, refunfuñadas— le martillean la sien.

Eloísa ya no tiene dudas. Manoliño lee para tener una vida mejor.

# 37

El día que murió padre coloqué cuatro tazas con sus respectivos platos para el desayuno. No puse cinco, sino cuatro. Calculo que, a esas horas, a juzgar por la rigidez que pude comprobar después, él ya estaba muerto. No lo hice a propósito, claro está, supongo que algo en mi interior me estaba preparando para lo que vendría, aunque, después de aquello, ninguna desayunó.

A veces presiento lo que va a ocurrir, aunque, en este caso, ya hubiese ocurrido.

Lástima que no haya servido de nada.

CLOTILDE ASOREY

Tilde lleva semanas posponiendo un asunto. Hasta ahora no se habían dado las circunstancias propicias para enfrentarse a ello. Al principio achacó su gradual pérdida de peso a la situación. Resulta del todo incompatible tener apetito cuando se está preocupada, es de cajón. Su padre decía que el centro del humor está en el estómago. Y, como en casi todo, tenía razón. Si no, que alguien pruebe a sonreír con dolor de tripa. Imposible.

Antes de doblar la esquina hacia la calle de San Pedro, dedica una mirada al cementerio de Santo Domingo de Bonaval, donde la familia posee un mausoleo. Es un vistazo rasgado, que no tiene cuerpo para echarse más cosas en cara. Por mucho que diga Eloísa, Compostela supura santidad por cada adoquín. Mire a donde mire, vaya por donde vaya. Santo Domingo, san Agustín, san Pedro, san

Martín, san Miguel, san Roque, san Francisco, santa Marta, santa Susana… y, por encima de todos, Santiago.

La calle de San Pedro no es lugar para un médico, se dice. Tortuosa y bacheada, imperfecta y tumorosa, más que una calle, es una cicatriz. Pero lo prefiere así: cuanto más lejos de miradas familiares, mejor. A nadie que ella conozca se le ha perdido nada en la calle de San Pedro.

La placa de la puerta número diez brilla sobre todas las cosas. Es fácil distinguirla porque no hay nada más que resplandezca allí. GUMERSINDO LOSADA. MEDICINA GENERAL, reza el cartel atornillado sobre una puerta carcomida repintada de un verde brillante. Ahora que ha llegado, sopesa si entrar, apuntalada como se ha quedado, en un momento álgido de aprensión.

—¡Eh! —grita una mujer enfundada en un mandil y aferrada a su escoba en mitad de las escaleras.

Tilde tarda en reaccionar.

—¿Es a mí? —pregunta.

—¡Pues claro! ¿A quién si no? —cacarea la mujer fingiendo mirar a ambos lados.

—¿Y se puede saber qué quiere?

A pesar de sonar serena, a Tilde se le ha hinchado la vena que recorre el cuello hasta el lóbulo de la oreja.

—¡Qué voy a querer! Que no pise las escaleras hasta que estén limpias, eso quiero.

Tilde no contesta. Ojalá ella tuviese tanta energía. Decide esperar fuera, quizá no le venga mal salir a respirar un poco de aire puro, pero la imagen de una mujer afanada en baldear orinales, uno en cada mano, la desmoraliza hasta el punto de arriesgarse a entrar.

No dejarse engañar por las apariencias no es tarea fácil si uno pertenece a una ciudad donde todos viven de aparentar exactamente lo que no son.

El doctor Losada ha resultado una pepita de oro en medio de un estercolero. Se alegra de haber resistido la tentación de huir. La consulta, sencilla y limpísima, es del agrado de Tilde. Enseguida reconoce la orla. Promoción de 1890. Se pregunta si el hombre mayor, afable e impoluto, de bigote perfectamente recortado, habrá tenido una relación estrecha con su padre o si habrán cruzado palabras sueltas durante sus años universitarios. Lo que es seguro es que nunca han pertenecido al mismo círculo o habría oído hablar de él. Probablemente ni siquiera haya nacido en Compostela. Eso lo explicaría todo.

—Dígame, ¿por qué ha venido? —El hombre se levanta para volverse a sentar de inmediato.

Tilde no está acostumbrada a las preguntas directas (las mujeres de su generación y clase social hablan bordeando las palabras comprometidas, es casi una norma), pero se dice que no tiene sentido andarse con rodeos cuando el que pregunta es un médico. Por algo se ha alejado de la zona de la ciudad donde viven los conocidos y allegados.

—Es que en los últimos meses he perdido peso...

—¿Hay algo que le preocupe?

Una cosa es andarse con rodeos y otra sincerarse a las primeras de cambio.

—No —la mentira le sale sola, inesperadamente chillona.

—A veces creemos que no estamos nerviosos cuando en realidad sí que lo estamos. En ocasiones un simple cambio en nuestras rutinas...

Un simple cambio. Eso ya es otra cosa. Aunque el uso del plural le resulta de lo más irritante.

—Nada digno de mención —contesta.

Tilde espera que entienda que no habrá confidencias. Lo que la lleva a recordar que hace casi tres meses que no se confiesa. Acaba de caer en la cuenta de que ya nunca podrá confesarse si no es para mentir (u omitir la verdad, que, en el caso de Dios, equivale a lo mismo). El pensamiento —tan inoportuno— la deja tambaleándose durante unos segundos.

—Siéntese en la camilla y aflójese la blusa.


Diez minutos de exhaustiva auscultación y de mirarle detenidamente a los ojos. Y más preguntas. «¿Algún cambio de hábito en la alimentación?», «¿Ha perdido el conocimiento últimamente?», «¿Ha dejado de menstruar?» (Dios santo, ¿es necesario?). Y de nuevo: «¿Algo que la preocupe o la inquiete?». Tilde ha empezado a arrepentirse. Acorralada e indefensa, esclava de sus propias normas, en la consulta de un desconocido en una calle embarrada que huele a orines y a rata muerta, rompe a llorar.

—No pretendía incomodarla. Puede que esté soportando más peso del que puede aguantar —dice el doctor—, me refiero al peso de la vida, ya me entiende, o puede que haya algo más.

Tilde se levanta y asiente sin decir una palabra. Ha sido un error. Creía que podría enfrentarse a la verdad, pero no puede. Lo suyo es cuidar de los demás, no sabe hacer otra cosa. Con un poco de suerte, sus vidas no volverán a cruzarse. Es una pena, porque le agrada el doctor, pero no cree que pueda soportar un diagnóstico de ningún tipo. Mejor no saber. ¿Cómo es posible que un perfecto extraño la conozca mejor que su propia familia o que ella misma? Todavía siente escalofríos. Su padre solía decir que un buen médico tiene que saber mirar a los ojos. Ahora entiende a qué se refería.

—Puede que tenga razón en lo del peso de la vida —admite—. Es usted muy perspicaz.

El doctor Losada se levanta y mueve la cabeza quitándole importancia al cumplido. Sonríe. Es una sonrisa amplia, sincera, de las que dan calor.

—Por cierto, ¿no será usted hija de Joaquín Asorey? —suelta de pronto.

Tilde titubea un «sí» deslavazado y, casi seguido, un «¿dónde está la enfermera?». Lo pregunta por preguntar (sabe que está fuera, detrás de una mesa pequeña, como una musaraña entre cajas clasificadoras). No puede seguir allí dentro o terminará confesando toda la verdad.

—¡Salude a su padre de mi parte cuando regrese! —exclama el doctor antes de que se cierre la puerta.


Tilde está de pie frente a la enfermera, pero no puede oírla, parece que tenga los oídos taponados con corcho. Deja un billete de una peseta sobre la mesa —como si fuese el mostrador de una taberna—

y huye. Le parece ver a la mujer ondeando el billete como una bandera. No sabe si quiere decirle que le falta o le sobra dinero (sin duda, le sobra), pero no se para a comprobarlo. Cierra la puerta y corre escaleras abajo como no lo hacía desde que era una niña. La mujer del mandil vocifera (o eso cree, a juzgar por el movimiento de sus labios y la congestión pintada en su cara), pero la deja con el grito en la boca.

En la calle, una anciana con una sella en la cabeza la mira con desdén. Le parece que escupe a su paso. Tilde corre hasta bien entrada la Puerta del Camino. De pronto todo es familiar. Recorre el trayecto hasta la iglesia de las Ánimas. Apoya la espalda en uno de los laterales para recuperar el aliento, aunque lo que le pide el cuerpo es tirarse al suelo. El frescor húmedo de la piedra la reconforta. ¡Cuánto la reconforta!

Por fin está a salvo.

# 38

Empiezo a estar harto de que todos me tomen por tonto. Víctor del Río, sin ir más lejos. «Nada digno de mención», me dice. Conozco la frase, la usan los que esconden algo, los que no quieren dar explicaciones sobre un asunto de enjundia.

«Un golpe de los buenos», diría. Unos quince días, puede que incluso más. Reconozco la secuencia cromática de un hematoma (lo aprendí de una experta): morado casi negro, violeta oscuro, verde pardusco y, finalmente, amarillo tornasolado con destellos malvas. Así era el arcoíris permanente que circundaba los ojos de madre. Hasta que padre se fue y desaparecieron los arcoíris para siempre.

El párpado de Víctor del Río era de un inconfundible amarillo violáceo, ya desvaído; en cuestión de colores, nadie me engaña. Podría haber sido pintor si hubiese querido, aunque probablemente no sabría qué pintar.

Empieza a fallarme la fe en mí mismo. Poco importa lo que diga madre si yo pierdo la fe.

«Un mirlo blanco». Madre siempre a mi lado, animándome.

Me pregunto qué habré hecho para merecer semejante suerte.

TENIENTE VENTURA TOMÉ


El teniente piensa que la ciudad debería pertenecerle tanto como a los demás. Entonces ¿por qué no lo sienten así todos, ellos y él? El sitio que uno ocupa es algo que se sabe desde pequeño, no hace falta que nadie se lo explique. Es una marca de hierro candente en la piel, como el que se usa en las vacas. Un «No te olvides jamás de cuál es tu sitio» permanente.

Por más que digan, a cada uno le preocupa la opinión de su círculo, del círculo de cuando se es niño; el resto importa menos. El teniente siempre ha creído que la edad adulta es como el día de Reyes: la hora de abrir los regalos y comprobar en qué se ha convertido cada niño, si es lo que uno se imaginó que sería o si ha habido alguna sorpresa.

Su madre siempre ha querido lo mejor para él, por eso intercedió para que pudiese estudiar con los curas y ocupar una de las codiciadas plazas de caridad. Recuerda cómo era sentirse «el niño que no paga y que quiere estudiar con los hijos de los que sí pagan». Pocas fronteras hay tan perfectamente delimitadas como esa. La mañana que puso un pie en el colegio supo que no podría hacer nada para pasarse al otro lado. Diez años (nada menos) de sentirse inferior. Diez años de ser «Boliche». Un día le ponen a uno un mote y ya no se le olvida a nadie, pasa la vida y permanece acantonado en la memoria colectiva. Se imagina a sus compañeros fumando Habanos en una mesa reservada del Casino mientras se regodean en el pasado. «¿Cómo se llamaba aquel gordo seboso?». «¡Sí, hombre, Boliche!». ¡Qué risa les entra a todos! Como si los estuviese viendo.

Menos mal que fuera del colegio se ha vuelto invisible.

Si hubiese ido a una escuela, tal vez habría estado al otro lado de la frontera y ahora sería él el que se ríe de otro.

El teniente pone un pie en la calle. Esta vez ha tenido cuidado de dejar las ventanas cerradas. Empieza a hacer calor y la casa puede llenarse de moscas. No quiere que nada moleste a su madre. Ella le ha deseado suerte. «Por algo te he puesto Ventura», le dice siempre que tiene ocasión. Ahora ya no les hace falta recurrir a las palabras, con una mirada les basta para entenderse. Estaba tan serena, en su cama, con el pelo largo extendido sobre la almohada… Ojalá pueda obsequiarla con alguna buena noticia a la vuelta.

El olor a serrín mojado y a lejía no logra esconder el tufo ácido del vino. El Búho Negro anuncia su presencia dos calles antes. El teniente arruga la nariz; él nunca ha sido bebedor. En realidad le repugna el vino, aunque no lo reconozca abiertamente; que después a uno le cuelgan el sambenito y ya nadie se lo quita.

Empieza a estar cansado de dar tumbos y tener que creerse todo lo que le quieran colar. «La gente miente más que habla, Ventura». Su madre sí que sabe. Tendrá que cambiar de táctica y mostrarles que también puede ser malo. Con dos cojones. «El mundo no se ha hecho para los buenos, más vale que te lo grabes en la cocorota». Otra perla.

Respira todo el aire que puede antes de entrar.

—¡Hombre, teniente! —exclama Marcelino desde detrás de la barra.

Marcelino es otro de los niños que ocupaba una plaza de caridad, pero él tuvo más suerte, lo sacaron del colegio antes de tiempo. ¡Qué envidia sintió el teniente cuando se lo llevaron! Y qué solo se quedó él. Está secando vasos, como siempre. El teniente se pregunta si lo hace porque es lo que se espera de un tabernero y si cuando acaba de secarlos los mojará de nuevo para poder seguir secándolos.

Él no podría pasarse el día en un sitio como El Búho Negro, antes muerto.

—¿Qué hay, Marcelino?

—Bien, hombre. ¡Qué milagro verte por aquí! ¿Qué se te ofrece?

—Es por la muerte de la lavandera. Vengo a hablar con la niña, Marcelino. Tengo entendido que eran buenas amigas.

El tabernero ha dejado de secar vasos. Se echa el paño al hombro y apoya los brazos, estirados, sobre el mostrador.

—No me metas a la niña en esto, Ventura, que bastante impresión tiene ya. Le he prohibido que vaya sola al río, solo de pensarlo… Si llego a saber qué hijo de Satanás le hizo eso a la pobre Casilda…

Marcelino golpea el mostrador con el puño y al teniente le parece que habla como si Casilda fuese su hija. A él, en cambio, desde bien jovencitas todas le parecen mujeres.

—Tengo que hablar con la niña, Marcelino. Si no tiramos del hilo, la muerte de Casilda se perderá en el olvido.

Marcelino se lo piensa, pero enseguida vocifera:

—¡Merceditas!

Merceditas aparece al cabo de un rato, arrastrando los pies, y un poco el alma, o eso le parece al teniente.

—Diga, padre —contesta sin mucho afán.

—¿Recuerdas a Ventura?

El teniente puede leer la desconfianza en su cara. Calcula que tiene unos quince años; es raro que él se equivoque con la edad de las mujeres, su olfato en eso raras veces le falla. Marcelino se aposta al lado de su hija y apoya la mano en su hombro para dejar claro que estará presente, lo que resulta un incordio; el olfato del teniente pierde efectividad cuando hay testigos adultos, sobre todo si son hombres.

—Merceditas...

—Mercedes —se apresura a corregirlo ella.

«Con que esas tenemos», se dice. Parece que la niña quiere mantener las distancias. No está mal que tenga carácter —siempre le han gustado las mujeres bravas—, pero todo tiene un límite. Deberá imponerse si no quiere marcharse con las manos vacías. Está harto de salir de los sitios como ha entrado.

—¿Qué relación tenías con Casilda? —pregunta a bocajarro.

—Éramos amigas.

—¿Cómo de amigas? ¿Mejores amigas?

Merceditas mira a su padre en busca de una respuesta.

—Hombre, teniente, amigas y ya está. ¿A qué viene esto? —replica el tabernero.

—Lo que quiero saber es si os hacíais confidencias —puntualiza el teniente.

—No sé... Algunas, supongo —responde Merceditas.

—Ten en cuenta que Casilda era dos años mayor que ella —interviene Marcelino—, que a esas edades hay mucha diferencia, Ventura.

El teniente asiente, aunque a él le parece que no la hay. Marcelino debería pasarse por los bajos fondos de la ciudad para ver lo que es capaz de hacer una mujer de quince años.

—Merceditas..., Mercedes, es importante que no te guardes nada de lo que te dijo Casilda, aunque te parezca que no tiene importancia. A veces los detalles son los que nos conducen a la verdad, y aquí nadie parece acordarse de nada.

El teniente ha percibido un cambio —casi sonoro— en el rostro de Merceditas, un batir de pestañas más rápido de lo normal, un descruzar los brazos y colocarlos, flexionados, sobre el mostrador.

—Casilda era buena, hay gente que dice que no lo era, pero están equivocados. Era curiosa, eso sí. No hay nada malo en ello.

—¿Cómo de curiosa? —pregunta el teniente.

—No sé, curiosa y ya está.

—¿Lo dices por algo que ocurrió?

—No sé…

El teniente se impacienta, aunque espera que no se le note. La cría lo está poniendo nervioso. Es una malcriada de libro. Si no estuviese su padre vigilando, no se andaría con tantas contemplaciones; ya se encargaría él de hacerla hablar. Todavía tiene una edad en la que se la puede meter en vereda; dentro de poco ya no habrá nada que hacer.

—Cualquier detalle que recuerdes…

—Bueno, hay algo.

—¿Qué? —el grito le sale desproporcionado. Deberá controlarse si no quiere asustar a la cría y al padre.

—Creo que pasó en la botica —contesta.

—¿Algo concreto?

Merceditas frunce la frente y guiña un ojo como si estuviese pensando.

—Algo sucio.

—¿Algo sucio?

Merceditas abre los ojos y asiente como si estuviese orgullosa.

—Estábamos lavando en el río —dice—, la tarde antes de que… —Parece que la voz se le fuese a quebrar, pero en el último momento logra sobreponerse—. Estábamos solas, no era un buen momento para lavar, la ropa no se secaría en días. Hacía un frío de mil demonios; recuerdo que Casilda dijo que no le extrañaría que terminase nevando. Me castañeaban los dientes y me dijo: «Pégate a mí, anda». Pero, aun así, no lograba entrar en calor. Pensé que nos moriríamos las dos de una pulmonía. Yo tenía poca ropa que lavar, un par de trapos y una sábana, pero ella tenía dos cestas llenas. Había vuelto a coger encargos, ya no trabajaba en la botica. Le pregunté por qué se había despedido. Recuerdo que pensé que yo pagaría por un trabajo como ese, y me dijo: «Michucas», que es así como me llamaba ella, «hay cosas que una mujer no puede consentir». Eso me dijo. Creo que le gustaba hacerse una persona de mundo conmigo —dice suspirando.

Marcelino Búho Negro le frota la espalda a su hija, en círculos, como si estuviese limpiando la plata.

—¿Eso es todo? —pregunta el teniente.

Merceditas coge aire para retomar el relato.

—Creo que me dijo: «Al menos yo hice lo que debía, ya he hablado con quien tenía que hablar y ellos harán lo que tienen que hacer».

El teniente tose —presa de la excitación— y su barriga tiembla como un gran pastel de carne.

—¿Te dijo con quiénes había hablado? —pregunta como puede.

Merceditas niega con la cabeza.

—Creí que se estaba haciendo la misteriosa, me irritaba un poco esa manera suya de hacerse la importante, la verdad. No dijo mucho más, solo «pobriña», creo.

—¿Pobriña? ¿Sabes a quién se refería?

—No. Yo ya no aguantaba más el frío; recuerdo que pensé que, si seguía en el río más tiempo, me iban a tener que cortar las manos, y, para ser sincera, ya estaba un poco harta de tanto misterio. Si me quería contar algo, muy bien, pero hablar sin decir nada… Le dije que subía a mi casa. Imagínese cómo me quedé cuando me enteré al día siguiente de que la habían matado.

—¿Y ya está? ¿Nada más? —Las preguntas del teniente suenan desesperadas. Le gustaría ser un hombre flemático, de voz pausada y mirada inescrutable, pero no lo es.

—Lo último que me dijo fue: «Anda, trae para acá esa sábana y vete, que tú no has nacido para esto». Después me enteré de que la habían asfixiado con ella.

# 39

Mis padres buscaban para mí un nombre bilingüe. Padre me confesó que se decantó por Alicia porque «Si le pones una "g" delante, tendrás el nombre más bonito del mundo». Pero terminaron poniéndome Alice (aunque aquí nadie me llame así). Parece que al final *mother* se salió con la suya.

Las mujeres inglesas mandan algo más que las españolas. En sus casas, no vaya nadie a creer cosas que no son. En cuanto ponen un pie en la calle, el mundo vuelve a ser de los hombres.

ALICIA (ALICE) ALLÓN SMITH

Alicia lleva un rato moviendo el montón de octavillas de una mesa a otra, sin poder decidir cuál es el mejor sitio, como si las octavillas fuesen ella.

No siempre ha sido fácil encajar. Su cuerpo, para empezar, demasiado largo y destartalado para los estándares locales, le ha hecho sentir que nada de lo que se pusiese podría hacerla parecer una más. Y están sus ideas... Alentada por su padre, Alicia siempre ha sentido que ha venido al mundo a mover las cosas de sitio. Pero últimamente parece que las cosas están muy paradas. Se rumorea que hasta que no llegue el otoño no habrá un debate constitucional sobre el sufragio universal y la igualdad entre hombres y mujeres. Opina que para entonces el pueblo debería tener una idea al respecto. El sentir de la calle, según ha podido constatar, es descorazonador; algunas mujeres (no pocas) se muestran encantadas de que sean sus maridos los que decidan por ellas; un poder vitalicio al que se someten y con el que parecen sentirse cómodas. ¿Y qué hay de las que no se casan?, se pregunta, ¿solo votarían las que no contasen con una influencia masculina? ¿El voto solo para solteras y viudas? Por no hablar de la autoridad de padres, difuntos esposos, curas… ¡De locos!

Cada tarde Alicia espera que Eloísa aparezca por la puerta de La Arcadia, con sus andares de chico, el pelo revuelto y esa ansia tan suya en la mirada. Después de todo, la causa quizá no fuese tan importante para ella, o no tanto como su escuela y su vida. A Alicia no le queda más remedio que admitir que sin la presencia de Eloísa el proyecto ha perdido fuelle. Organizar algo a dos es mejor, la fuerza a una a replantearse las ideas continuamente, y eso siempre está bien. Departir es bueno. Es democrático. Le encanta la palabra —en general todas las esdrújulas, son más elegantes—. La usa siempre que puede, por las veces que no la ha podido utilizar y por si alguna vez —nunca se sabe— volviesen a condenarla al silencio.

Tampoco sabe nada de Pablo. Lo último que oyó de él es que había vuelto a su pueblo (ahora se da cuenta de que no sabe cuál es). Tal vez haya tirado la toalla. Probablemente tenga que ver con su salida del periódico. «Las voces discordantes no duran mucho aquí», se lamenta. En Compostela, como en cualquier ciudad pequeña, se estila lo monocorde.

Parece que las personas más interesantes que conoce se hubiesen puesto de acuerdo para huir. A veces a ella también le entran ganas de escapar; si aún no se ha ido es porque cree que queda mucho (casi todo) por hacer aquí, y eso es realmente tentador. Por si fuese poco, ese teniente horrible se ha pasado por la imprenta. Qué preguntas tan extrañas. Ni siquiera eran preguntas. «Vengo a ver qué se cuece por aquí», dijo mirándola con ojos lascivos. Y después: «Conque La Arcadia, ¿eh?». Le pareció que quería intimidarla, pero tampoco le encontró mucho sentido. Solo al final, después de dejar claro —de manera bastante torpe— que llevaba un arma y que estaba familiarizado con su uso, entendió a qué había ido. «¿No estará por aquí la señorita Asorey?», preguntó.

Parece que de un tiempo a esta parte todo esté relacionado con la familia Asorey. Alicia no deja de pensar en el doctor. Parece posible que, si ella lo vio por última vez la noche en que mataron a Casilda y ya no volvió a abrir su consulta de la calle de San Miguel, pudiese significar algo. Pero no se atrevió a mencionarle nada al teniente. A Alicia la traición le parece algo execrable, y no quiere que sus principios se tambaleen a las primeras de cambio, aunque no sabe cuánto tiempo podrá aguantar sin compartir sus dudas.

«A los amigos no se les presiona», le dijo su padre. Y también: «Recuerda que no hay nada tan cierto, nada es tan seguro».

Se pregunta si su padre sabe de lo que habla o si es su manera de decirle que no se preocupe por lo que no se tiene que preocupar.

# 40

Somos un banco cojo sin padre. No porque él fuese un hombre, y nosotras, mujeres. Porque la orfandad, venga a la edad que venga, es de las cosas que más desbaratada deja a una. Es así.

Eloísa Asorey

Eloísa siente que nada sucede igual que otros años, como si fuese una huida en estampida de lo de siempre. Las losas de piedra del suelo aún deberían ser una trampa mortal, verde y limosa en las zonas sombrías, pero la ciudad parece deshidratada como en el mes de julio.

Por más que sabía que llegaría, no logra afrontar con serenidad el último día de curso. Le costará dejar de ver a los niños. Ignora en qué absurdo momento ha empezado a sentirlos como suyos. Algunos no volverán a pisar la escuela en septiembre, ya se lo han dejado caer. Sabe que es ridículo, y, aun así, se ve como la madre de una familia numerosa y desmembrada.

Está enfadada y hace calor. La blusa se le ha pegado a la espalda, y el pelo, a la nuca. Ojalá pudiese enfadarse abiertamente con alguien, siempre es más fácil si hay una persona con quien enfadarse. Maldito calor. Bufa al pasar por delante de la barbería de la calle de La Senra. Atraída por la oscuridad de su interior, se ha quedado plantada delante de la puerta. Escudriña a través del cristal. Toca el pomo, y la puerta se abre sola. El frescor del agujero la invita a pasar.

—Buenos días —saluda al entrar.

El hombre bajo, de barba perfectamente recortada, ha empezado a mirarla con curiosidad.

—Perdone, señorita…

Eloísa se deja caer en la silla.

—¿Usted podría cortarme el pelo? —resopla.

El hombre tarda en reaccionar.

—Bueno, no es lo que solemos hacer, claro está…

—No le pediré un gran corte, me conformo con que me retire el pelo del cogote. Me haría un gran favor.

El hombre parece que se lo piensa. Rodea la silla de barbero sin perder de vista su cabeza y musita palabras entrecortadas. Mientras, Eloísa espera, impaciente, el diagnóstico.

—Tiene un cráneo bonito —dice el hombre al fin—. ¿A lo *garçon*?

Eloísa se encoge de hombros, pero finalmente corrobora que «a lo *garçon* está bien» mientras se le ocurre que tal vez pueda sacarle provecho a su melena.


Reverbera en la escuela el atronador ruido de una bandada de estorninos, pero finge no darse cuenta.

—Vamos, entrad, tenemos que aprovechar el tiempo. Quiero dejaros varias propuestas por si alguno se aburriese en verano.

Se arrepiente nada más escupirlo. Menuda necedad; los niños de su escuela no tienen tiempo para aburrirse.

—¿Qué le ha pasado? —pregunta Manoliño una vez que todos se han sentado.

—Me ha pasado exactamente lo que se ve: me he cortado el pelo.

A partir de la segunda fila, los niños cuchichean entre ellos, formando una cadena de bocas pegadas a orejas y orejas a bocas.

—A mí me gusta —sentencia Manoliño.

—¿Por qué lo ha hecho? —salta Angélica.

Casi le enternece la honestidad de su mirada y su boca entreabierta, como de pez.

—Por el calor... Y para no tener que peinarme.

—Pues mi padre dice que las mujeres con el pelo corto son unas desviadas.

—¿Y de qué se desvían, según tu padre, las mujeres con el pelo corto? —replica Eloísa.

Angélica pone cara de buscar una respuesta mientras tamborilea con los dedos en la mesa.

—Creo que de buscar marido. Esto no lo dice mi padre, lo digo yo —contesta encantada por la acogida que tiene la respuesta entre sus compañeros.

La mañana discurre pegajosa e incómoda, la separación flota en el aire. Reparte libros y les hace prometer que los devolverán intactos el curso que viene, como si quisiese arrancarles la promesa de que volverán. La mayoría asiente.

—Déselo a otro, yo no me lo voy a llevar —dice Vicente, al que las mangas de la chaqueta apenas le cubren los antebrazos.

—¿De verdad no quieres llevártelo?

—Si no voy a leer, no veo por qué voy a querer cogerlo. Tampoco creo que vuelva.

Mejor no ahondar. Hace días que tiene la sensación aterradora de que la estampa de caras sucias y risas sofocadas no es en absoluto real. Una noche incluso soñó que entraba en la escuela y no había nadie, y llegó a la conclusión, en el propio sueño, de que una escuela vacía era un cementerio.

Por el que más lo siente es por Manoliño. La situación con su padre es difícil; la mayor parte de los días el niño no come o come mal, eso dice el sacristán. Eloísa cree que su curiosidad y sus ganas de aprender no sobrevivirán en una casa como la suya. Le ha preparado una cesta con algunos lapiceros, una libreta, *El jinete misterioso*, de Zane Grey, y una novela de Byron Movery fácil de leer, aunque Manoliño no se separa del libro de las avispas. Dice que, si observas un avispero, entiendes el mundo.

El sacristán asoma la cabeza por la puerta.

—Con el debido respeto...

Hay expresiones que son machetazos, y segundos que parecen goma de mascar.

—¿Sí? —pregunta arrugando la frente, vacía de paciencia.

—Ha venido su hermana.


La ira inhibe las lágrimas, o, en su caso, las pospone. Ni siquiera pudo disimular su desagrado cuando la vio plantada en la escuela, vestida y perfumada como para ir a merendar al Casino, regodeada en su propia fortuna, profanando con sus lazos y su presencia frívola la escuela.

Su escuela, el único reducto que es solo suyo.

Tardará en perdonarle la injerencia. Ahora solo puede pensar que la odia. La odia por el alarido que dio —y que reverberó en toda la estancia como una ópera de Puccini— al ver su pelo corto, por las risas que vinieron después, que también reverberaron para estar a la altura. La odia y no sabe si podrá perdonarla. Tuvo que presentarse en su escuela, no pudo esperar a que llegase a casa para darle la noticia. «A Víctor el otoño le parece una buena época, incluso me ha dejado decidir el día de nuestra fiesta de compromiso», cacareó. «El 1 de octubre. ¿No es una buenísima noticia?». Hasta la voz le salió más aguda que nunca.

Por suerte, sabe cómo desarmar a su hermana. «Demasiadas esperanzas para una sola fecha. Veremos si no nos explota en la cara como una granada», le contestó.

Los ojos de Celia se desparramaron y se volvieron líquidos. «Nunca te entiendo, Eloísa. Nunca te entiendo», gimoteó. Y le pareció que añadía, cuando se iba: «Te desprecio, no sabes cuánto te desprecio».


Eloísa vaga por los arrabales de la ciudad. Camina desbaratada, sin dirección, como si la única manera de encontrar respuestas fuese caminar. Rodea su cuello con las dos manos y las entrelaza en la parte de atrás. Aún no se ha acostumbrado a tener la cara y la nuca despejadas. Puede notar las miradas de los viandantes; no es nada nuevo, es el precio por alejarse de los cánones. No solo ella, cada vez se advierten más notas discordantes, pequeñas revoluciones andantes dentro de la gran revolución.

Necesita parar de barruntar a su padre a todas horas. Ojalá él no se hubiese ido dejando una estela de incertidumbre. A decir verdad, ha empezado a notar la separación, un desgarro sonoro que la desmiembra, pero no le impide seguir sintiendo. Si algo tiene la muerte es que pone a cada uno en su sitio; a ella la ha dejado incompleta, flotando en el aire, y a su padre, descompuesto, bajo tierra. Aunque quizá la peor parte se la lleven sus hermanas mayores, atadas para siempre a la casa, velando a un muerto que no se irá.

En su caso, el desmembramiento ha coincidido con un hallazgo inesperado, otro tipo de desgarro —uno doloroso y placentero a la vez— que le retuerce las entrañas y la deja sin aire. Quizá sea una locura pensar que es posible llegar a un nivel de intimidad cuando se desconoce casi todo de una persona.

Cuando vea a Pablo, se lo contará todo. No lo entenderá, por supuesto que no (¡cómo iba a entenderlo!), pero se lo contará.

El futuro pinta incierto como el cielo, y, sin embargo, nunca se ha sentido más viva.

# SEGUNDA PARTE

# 1

A veces se me ocurren ideas absurdas y las escribo. Tal vez se mueran en mi libreta, es lo de menos. Por alguna razón, hoy me ha dado por enredarme en los verbos.

Liquidar: convertir en líquido.

Esfumar: convertir en humo.

Engatusar: ¿convertir en gato?

PABLO DOVAL

Pablo cuenta las horas para llegar. En Galicia, hasta lo cercano parece lejos. Nadie llega hasta esta tierra sin padecer. El tren traquetea más de lo que le gustaría. Hace un rato que está tentando a la suerte; ha olvidado los lapiceros, pero asume el riesgo de que el frasco de tinta se derrame pantalón abajo.

Veintiocho años es una buena edad para que un hombre se replantee su vida. En realidad, siempre hay un hecho concreto que precipita las cosas después de que estas hayan permanecido paralizadas durante mucho tiempo, es un patrón que se repite.

Su despedida del periódico lo precipitó todo. Se fue sin una liquidación ni un «gracias». «El artículo no encaja, Doval. ¿Por qué quieres deprimir a los lectores?», le dijeron. «¿Para informar de la realidad que nos rodea?» fue lo que le hubiese gustado haber dicho —con un tono alto, gritando incluso, mientras descargaba un puñetazo sobre la mesa— y se guardó. «Nadie quiere leer que una escuela huele a excremento y a rata muerta», le espetó el director. «Porque sus lectores jamás mandarían a sus hijos a una escuela nacional», contestó chillando, pero de nuevo solo en su cabeza.

Las palabras todavía le escuecen como una cicatriz reciente. Pero no se arrepiente. Redactó el artículo con las tripas en la mano. Quiere escribir siempre así, tal vez sea la oportunidad que le brinda la vida para renacer. Septiembre es un buen mes para renacer. Renacer es lo que mejor se le da.

Durante los últimos meses ha pensado mucho en Eloísa. Es difícil conocer mujeres dispuestas a llevarle a uno la contraria con tanta vehemencia. Es inteligente y ocurrente; una vez le dijo que, en algunos sentidos, España era una ópera bufa. No pudo dejar de sonreír durante todo el día. Ella no solo no busca impresionar, sino que desconoce el poder de sus palabras. Y de su belleza. Se comporta como si no lo supiese en absoluto.

No sabe en qué momento ha empezado a relacionarla con su porvenir.

«Por-venir». Le ilusiona ese nombre disfrazado de verbo.

Se imagina que habla con ella y le expone sus pensamientos, dándoles un aire de propuesta, procurando no sonar demasiado despreocupado ni demasiado solemne. En la mente todo sale más o menos fluido, como uno quiere que salga. Prepara un «¡anda!» por si la cosa va bien y un «¡vaya!» por si va mal. Nada que suene ni muy eufórico ni muy desesperado. En su cabeza, ella dice que sí, pero, llegado el momento de la verdad, no se acuerda de la palabra y termina acurrucándose en su pecho.

Pablo sabe que no será fácil establecerse en Compostela. A la gente de las ciudades pequeñas les gusta poner un principio y un fin a las líneas cronológicas. Un «nació» y «murió» tal día. Él no puede aportar fechas ni apellidos. Ni líneas. Está abocado a buscarse una tangente y deslizarse sobre ella. Sabe que la aceptación no se logra sin rasguños, que produce más confianza una estirpe de pendencieros conocidos que un forastero de conducta intachable. Es un hecho constatable: las vidas de los forasteros y las de los compostelanos discurren paralelas, sin llegar a tocarse, porque ¿quién puede fijarse en un extraño, por excéntrico que sea, si a su lado pasea la mujer del alcalde con un peinado nuevo?

El tren acaba de parar en Monforte. El día está encapotado. Pablo asoma la cabeza por la puerta y la levanta para respirar el aire húmedo que huele a hierro y a remolacha fermentada. Por delante, un cielo que va del blanco al gris plomo. Se aparta para dejar subir a un hombre gordo de mediana edad, cargado con dos cestas y una maleta.

—Aparta, rapaz —lo increpa el hombre, que avanza dejando una nube de aire caliente a su paso.

Durante un momento alberga la esperanza de que esté atravesando el vagón para dirigirse al contiguo. Solo lleva unos segundos allí y parece que estén cociendo empanadas en el interior del compartimento. Se dispone a inspirar una bocanada de aire del exterior, pero el revisor lo empuja hacia dentro.

—Siéntese —le ordena.

El hombre de las cestas ocupa ahora el asiento de al lado y parte del suyo también. Hay muertos que huelen mejor. Pablo le ofrece la ventanilla con tal de poder levantarse de cuando en cuando.

—Sí, sí —masculla el hombre—. Prefiero la ventanilla, que a partir de aquí el paisaje se pone interesante.


Cuando un tren entra en una estación, algo se remueve por dentro. El hombre de las cestas se agita en su asiento, irradiando, con el vaivén, unos efluvios pestilentes que, como era de esperar, han ido a más. Pablo lleva un buen rato dosificando su respiración. Al sonido del silbato, se pone en pie de un salto y, en cuanto abren la puerta, abandona el tren sin mirar atrás. Corre como si huyese —tal vez porque huye— entre las trincheras de unas vías en construcción, esquivando a varios mozos de estación que no llegan a los doce años mientras reparte palabras de disculpa a su paso.

Es tarde. Se instalará en la pensión del Preguntoiro y se dedicará a pensar.

Pensar es el paso previo a la acción, y no ha venido a ver la vida pasar.

Por la noche se agita en sueños. Le ocurre con frecuencia desde hace un tiempo. El miedo y el deseo siempre terminan encontrando una grieta por donde salir. Eloísa corre sin detenerse, con los ojos muy abiertos, como en una película de Buster Keaton, pero sin que llegue a resultar cómico. Le gustaría saber si corre porque está asustada o si solo quiere ser libre (podría ser cualquiera de las dos cosas). No importa cuánto corra él, de antemano sabe que no la alcanzará. Aun así, no desiste. Eloísa va dejando un rastro de cadáveres a su paso, aunque no está claro si los cuerpos ya estaban antes. Pablo no reconoce a ninguno. Aminora el paso. Una joven, casi niña —vestida con una saya negra— yace boca arriba sobre un suelo de piedra vegetal, con una cesta de mimbre a sus pies y una sábana atada al cuello. Intenta esquivarla, pero tropieza con ella. Cuando consigue ponerse en pie, el boticario de la calle del Preguntoiro —el de las dos papadas— sale de un callejón, uno cualquiera, y lo empuja contra el suelo con tanta fuerza que le parece que se ha muerto. Puede salir de su cuerpo y verse tendido sobre un charco de sangre.

El último golpe contra la pared lo despierta del todo. Se concede unos jadeos para recuperar el aliento. No resulta fácil serenarse cuando uno viene de presenciar su propio fin. En un corto intervalo de tiempo —no puede precisar cuánto— se ha visto morir y resucitar.

Resucitar. Se pregunta si no es eso precisamente lo que ha venido a hacer.

# 2

Poco después de la muerte de padre empecé a darme cuenta de mi ascenso imparable hacia el declive. Pienso en el declive como en un racimo de uvas maduras a punto de convertirse en pasas.

La primera señal fue un calentamiento anormal de la espalda, como si a ratos tuviese una bola de fuego cabalgando sobre mí. Si tuviese que explicarlo con palabras, diría que mi cuerpo no es capaz de refrigerarse de forma correcta, de acertar con la temperatura óptima. O se pasa o no llega. Parece que jugase conmigo: ahora sí, ahora no. Es una sensación sorprendentemente incómoda, como si mi cuerpo ya no me perteneciese y hubiese profanado el de otra mujer.

Eloísa piensa que soy una cursi y que digo todas estas cosas para bordear ciertas palabras. La juventud habla por hablar. Le he respondido que lo suyo tiene cura, pero lo mío ya no. Tarde o temprano caerá de la burra.

CLOTILDE ASOREY

Tilde se pasea por la casa con la levedad de uno de esos bichos que caminan sobre el agua de los ríos. Pasa de una habitación a otra recogiendo y limpiando, canturreando por momentos, como si la vida se hubiese vuelto más ligera y fácil. Piensa que fue todo un acierto soltar al guacamayo (unas horas, no vaya a ser que no se acostumbre a la libertad absoluta de golpe).

Lo cierto es que la casa estaba pidiendo a gritos un cambio.

Ocurrió a finales de junio. Eloísa apareció en casa con un puñado de billetes, sin su melena. La melena trigueña más brillante de cuantas ha visto. Tilde casi se desmaya (a pesar de que no es de las que se desmayan con facilidad). «Tilde, no te vas a creer el dinero que me han dado por ella», le dijo al ver su cara de muerta. «¿Quién querría un matojo de pelos, por bonitos que sean?», le preguntó. Recuerda el brillo en sus ojos y su carita de niño. «Santa Lucía», contestó sin poder esconder la emoción. «¿A que es estupendo, Tilde? Si alguna vez echas de menos mi melena, solo tienes que entrar en la iglesia de las Ánimas».

Solo Eloísa es capaz de rescatarlas del borde del abismo y devolverlas a un lugar seguro y apartado cuando parece que su mundo amenaza con desvanecerse. «Nos vendrá bien el aire del mar», dijo como sabiendo lo que se decía. A Tilde le parece que Eloísa habla como su padre. «Está bien —dijo ella—, pero no iremos mucho tiempo. No pienso dejar que se eche a perder el jardín. Y también está el guacamayo…».

El primer día en la costa fue una especie de inmersión en el vertedero de la memoria, pero en los días sucesivos todo fue mejor. Por momentos incluso pudo ver algún destello de la Tea de antes de que se volviese gris, y, salvo la noche en la que el mar rugió más de la cuenta y varios perros de la zona aullaron desesperados como si se acabase el mundo, no tuvieron que echar mano de los sedantes. Fue, de hecho, la primera vez en mucho tiempo que a Tea se la vio vagamente feliz, que es como decir casi normal. La clave casi siempre está en Tea; si ella está bien, todas lo están. Tea vive en su mundo. Si es que vive en alguno. Si es que vive. Pero al menos no intentó fundirse con el mar. E incluso comió con ganas, lo que alegró enormemente a Tilde. Recuerda la noche que bajaron a las rocas a ver las estrellas, como hacían con su padre. Estaba entusiasmada, a pesar de que soltó algún que otro desvarío. «Por cosas como esta me costará irme», cree que dijo, o tal vez «Esto será lo único que me dé pena perderme cuando me vaya». A Tilde aquello la dejó pensando.

Ahora todo es frenesí. Las hermanas están sometidas a la tiranía del reloj, pero lo prefiere así. El ajetreo espanta la morriña como un rabo de vaca a las moscas.

«La lista, Tilde, la lista». Tilde ha perdido la cuenta de las veces que Celia le ha nombrado la lista. Tiene razón; preparar un banquete lleva su tiempo. Pensarlo y prepararlo. Lo primero es incluso peor.

Tilde reconoce que en un principio lo que más le preocupaba era poder justificar la ausencia de su padre en un momento tan importante. En otras circunstancias, nadie habría dado por buena su ausencia, pero de pronto un asunto relacionado con la República es un asunto delicado. Una excepción. Resulta curioso comprobar cómo lo que en principio fue la causa de su mayor desvarío (hace tiempo que lo considera un desvarío) se ha convertido en su mejor aliado. Lo que la República les quita la República les da. Por extraordinario que parezca, prácticamente todos —menos ese horrible teniente, por lo que se ve— han asumido que el doctor Asorey se ha visto obligado a marcharse por un motivo relacionado con el cambio de régimen (la mayoría se decanta por la dichosa fuga de capitales, ¡qué se le va a hacer!), y han aceptado con condescendencia el silencio y la resignación de sus hijas, «que bastante tienen las pobres con la situación en la que las ha dejado» (eso lo oyó Tilde una tarde de verano en el Casino, y le llevó varios días reponerse de las palabras y, sobre todo, del tono compasivo con que fueron dichas). Aun así, la fiesta de compromiso de Celia será la verdadera prueba de fuego. La idea revolotea en el aire. Lo que la gente no se atreva a preguntar ese día se quedará encapsulado al borde se sus gargantas para siempre. Los chismes tienen caducidad; pasado el momento, pierden su sentido y se convierten en secretos crónicos.

Una vida nueva está a punto de empezar para ellas, lo presiente. Pero antes tendrá que ponerse con la dichosa lista.

Tilde piensa en la lista como en un salvoconducto a algo parecido a la libertad. La familia de Víctor está tan entusiasmada con el enlace que no hará preguntas impertinentes, les dijo el propio Víctor. Los señores Del Río tienen todo el respeto y el agradecimiento de Tilde. Otros en su lugar se mostrarían contrariados por cómo se han dado las cosas. Aunque el que más y el que menos tiene algo que esconder, y diría que ellos tampoco escapan a esa gran verdad.

A Celia le gustaría que fuese una velada memorable, que la casa acogiese a un grupito de lo más selecto y que *El Eco de Santiago* recogiese la noticia «como corresponde», pero Eloísa se opone. «No creo que esta casa esté para eso», dijo. Y está Tea, que puede ser un polvorín. Por suerte, Víctor se ha mostrado a favor de una velada íntima, así que Celia no replicará. «Con más motivo hay que hacer una lista. Si van a ser pocos, al menos que sean los adecuados», insiste.

Tilde dedica una mirada al jardín como buscando una respuesta. Por fin la hierba luce refulgente y ha colonizado cada centímetro. No sabría decir si la tierra anegada se ha convertido en un lugar fértil o podrido, aunque probablemente sea lo mismo. Ahora supura vida por todas partes, alimentado como está por la lluvia continua de las últimas semanas, después del verano más seco que recuerda.

Un toc, toc repentino la sobresalta de la manera en la que la sobresalta todo desde que ocurrió lo de su padre. El guacamayo picotea el cristal con insistencia, lo que le recuerda que es hora de devolverlo a su jaula. Se sacude la blusa con movimientos rápidos y se abanica con ella para sofocar la bola de fuego en que se ha convertido su cuerpo. Los ruidos últimamente disparan su sensación térmica y le recuerdan que la paz se puede truncar en cualquier momento, en el más inesperado, incluso cuando parece que nada puede salir mal.

Hace una semana recibieron otra visita del teniente. Por suerte, Tea estaba acostada y Eloísa había salido a una de sus veladas literarias. Algo le dice que el hombre no se va a rendir hasta que dé con una explicación satisfactoria a la desaparición de su padre. Cualquiera diría que se lo ha tomado como algo personal. «No creo en las coincidencias», dijo arrugando la frente, y después «¿De verdad no están preocupadas?». En un primer momento Tilde se quedó paralizada sin saber qué responder, pero al final contestó que «Estamos resignadas, teniente», aunque él no pareció muy conforme con sus palabras ni con su caída de ojos. Entonces, cuando pensó que se iba, formuló una pregunta de lo más desconcertante: «¿Saben a quién podría referirse Casilda como "pobriña"?». Ni Celia ni ella respondieron, tal fue su sorpresa. Se limitaron a subir los hombros la una y a negar con la cabeza la otra y permanecieron como dos tontas atornilladas al suelo.

Fue una visita fugaz, un recordatorio de que las está rondando. «Volveré otro día que estén todas», exclamó al despedirse, así que tendrán que seguir disfrutando de la tranquilidad a sorbos.

No les queda otra.

# 3

Por algún motivo, estos días he tenido muy presente a Casilda. Más que a padre, incluso. Será porque es más fácil sentir una muerte cuando el muerto es alguien que podrías haber sido tú.

La recuerdo haciendo aspavientos con las manos y la cabeza cuando padre insistía en darle una propina. «De ninguna manera, doctor», decía con tanta vehemencia que parecía que se le iba a descoyuntar el cuello, aunque siempre terminaba abriendo la mano. Es como si supiese que iba a aceptar el dinero, pero tuviese que hacer ese teatrillo. Me ponía enferma, no me importa reconocerlo; me parecía una cuentista. Recuerdo que en una ocasión Eloísa me dijo: «Es dignidad, Celia, ella no quiere aceptarlo, pero no le queda más remedio que hacerlo. En su situación, no aceptarlo sería una inconsciencia».

Ahora creo que estaba en lo cierto. Odio darle la razón.

CELIA ASOREY

Cada ciudad tiene sus normas, y Celia Asorey es una experta en vivir según las normas de la suya. Las adora, de hecho, aunque no se haya parado a pensar si tienen algún sentido.

Las normas en un lugar como Compostela son sagradas, mucho más que en una ciudad grande y mucho menos que en una más pequeña. El tamaño aquí es definitivo. Cuanto más villorrio, más difícil se hace esconder las miserias de cada uno. Aunque se puede, vaya si se puede. Los habitantes de las ciudades de provincias son expertos en tapar su inmundicia.

Hace un rato que Celia se ha sentado con un papel y un lapicero. Hacer la lista de invitados a su fiesta de compromiso debería resultarle una tarea fácil y placentera, a pesar de que sabe que ha de reducirla considerablemente, pero está que no está. Siente una fuerte opresión, como si tuviese un puño alojado a la altura del esternón. Después de la visita del teniente no deja de darle vueltas a las palabras de su padre la noche antes de morir. Es raro, normalmente si un pensamiento le incomoda, lo espanta y se acabó.

Ella fue la última persona en hablar con él. Después de la visita de Casilda, su padre se encerró en su despacho, y más tarde —media hora, tal vez— abandonó la consulta. Recuerda las palabras de la viuda del general Gallardo, que juró no volver a visitar la consulta del doctor Asorey. Y resultó que al final pudo cumplir su palabra. Qué cosas.

Lo que sus hermanas no saben es que ella se quedó despierta esperándolo. Sentía demasiada curiosidad como para dormir. Recuerda que no dejaba de preguntarse el motivo de la visita de Casilda, y ella sola llegó a la conclusión de que la chica se había metido en un lío. La clase de lío en el que se puede meter una mujer joven que no tiene quien la vigile. ¿Qué otra cosa podría ser? Cuando piensa en Casilda, un lío es un asunto con un hombre. Pensar en un embarazo no sería nada descabellado. Solo algo tan grave justificaría que su padre hubiese salido de aquella manera, sin decir una palabra a nadie.

Tres horas tardó en regresar. Eloísa se había acostado y Tilde intentaba calmar a Tea, que había empezado a gritar que su padre las había abandonado para siempre, lo que más tarde resultó ser cierto.

Recuerda la cara de su padre, aunque no tan nítidamente como antes. El paso del tiempo es el mejor borrador que existe. Se pregunta si llegará un día en que no la recuerde en absoluto. Según su experiencia, olvidar sin querer es mucho más fácil que olvidar a propósito.

De pronto el olvido le parece una de las peores tragedias de la vida.

La expresión de su padre era una mezcla perfecta de cansancio y tristeza. Aunque en un porcentaje un poco más alto tristeza. Profunda. Parecía desvitalizado, cual planta a la que le hubiesen succionado hasta la última gota de salvia.

Quizá se murió de cansancio y tristeza, ahora que cae.

Le gusta pensar que le reservó la última conversación a su pequeña. Le cogió las manos y se las apretó mientras le dedicaba la sonrisa más triste que ha visto en su vida (sin contar la de Tea). «¿Qué ha ocurrido? ¿Le pasa algo malo a Casilda?», le preguntó ella. «Mañana hablamos. Tú procura descansar, hija. Debemos ser fuertes», contestó él apretando y apretando. Tenía la mirada desparramada, como si los ojos se le hubiesen vuelto líquidos y las cuencas se le fuesen a quedar vacías.

Su mirada se le ha agarrado al cerebro como una lapa a una roca. Sin duda era una mirada de preocupación, ahora cree que por ella. ¿Es posible que fuese compasión? ¿Por qué tendría que mirarla de aquella manera tan rara? No puede dejar de pensarlo, ojalá pudiese, a pesar de que se repite una y otra vez que hay que seguir viviendo.

«Seguir viviendo». Le gusta cómo suena esa frase. La gente la repite sin parar, sobre todo cuando alguien se muere. Le gusta porque es optimista e invita a sacudirse las desgracias (sobre todo si son las ajenas) como si fuesen pulgas. Además hay cosas como vivir que es mejor no pensar. Se hacen y punto. A veces vivir no significa nada. A veces es, de hecho, lo único que se puede hacer. Si no, que se lo digan a Tea.

—¡Celia!

Sabe que Tilde está cerca y que está gritando. No entiende entonces por qué oye la voz de su hermana amortiguada, como si se estuviese hundiendo en el mar.

—¿Nos ponemos con la lista? —grita Tilde.

Celia coge su gabardina. Solo cuando cierra la puerta de casa se da cuenta de que no ha contestado.

Con las prisas se le ha olvidado coger un paraguas. Con un poco de suerte, no le hará falta. Parece que el cielo —de un gris casi blanco— se ha quedado bloqueado en un momento de indecisión.

Es la primera vez que pone un pie en el interior de El Búho Negro. Si todavía tuviesen a Felisa con ellas, la mandaría a dar el recado. O tal vez no. Por una vez quiere hacer algo por sí sola.

No le queda más remedio que pisar la pasta de serrín mojado que se ha acumulado en la entrada e impregnarse de la acidez que flota en el ambiente. Le costará sacarse el tufo de encima, se lamenta.

Al menos a esas horas no hay nadie en la taberna.

—Buenos días —dice Marcelino.

Conoce a Marcelino Búho Negro (porque ¿quién no conoce a Marcelino Búho Negro?). Sabe que tiene una hija —muy guapa, por cierto— a la que era fácil ver con Casilda (eso se lo confirmó la propia Casilda, que muda no era precisamente).

—Buenos días.

—Si puedo ayudarla...

—Pues sí, me gustaría hablar con su hija, si es tan amable.

Marcelino la mira con los ojos muy abiertos. De estupor, supone Celia. Pobre hombre.

—¿Y quién quiere verla? —pregunta al fin.

Celia se revuelve en su gabardina. El hombre debe de ser despistado, cosa rara en un tabernero, pero no se lo tendrá en cuenta. Tampoco es que ella se deje ver mucho; desde luego, menos de lo que a ella le gustaría.

—Celia Asorey —responde con un leve movimiento de cabeza—, la hija del doctor...

—¡Pues claro! A punto estuve de ponerla pingando el otro día al baldear el suelo... Disculpe, es que no se parece usted nada a su hermana Eloísa.

Celia sonríe sin saber si eso es bueno o malo, aunque diría que bueno.

—No me gustaría molestar...

—No es ninguna molestia, por supuesto que no, pero Merceditas no está. Tendrá que venir en otro momento.

—Vaya...

—Está en Galeras, acaba de salir con dos cestas de ropa... —De pronto Marcelino muda de expresión, a una más dura—. Mi hija no lava por encargo, no le hace falta. Ella solo lava la ropa de su casa. Lo siento, si quiere una lavandera, solo tiene que ir a Galeras. Allí encontrará las que quiera.

Celia asiente. «Tanto mejor», se dice. A nadie que ella conozca se le ocurriría pasarse por Galeras.


Celia piensa que nadie se imagina las cosas que no le interesan hasta que un día le interesan. Pero si en algún momento se hubiese esforzado en imaginarse la mayor factoría de lavanderas de la ciudad, sin duda se habría quedado corta.

Primero le llegó el sonido de las voces, todas de mujeres y de algún niño pequeño. Un murmullo sonoro diluido con el rumor del agua, diferente al bisbiseo al que está acostumbrada. Calcula que habrá unas treinta lavanderas, algunas compartiendo piedra, hablando entre ellas a gritos, cacareando como gallinas desinhibidas. Por algún motivo se las ve felices. Celia dirige una mirada al cielo. Parece que a nadie más le preocupe que las nubes vayan a reventar en cualquier momento sobre sus cabezas y su ropa recién lavada. Se diría que confían en su destino sin más.

En uno de sus sueños más recurrentes, ella sale a la calle y todos la miran con disimulo, en silencio, cuchicheando a su paso los más descarados. En cambio, allí nadie repara en ella, y los que lo hacen le regalan miradas fugaces.

Celia las observa desde la distancia, lo suficientemente lejos como para que no quepa duda de que no pertenece al grupo y lo suficientemente cerca como para que parezca que busca a alguien. Permanece inmóvil, apenas lleva un minuto en ese lugar y parece haber echado raíces bajo tierra, vacía de voluntad y voz. Ha empezado a sentir unas finas partículas de agua vaporizada en la cara, que en unos minutos le pegarán el pelo al cráneo. Sin embargo, allí nadie se inmuta, se comportan como si sus vidas fuesen fáciles. La mujer más a la derecha, la de la última piedra de la hilera, frota lo que parece una sábana. La mira a ella y después llama a voces a un niño. Celia calcula que no tendrá más de cinco o seis años. No tarda en echar a correr hacia ella.

—¿Busca lavandera? Mi madre puede lavarle la ropa —dice sorbiendo los mocos.

—Gracias, no necesito una lavandera —contesta Celia, aunque en realidad sí que necesita una—. Busco a una persona, a una muchacha. Merceditas.

El niño no disimula su desilusión.

—¿Merceditas Búho Negro? —pregunta.

—La misma. ¿Podrías ir a buscarla y decirle que la estoy buscando?

—¿Ha pasado algo grave? —se interesa el niño abriendo mucho sus ojos oscuros.

—No, no, es por un asunto personal.

El niño la mira, pero parece no entenderla.

—¿No ha pasado nada grave? —repite.

—No. —Celia mueve la cabeza con energía.

—Entonces vaya usted; yo solo voy cuando hay malas noticias. Está en la otra punta. Tenga cuidado, la tierra allí está embarrada, puede que se hunda sin zuecas.

# 4

«Soy Celia Asorey», me soltó como si con eso me lo dijese todo. ¿No va después y me pregunta si puedo subir con ella, que me invita a un chocolate caliente?

¿Tengo yo cara de necesitar caridad?

Las de su clase se comportan como si los favores que les hacemos fuesen un honor para nosotros.

Personalmente tengo muy claro qué es un favor y qué es un honor.

Un favor es un favor, aquí y en la China.

MERCEDITAS BÚHO NEGRO

Cuando la vio hundida en el lodo, indefensa como un bebé abandonado al raso, con las piernas salpicadas de chorretones y el peinado convertido en un matojo de pelos sin gracia, pensó que no había ninguna diferencia entre ellas.

Al principio creyó que sería otra mujer que baja al río para escoger lavandera, una de esas tratantes de ganado a las que solo les falta pedir que les enseñen los dientes. «Demasiado parada», se dijo. Y casi estuvo tentada a sentir compasión por ella. La llamó «Merceditas», y tuvo que corregirla. Ya solo le permite a su padre el uso del diminutivo. Si no se impone ahora, se quedará con Merceditas hasta el fin de sus días.

En realidad, ella ya había acabado de lavar su ropa, pero decidió darle otro aclarado. No quería que pensase que subiría a las primeras de cambio. Aun así, no la hizo esperar mucho tiempo. Se apiadó de ella en cuanto la vio temblar. Ella no es una resentida como otras que conoce.

¿Qué podría estar buscando en el río una mujer como Celia Asorey si no era una lavandera? No quiso hablar, «no en el río», dijo haciéndose la misteriosa. Ahora sabe que no era por la lluvia, como creyó entonces. Está segura de que quería privacidad. Merceditas cree que en el último momento decidió que no quería ser vista en el Casino, con aquellas pintas y en su compañía. Ella le ofreció hablar en la cocina de El Búho Negro, solo porque la devoraba la curiosidad, y Celia Asorey aceptó de buena gana. Temblaba como una hoja en otoño, tanto que hasta tuvo que ayudarla a quitarse la gabardina. Llevan un rato en silencio, Merceditas cree que está esperando a que se le pase el tembleque. Por más que la observa, le resulta imposible encontrarle un parecido con su hermana Eloísa. Aprieta la taza con las dos manos —supone que para entrar en calor— mientras ella espera, impaciente. La aprieta con tanta fuerza que los nudillos se le han vuelto del color del alabastro.

—¿Sabes que Casilda se encargaba de lavar nuestra ropa? —dice de pronto.

«Conque es por Casilda...». Merceditas asiente.

—Creo que erais amigas.

—Muy buenas amigas —puntualiza.

—Eso tengo entendido.

—¿Qué pasa con Casilda? —la pregunta le sale aguda. Y absurda. ¿Qué le iba a pasar a Casilda si a Casilda le ha pasado todo?—. Aparte de haber muerto —aclara.

—Es por algo que mencionó. En realidad no sé a quién se lo dijo...

La mujer que tiene enfrente le parece frágil, a pesar de que, de las cuatro hermanas, es la de apariencia más sana y robusta. Es guapa, abiertamente guapa, pero no tiene el magnetismo de su hermana Eloísa. No lo tiene en absoluto.

—No veo en qué puedo ayudarla —contesta subiendo los hombros.

Celia Asorey se levanta como si de pronto creyese que estar allí fuese un error.

—Tienes razón —responde—. No creo que puedas.

—O tal vez sí —dice ella con tal de que la mujer no se vaya.

Le dedica una mirada brillante y profunda, como de pez pequeño. Desde siempre le han enseñado que lo que se oye en casa se queda en casa, así que se ha convertido en una experta en oír y callar. En El Búho Negro se cuentan muchas historias. No quiere decir que todo sea verdad, pero si algo ha aprendido con el paso del tiempo es que cuando el río suena agua lleva. Pocos refranes se cumplen como ese, según su experiencia.

Como lo que dicen del padre de las señoritas Asorey. El doctor es una persona conocida, nadie tiene que explicar cómo es o dónde vive, con solo nombrarlo todos saben a quién se refieren. Por eso su desaparición sigue siendo motivo de corrillos, aunque últimamente el asunto ha perdido fuelle, las cosas como son. Quizá la más joven de las hermanas Asorey busque saber qué se dice de su padre. Aunque no entiende qué tiene que ver Casilda con eso. Es verdad que no era sorda ni muda, y ella misma ha pensado más de una vez que si no hubiese tenido una lengua tan alegre quizá ahora estaría viva. Pero lo cierto es que a ella no le contaba mucho. Con ella se hacía la mujer de mundo; decía que sus oídos y sus ojos todavía eran sensibles y puros, menuda mojigatería. En cambio, con su prima, bien que cuchicheaba, que iban por ahí las dos cogidas del brazo como dos cadenetas.

—¿Qué quieres decir?

—Depende de lo que quiera saber, claro está.

—Le habló a alguien de una mujer… La llamó «pobriña». Sé que es algo ambiguo, siento no poder aportar más datos —dice Celia Asorey.

—¿Pobriña?

Celia Asorey asiente. Merceditas está convencida de que su actitud titubeante constituye una excentricidad, y que, en circunstancias normales, ella sería una pulga en el tobillo de la mujer, pero lo único que le importa es que ahora se siente superior.

—La gente dice pobriña continuamente. Que se te rompe un tacón, «pobriña», que pasan los años y no te casas, «pobriña»…

—Solo te pido que pienses.

—¿Es importante?

—No estoy segura.

Merceditas hace que se lo piensa. No puede estar más orgullosa de cómo está manejando la situación. Quizá debería decirle que haría bien en vigilar a su prometido, no sabe por qué ahora se le viene eso a la cabeza, pero ¿cómo va a decirle semejante cosa con esa cara que tiene de gazapo asustado?

—Puede que sepa algo...

Celia Asorey pega tanto su cara a la suya que puede sentir su aliento. Clava sus ojos en los suyos como si tuviese sed de algo. Por primera vez ha conseguido intimidarla.

—¿Crees que podría referirse a mí? —pregunta.

# 5

La muerte no es una parte más de la vida, como dicen las plañideras que abarrotan esta ciudad. La muerte es la parte más importante de la vida. Sin ella, la vida no tendría sentido. La vida y la muerte existen, de hecho, en la misma proporción.

No me preguntéis cómo lo sé, pero lo sé.

Cada uno debería poder gestionar la vida como gestiona el resto de cosas.

De principio a fin.

DOROTEA ASOREY

Tea reconoce que soltar al guacamayo ha sido un golpe de efecto magistral. Aunque no lo digan, para sus hermanas, el guacamayo es ella. O su desgracia, que, al fin y al cabo, es lo mismo. El guacamayo existe porque a ella le ocurrió una desgracia. Sin desgracia no habría guacamayo. Quizá por eso ni siquiera tiene nombre. ¿Qué nombre se le pone a un ser que llega en el peor momento? No puede sonar optimista (sería cruel) ni catastrófico (neutralizaría su razón de estar).

Está segura de que cada una en su mente lo llama de una manera. A Tilde al principio se le escapaba algún «pajarraco» que otro, pero cuando se refieren a él, todas lo llaman «guacamayo». Ahora es más bien un complemento de la casa al que se han acostumbrado. Tea piensa en él como una vida inútil al servicio de alguien que nunca lo quiso, un elemento sanador defectuoso, un derroche de colores y vida para nada. Un volver atrás. Es verlo aletear en la jaula y le entran unas ganas irrefrenables de tirarse con él por la ventana.

Entiende a su padre. La obsesión de cualquier padre es proteger a un hijo. Por tanto, fallar en la empresa más importante debe de ser el mayor fracaso también. Hoy no puede dejar de pensar en él. Recuerda su semblante de horror al verla llegar de la calle, ensangrentada y muda. También la impotencia cincelada en su cara, ese día y todos los que siguieron. Ahora cree que debería haberlo eximido de su parte de culpa, tenía que haber insistido en eso. Pero quizá fuese una manera equitativa de repartirse la culpa, la de él, por haberla dejado salir sola, y la suya, por haber confiado en quien no debía.

Después de tantos años sabe que la culpa es la carga más pesada que existe. Tanto que veintinueve años después aún no ha conseguido quitársela de encima. Igual que el asco que sintió después de aquellas violentas embestidas. Y el dolor. Un dolor tan profundo que llegó a creer que se moriría. Tardó en darse cuenta de lo que estaba ocurriendo. Ni siquiera sabía que un hombre pudiese hacer semejante cosa. Por momentos intentó deshabitar su cuerpo para dejar de sentir. Cree que en algún instante incluso se desmayó. Cuando recobró el conocimiento, no podía abrir la boca; la mandíbula se le había agarrotado. Dicen que tardó en abrirla. Y en pestañear. La sangre de sus venas se volvió fría como la de un lagarto, se quedó sin aliento ni voluntad, desordenada por dentro. Todo —menos el oído— se le desbarató.

Luisiño era un niño en un envoltorio de adulto. De adulto gigante. En una proporción mayor de niño que de adulto. Un niño eterno con instintos de hombre. Inofensivo, eso decían, sobre todo su madre. Luisiño era a la plaza de San Miguel lo que la luna a la Tierra: visible doce horas al día. De manera que cualquiera que caminase en un radio de doscientos metros desde San Miguel hasta la plaza de Cervantes terminaba encontrándoselo. A la madre de Luisiño —soltera— le resultaba más llevadero tenerlo fuera, entretenido, charlando con los vecinos. Luisiño era una institución en esa parte de la ciudad. Algunos le encargaban que hiciese pequeños recados, casi siempre a cambio de tabaco. A Luisiño le encantaba fumar, aunque no sabía. Chupaba el cigarro varias veces seguidas —de manera sonora, como si descorchase botellas de champán— y al instante soltaba todo el humo de golpe. A Tea le hacía gracia esa manera suya de fumar y de hablar a la vez.

Un día pidió bajar a la calle. «Solo un ratito, seguro que hay alguien jugando a la mariola», suplicó. Su madre había salido y su padre contestó que no veía inconveniente si solo era un ratito.

Se encontró a Luisiño en la puerta del ultramarinos, braceando de manera descoordinada y algo violenta, con los ojos demasiado abiertos. Quería fumar y nadie le compraba tabaco, eso dijo. Intentó consolarlo, eso sí lo recuerda, pero él no quería ese tipo de consuelo. Se volvió agresivo; primero la empujó y después la cogió de un brazo y se la llevó al descampado detrás de la calle de los Laureles.

A partir de ese momento todo se volvió oscuridad.

A Luisiño no se le volvió a ver en la calle (y a ella tampoco). Lo ingresaron en el manicomio de Conxo. Dicen que la falta de libertad lo mató al poco tiempo (a Tea también, aunque de una manera más lenta y sigilosa).

Tea podría haber cargado con el recuerdo —o eso cree—, pero vivir con miedo es mucho más difícil. Vivir con miedo es lo peor que existe.

Desde entonces piensa que aquel habría sido un buen momento para morir.

Tea observa a Tilde, que se ha quedado parada, con un trapo en la mano y la cara pegada a la ventana, la mirada clavada en el magnolio del patio. Le gustaría ser Tilde, preocupada y alegre al mismo tiempo, aunque últimamente más preocupada y menos alegre, las cosas como son.

—¿Estás bien, Tilde? —le pregunta.

Tilde se vuelve hacia ella y sonríe, pero los ojos no la acompañan.

—Estaba pensando que debe de ser muy triste morirse en el extranjero. No se me ocurre nada peor.

—¿Estás preocupada por lo que pueda pasar? ¿Crees que los invitados serán inquisitivos?

Tilde se vuelve hacia ella y le coge la mano.

—No, tesoro, no lo creo. Además, si uno se comporta con naturalidad, los demás siguen su estela, eso es así.

Tea asiente. Lleva un rato —más bien una vida— intentando exteriorizar una pregunta. Se imagina cómo será liberarla para siempre y dejar que explote en el aire, con todas sus palabras. Pero Tilde se le adelanta:

—¿Y tú, estás bien?

Tea se deshace de la mano de Tilde para poder tener el control de su cuerpo.

—Ya sé que yo no tuve la culpa de lo que me pasó, pero...

Tilde da un paso al frente desplegando sus brazos.

—¡Pero nada, Tea! —dice arropando a su hermana—. No hay peros. No los hay, ¿me oyes?

Tea empieza a sollozar, espera que eso no le impida hablar, ahora que se ha decidido.

—Para él también tuvo que ser horrible, Tilde, ¿no crees? Verse encerrado, con los brazos atados a la espalda día y noche. Por eso se murió.

Los sollozos de Tea se alternan con el hipo. Más que sollozos son gritos.

—No, tesoro —contesta Tilde agarrándola por los antebrazos, de manera que no le queda más remedio que mirarla a los ojos—. La muerte no dulcifica a las personas, ¿lo entiendes? La muerte solo es el fin de la vida.

# 6

Desde hace días siento una calma tensa dentro de mí. O una tensión serena, según se mire. No sé explicar muy bien de qué se trata como no sea el preludio del cambio. Por momentos me parece que el mundo ha comenzado a moverse muy rápido. Como nunca antes.

Solo hay una verdad absoluta, que todo es efímero; nada viene a quedarse para siempre.

Cómo es la mente, casi había llegado a convencerme de que debía dejar marchar a padre. Pero no puedo. Siento que tengo que limpiar su nombre. Tal vez no sea hoy ni mañana, pero la idea se ha instalado en la recámara de mi cerebro.

Solo espero que el daño no sea irreparable.

ELOÍSA ASOREY

A Eloísa le gusta el mes de septiembre, le hace pensar en una regeneración de la vida. Hoy Tilde ha alabado su pelo. Se alegra por su hermana; sabe que verla sin su melena la hacía sufrir. Ahora le ha crecido lo suficiente como para que parezca una mujer y no tanto como para que los mechones le tapen la cara. Hasta le ha dejado que la peine; se lo pidió con tanto anhelo que no supo decirle que no. «No sé por qué te empeñas en parecer fea. Las guapas lo tienen más fácil», le dijo.

Nunca sabe qué responder a esas cuestiones.

Acaba de salir de La Arcadia. Últimamente ha crecido el número de mujeres que acuden los jueves a la lectura, tanto que han tenido que pedir sillas. Fue suya la idea de visitar la Escuela Normal de maestros, lo que resultó ser una mina. «Eres un genio, no sé cómo no se nos ocurrió antes», le dijo Alicia en un momento de euforia. Incluso estuvo a punto de conseguir que algún estudiante varón se adhiriese a la causa, pero llegó a la conclusión de que aún no estaban preparados para dar el paso.

En la velada de hoy comentaron sus impresiones sobre *La Tribuna*. Su padre decía que la Bazán era una mujer de armas tomar, se pregunta a qué se refería. Alicia apuntó en su intervención que fue una mujer inusualmente libre, y una de las estudiantes, la más beligerante, según pudo constatar, señaló que «desde su posición privilegiada, cualquiera podría serlo». Gracias a eso se abrió un debate muy interesante, no solo sobre la desigualdad de género, sino también de clase. Lástima que tuviese que abandonar la reunión en el momento más vibrante. Se deslizó hacia la puerta y se despidió de Alicia con un lánguido levantamiento de brazo y un «lo siento» casi mudo.

Cruza la plaza de Cervantes con andar vigoroso. Varios asuntos ocupan su mente, y no encuentra manera de ordenarlos para que no acaben descarrilando. Está lo de Manoliño. No todas las personas llenan el espacio que ocupan de la misma manera. No es una cuestión de tamaño. Ni hablar.

El curso empezó hace una semana. Llevaba meses soñando con ese día, prácticamente desde que cerró la puerta de la escuela. Desde entonces se ha estado arrastrando como una de las muchas babosas que pueblan cada rincón de la ciudad de septiembre a junio. Las sillas vacías son algo habitual la primera semana; no todas las familias se enteran a tiempo, siempre hay asuntos más importantes en las casas. El primer día no logró apartar los ojos de la silla vacía de la primera fila. No quiere admitir que, sin Manoliño, la escuela pierde interés. Todavía está intentando digerir las palabras de Angélica. Eloísa enseguida aventuró que nada bueno saldría de esa boca medio desdentada. «¿No lo sabe?» —le pareció que a la niña le producía placer ser portadora de noticias truculentas—. «Tiene que cuidar a su padre, que se quedó ciego. Mi madre dice que por beber una botella de aguardiente que estaba mal». A partir de ese momento no sabe cómo fue capaz de seguir. Cree que no pudo disimular su disgusto; empezó a oír su propia voz como si no fuese suya, como si viniese de fuera adentro y no al revés.

Las nubes han bajado a la ciudad, creando una atmósfera de partículas finas y pegajosas, imposibles de esquivar. Cuando se sale de la zona empedrada, el problema está en el suelo. Para llegar a la escuela tiene que cruzar varios campos y caminos embarrados. Aún no están muy mal. En esa época, la tierra todavía admite humedad. Lo peor viene más tarde, entrado el otoño, cuando ya no puede absorber más agua y la tierra se licua, dejando los caminos intransitables.

Está considerando seriamente comprarse unas zuecas.

A Tilde le dará un síncope.


El sacristán se ha ofrecido a acompañarla hasta la casa de Manoliño. «Pero no se haga ilusiones, su padre es duro de roer. Los hombres como él lo son», la previno. Eloísa quiso saber cómo eran los hombres como él, aunque se lo podía imaginar. «Borrachos sin ningún horizonte en la vida», le aclaró el hombre enseguida.

No deja de darle vueltas a su respuesta.

Por fin avista al sacristán. Ella levanta la mano y él le devuelve el gesto.

—No está lejos de aquí —le dice el hombre nada más alcanzarla.

—¿Saben que vamos?

El sacristán ríe solo a medias (es más bien hombre de retranca y risas cuajadas).

—Ni que fuese un rey —bromea—. Hágame caso, mejor no avisar, no vayamos a levantar la liebre. En estos casos es mejor actuar con sigilo.

Por más que se hubiese imaginado que el niño vivía en una casa humilde, nada como lo que tiene ante sus ojos. En su cabeza, la vivienda estaba deteriorada y sucia, pero no olía a estiércol mohoso ni hacía picar la garganta. Un perro pequeño ladra y mueve la cola de manera nerviosa. La puerta está abierta como si el dueño de la casa acabase de huir. Eloísa asoma la cabeza; al fondo se adivina un pasillo de tierra. El sacristán da un paso al frente y grita:

—¡Eeeh!

No halla más respuesta que el eco de su voz. Parece claro: el lugar desprende el aire inconfundible de las casas abandonadas.

—¿Está seguro de que es esta? —pregunta Eloísa.

El sacristán mueve la cabeza en señal afirmativa, aunque su mirada se ha vuelto neutra, como si en su cabeza se estuviese fermentando algo.

—Tan cierto como que usted y yo estamos ahora aquí —dice pausado.

No pasan ni cinco minutos cuando una mujer encorvada, demasiado delgada para estar viva, los llama con un sonido a base de tes y eses. A Eloísa le parece que pasa de los ochenta. Tiene un velo opaco en los ojos, y los frunce como si intentase atrapar un hilo de luz.

—¿A quién buscan? —pregunta la mujer.

—A Manuel el Minero —contesta el sacristán.

—¿El Minero? —susurra Eloísa.

—Trabajó hace años en una mina de Asturias, poco tiempo, pronto lo echaron por su amor a la botella, pero ya se le quedó «el Minero» —explica el sacristán, también por lo bajo.

—Pues se pueden ir por donde han venido —responde la anciana—. Ese *monte de merda* ya no está aquí.

—¿Se fue? ¿Adónde se fue? —grita el hombre.

—A un agujero, directamente bajo tierra, que ni para una caja le dio —dice la mujer. Después de pronunciar la última palabra escupe hacia un lado, rubricando su desprecio.

—¿Está muerto? —titubea Eloísa.

—Sí, señora. Muerto y enterrado. Al final el metanol consiguió llevárselo de cabeza al infierno. Ya lo decía mi padre: «La clave está en la proporción». Nadie lo echará de menos, pueden preguntar por ahí y todos les dirán lo mismo.

—¿Dónde está el niño? —la increpa Eloísa.

La mujer da un paso atrás. Levanta la cabeza lo que puede, que es poco.

—¿Quiénes son ustedes?

El sacristán se adelanta, como si creyese que es su deber presentarla.

—Esta señorita es la maestra de Manoliño. Está preocupada porque el crío lleva días sin ir a la escuela.

De pronto la mujer junta las palmas de las manos como si enviase una plegaria al cielo.

—¡A que al final van a existir los ángeles! —exclama.

Eloísa se aproxima a ella y la zarandea por un brazo sin tener en cuenta su fragilidad.

—¿Dónde está? ¿Puedo verlo? —pregunta.

—Lo tengo en mi casa, de momento. Se alegrará de verla, creo que está inquieto por un libro, demonio de *neno*. Está aquí al lado, vengan —dice agitando un brazo.

El corazón de Eloísa se acelera, presa de la euforia. Por el padre muerto. Por el niño salvado. En silencio llora y ríe a la vez. Le cuesta respetar el paso renqueante de la anciana. Saltaría encima o la echaría a un lado, ahora que sabe que el niño está cerca.

—Ahí tienen al mozo. —La anciana señala un punto en el horizonte.

Sentado en una losa que hace de banco, con la espalda pegada al muro de la casa, aparentemente inmune a la humedad del musgo, Manoliño tira lascas de pizarra a un charco. Los «tttsss, tttsss» de la anciana se le cuelan entre los huecos donde ya no hay dientes, creando un silbido sonoro. Manoliño frunce los ojos y después los abre, también la boca. Se levanta de un salto y echa a correr hacia ellos.

—¿Viene a por los libros, maestra? —le pregunta sofocado.

—¿A por los libros? No, claro que no.

Manoliño la observa como si acabase de descifrar un acertijo.

—¿Se enteró de lo de mi padre y viene a por mí? —dice al cabo de un rato.

¿Es posible que el corazón se pare y la cabeza siga pensando? Eloísa cree que sí.

—No, Manoliño; acabo de enterarme. ¿Estás bien?

—Sí, muy bien —afirma.

Parece sincero.

—Me alegro, porque venía a preguntarte si nos vemos mañana en la escuela.

La expresión de sorpresa de Manoliño lo decía todo. La de la anciana también. No dejó de darle palmaditas en el brazo y repetir «¡Los ángeles existen! ¡Ya sabía yo que existían!» hasta que se fueron. Incluso cuando ya estaban muy lejos, seguía oyendo a la mujer.

Eloísa hace un rato que ha dejado al sacristán y recorre —ligera— el camino que separa la zona del Sar de su casa. Más que dos zonas, son dos ciudades. Nada en Sar ha sido concebido para perdurar, a la vista está, salvo el puente y la colegiata. El resto está de paso. La ausencia de cimientos es deliberada. Antes o después (más temprano que tarde), la tierra se licuará y engullirá las casitas de mampostería y madera —como la de Manoliño— que abarrotan ambos lados del camino. La zona entera desprende un aire de temporalidad apabullante (no es algo que se pueda esconder), propiciando —de alguna retorcida manera— una regeneración cíclica de la inmundicia. En la ciudad, sin embargo, todo está hecho a conciencia para resistir el paso del tiempo. Se pregunta si no será una trampa para mantenerlos paralizados, encapsulados en el pasado.

Salvar la memoria es importante, sin duda.

Eloísa ya no piensa en la ciudad, ni siquiera piensa en Manoliño.

La memoria es lo que queda después de la muerte.

# 7

No voy a negar que soy curiosa, no tengo por qué esconderlo. Las personas como yo somos más libres en eso. Ya lo decía madre: «Felisa, cada cosa tiene sus ventajas, no se puede tener todo. Más te vale que te lo metas en la cocorota. Más te vale».

Cuánta sabiduría. Y eso que no sabía leer. Lo que habría llegado a ser si hubiese nacido hombre.

FELISA EXPÓSITO

Que las señoritas hayan prescindido de sus servicios porque su padre se ha fugado con el capital puede llegar a entenderlo. Ella misma ha sido la primera en ponerse de su parte, una vez pasado el asombro por la huida del doctor. Las mujeres como las señoritas no están acostumbradas a buscarse las castañas, quizá la única, la señorita Eloísa. Y no le extraña, su padre las ha protegido siempre como si fuesen inútiles. Tal vez sea un plan bien pensado y el doctor termine buscando la manera de hacerles llegar los cuartos desde donde esté, aunque tiene sus dudas.

Lo que más le dolió fue ver cómo la señorita Celia se presentaba en el río para buscar sirvienta. Sirvienta o lavandera. ¿Qué otra cosa podría hacer allí si no? Cree que no la vio. Tampoco ella salió a su encuentro. Parecía decidida a hablar con Merceditas Búho Negro. Supone que no querrán a alguien que conozca de cerca a la familia, así no tendrán que dar explicaciones. Pero es un feo. Se mire como se mire, es un feo.

Felisa baja desde la plaza del Hospital hasta la calle Carretas. Un tipo sale de una de las primeras casas, la más pequeña. Reconocería ese cuerpo rechoncho en cualquier lugar.

Tienen razón las otras: es un hombre raro el teniente. Una mañana soleada en Galeras, mientras ponía las sábanas a clareo sobre la hierba, salió a colación el asunto de la pobre Casilda. Todavía coletea, de hecho. Fue hablar del teniente y todas quisieron saber —mejor saber que no saber, claro está—. Una afirmó conocerlo bien. «No es muy normal —la mujer alargó la "a" de forma escandalosa—, no sé si me explico», soltó. Y añadió: «Vive con su madre, aunque hace tiempo que nadie la ve. Hace meses que prohibió a las vecinas que fuesen a visitarla, dice que tiene que descansar. A la fuerza la mujer tiene que ser muy mayor, que ya tuvo al hijo de vieja... El caso es que el teniente no quiere que nadie se acerque a la casa. Y después está lo otro...».

Dejó «lo otro» suspendido en el aire a propósito, que reconoce el cuento y a las de su clase. A Felisa no le gustan las personas que se hacen de rogar. Si hay algo que decir, se dice y, si no, se calla. Pero el asunto parecía jugoso y se quedó, como las otras, a escuchar qué era «lo otro». Se rebulle en su delantal al recordar las palabras de la mujer. «Parece que paga a las furcias para que lo azoten y lo traten como si fuese un rapaz. Dicen que alguna incluso se negó», dijo la mujer.

Todas reaccionaron con desprecio y asco, recuerda Felisa. Alguna incluso escupió hacia un lado.

Felisa se para en medio de la calle para observar al teniente, que ahora cierra la puerta de la casa. En cuanto se dé la vuelta, se hará la encontradiza, así tendrá noticias frescas que contar a las otras. La información es poder, lo sabe todo el mundo.

Se le da bien poner cara de sorpresa; cree que podría ser una actriz de las buenas.

—¡Hombre, teniente! —grita cuando lo tiene enfrente.

El teniente parece sorprendido. Levanta la cabeza sin decir una palabra. Felisa piensa que es de esas personas que, llegadas a una edad, viven con la boca permanentemente abierta, aunque en su caso seguro que es por la gordura.

—Así que vive usted…

—¿Qué se te ha perdido a ti por aquí? —refunfuña el hombre.

¡Ni que no pudiese pasear por donde le dé la gana! Felisa se muerde el labio para no contestar algo que espante al teniente. «Si por algunos fuese, crearían espacios libres de chusma, sirvientes y mendigos, donde todo oliese a talco de rosas o a jabón de La Toja», se dice. Espacios por donde el teniente tampoco podría transitar, que no se equivoque.

—No creo que sea asunto suyo —responde Felisa.

—Bueno, bueno, no pretendía ofender.

Felisa mueve la mano para quitarle importancia, no es mujer que se ofenda con facilidad ni a la que le guste perder el tiempo con disculpas, más bien cree que el respeto se demuestra andando.

—¿Cómo van las pesquisas, teniente?

—¿Las pesquisas? ¿Qué pesquisas?

—¡Arrea! ¿Qué pesquisas van a ser? Las de la muerte de mi prima.

El gesto de asombro no ha abandonado al teniente. Felisa cree que el hombre ha llegado a lo más alto que puede llegar y que cualquiera puede ser teniente. A la vista está.

—Pues van.

—¿Van?

—Van lentas, pero van.

—Si puedo ayudarlo en algo…

El rostro del teniente se ablanda y aparenta volver a la vida.

—Puede que sí.

—Dispare entonces.

—¿Cómo dices?

Felisa descorcha una carcajada y la retiene en la garganta como si estuviese haciendo gárgaras.

—Es una forma de hablar, teniente. Me parece a mí que no ha chupado usted mucha calle… Que hable de una vez, hombre.

El teniente parece que se lo piensa.

—Le he estado dando vueltas a algo que, supuestamente, dijo Casilda poco tiempo antes de morir —suelta al fin—. Puede que no tenga nada que ver con su muerte, claro…

Felisa se remanga la chaqueta para esconder su impaciencia. Lo hace desde que es una mujer algo más sosegada. En eso ha mejorado considerablemente. En parte se lo debe al doctor Asorey (al César lo que es del César). Antes se manejaba por la vida de una manera mucho más salvaje; le gustaba pensar que no le quedaba más remedio que ejercer la violencia.

—Diga, diga.

—¿A quién crees que podría haberse referido como «pobriña»?

No sabe qué clase de *meigallo* le hace decir el nombre de Celia Asorey sin pasar antes por su cabeza. El teniente ha empezado a bizquear. Si no fuese porque es repulsivo, tendría su gracia.

—Celia Asorey, ya... ¿No es la hermana más joven, la que se va a casar con don Víctor del Río?

Felisa lo mira triunfante. Es una mirada de excitación y orgullo, principalmente.

—Mire por dónde, a lo mejor ya tenemos una respuesta.

# 8

«Las avispas también luchan por el trono. Es muy normal, en las primeras etapas de construcción del nido, que otra reina luche por el poder y por quedarse con el avispero».

Cada vez lo tengo más claro: en otra vida fuimos avispas.

MANUEL ZAS ZAS (MANOLIÑO)

La señora María dice que los ángeles existen y que la maestra es uno de ellos, pero Manoliño piensa que las cosas caen por su propio peso. Como que su padre haya muerto. Se avergüenza de no sentir pena, aunque cree que no le debe nada y que él solito se lo buscó. Si corres cerca de un acantilado, puedes caerte. Si bebes mucho aguardiente, puedes morirte. Se lo habría dicho él mismo si hubiese sido un hombre de escuchar.

Siente ternura cuando piensa que una persona tan mayor como la señora María —que debía ser muy sabia— sigue creyendo en los ángeles, pero ve a la mujer tan contenta que no quiere contradecirla. De todas formas, nadie tiene en cuenta la opinión de los niños; es como si creyesen que son parvos por el hecho de ser críos.

La casa de la señora María no es mejor que la suya, pero al menos allí se come bien. Lo primero que le dijo es que tenía que engordar —y parece que no lo dijo por decir, como otras cosas que dicen los mayores—. La mujer se ha tomado en serio la cuestión del engorde. Esta mañana le puso una taza tan grande de leche con pan que ahora cree que las tripas se le van a salir por la boca. Se imagina su cuerpo como un odre de agua; puede oír el cloc, cloc del líquido al caminar. También le metió un torrezno con pan envuelto en un trozo de tela, por si le entrase debilidad. «La memoria hay que alimentarla», le dijo. Puede que tenga razón.

A la pesadez de estómago se le suma un ejército de gusanos en su interior. Cree que son los nervios. Tiene ganas de demostrar muchas cosas ahora que no tiene que ocultar que sabe leer.


Llueve sobre mojado. De momento no es un aguacero fuerte, como cuando empiezan a encadenarse los temporales. Es una lluvia de fondo, fina, constante, que refresca la cara y los huesos. Es *orballo*. Le encanta la palabra. Aprecia el esfuerzo de la maestra por hablarles gallego, aunque bien se ve que no lo ha usado nunca. Él quiere aprender varios idiomas. En realidad quiere aprender todo lo que le quepa en la cabeza. Se pregunta si habrá un límite de espacio y si, llegados a un punto, habrá que vaciarla. A lo mejor la mente va expulsando los recuerdos ella sola. Eso explicaría por qué algunas personas mayores olvidan partes de sus vidas. Lo más curioso es que se les borren los recuerdos más recientes. En su opinión, no tiene mucho sentido; la señora María se pasa el día hablando de cuando era niña —y eso que hace mucho tiempo de aquello—, pero, en cambio, se olvida de lo que comió ayer. La vida está llena de misterios. Si tuviese que elegir, él preferiría que se le borrasen los recuerdos de niño. Seguro que su madre habría escogido lo contrario. La recuerda poco, cada vez menos. Si tuviese que destacar algo de ella, diría que era muy delgada y tenía cara de susto.

A Manoliño no le sorprendió la muerte de su padre (tampoco mucho la de su madre, de hecho). Muchas personas dijeron que «era cuestión de tiempo». Eso fue lo que más repitieron, en murmullos, el día del entierro. Susurraban para que él no los oyese. Los mayores susurran como si no se diesen cuenta de que los susurros pueden oírse. A Manoliño semejante torpeza le parece incomprensible.

Estos días ha oído conversaciones aquí y allá. Aunque está seguro de que dentro de unos días ya nadie hablará de su padre. Su padre no era nadie importante, ¡qué iba a serlo! Además no tenía muchos amigos que lo vayan a recordar. En realidad no tenía ninguno. Su padre solo trataba con borrachos como él. Dicen que la afición por el aguardiente la cogió en Asturias, que la mina es muy dura y no se aguanta si no es debidamente entonado. Lo cierto es que a su padre nunca le ha durado un trabajo. No le extrañaría que su madre tuviese siempre esa cara. Al menos cuando ella vivía comían caliente. Después todo cambió. Si no fuese por la señora María, que siempre le llevaba —a escondidas— algo envuelto en un trapo, no sabe qué habría sido de él.

Manoliño ha hablado más con la señora María en una semana que en toda la vida con su padre (en realidad, su padre no hablaba, solo maldecía). Entre algunas cosas que le ha podido sacar, está que su madre no tuvo más hijos porque los perdía todos, pero a él le sonó raro, como si quisiese decir otra cosa.

Él no cree que, cuando alguien se muere, se convierta en bueno de repente. No lo cree en absoluto, las cosas no funcionan así; aunque es pequeño, lo sabe. Por descontado, si a Manoliño le hubiesen dejado elegir un padre, nunca habría elegido al suyo. Aunque no todo es malo: gracias a que su padre está muerto, puede volver a la escuela.

# 9

Cada cierto tiempo aparece un iluminado que afirma que la Tierra es plana, que se le ha aparecido la Virgen, que Dios existe o que no existe. Lo raro es que se levante tanto revuelo.

Deberíamos ser claros y darles a las cosas la importancia que tienen. Ni más ni menos.

La libertad, en cambio, debería ceñirse a su significado estricto. La libertad no debería ser moldeable.

PABLO DOVAL

Pablo cree que podría vivir así para siempre y al minuto piensa lo contrario. Nadie puede vivir para siempre con un colibrí que aletea del estómago al esófago. Es extenuante.

La visión de la colegiata acelera el aleteo del colibrí que lleva dentro. El color de la piedra mojada les sienta bien a los arbotantes laterales del templo, a los que se han aferrado líquenes en forma de filigranas caprichosas. Hace un rato han empezado a oírse voces infantiles gritando al unísono, como bandadas de estorninos. Solo la voz de Eloísa las frena de cuando en cuando.

Cobijado bajo un paraguas, Pablo echa un vistazo a su reloj. Calcula que las clases deben de estar a punto de terminar. Si no salen pronto, se consumirá allí mismo y se convertirá en un charco. Hace unos días se sinceró con Alicia. «Quiero echar raíces en esta ciudad», le confesó. Y después añadió: «Tengo planes», lo que sonó muy solemne. Le pareció que Alicia se alegró cuando él le habló de

Eloísa, pero se abstuvo de darle consejos. «Respecto a ciertos asuntos de su vida, Eloísa es como una anguila», le dijo, y aquello lo confundió un poco. «Resbaladiza», le explicó ella al ver su cara de asombro. Pero eso no le aclaró mucho.

Si no se hubiese imaginado la escena en tantas ocasiones, no se creería en la obligación de seguir su propio guion. Carraspea un par de veces para liberar algo de tensión. El murmullo del interior se vuelve ensordecedor. La puerta de una escuela es como el corcho de una botella de champán. Una vez se abre, el contenido se encabrita y ya no se puede hacer nada para devolverlo a su forma anterior.

Pablo levanta la mirada del musgo brillante a donde han ido a parar sus ojos. Eloísa encabeza la serpiente, que avanza hacia el noreste, dejando atrás la colegiata. La lluvia es tan fina que no se puede decir que caiga, sino que más bien flota. La ausencia de gravedad parece total. De pronto se avergüenza de necesitar un paraguas; allí nadie lo lleva.

El más pequeño de los niños, Manoliño, «Manuel, para usted», le dedica una mirada dura, desconfiada, porque así es como miran los niños a los que no les ha quedado más remedio que espabilar. Reconoce esa mirada porque él ha sido Manoliño. La única diferencia es que a él nunca le ha faltado nada material; del resto, le ha faltado todo.

Manoliño tironea de la falda de Eloísa. Ella tiene el pelo diferente. Le gusta, aunque también le gustaba despeinada. Agita el paraguas al ver que ella se gira. Eloísa abandona la fila, dejando a la serpiente descabezada. Le parece que arruga la frente y abre la boca. No sabe de dónde le nace esa desesperación por perderla si para perder algo hay que haberlo tenido antes; es de cajón. Si ha sobrevivido hasta ahora sin ella, ¿cómo no habría de seguir haciéndolo? No ha habido tiempo, se dice, pero se ha vuelto imprescindible. Como unas branquias para un pez.

Ri-dí-cu-lo.

Pablo camina —con los pies mojados— sin mirar el suelo que pisa. Se apoya en el paraguas cerrado, como si fuese un bastón. Le acompaña el sonido del flamear de sus pantalones al andar. A lo lejos, una campana martillea el silencio. Ataja por una callejuela cualquiera, estrechísima y vacía como el intestino de un pobre. De cuando en cuando le llega el tufo de alguna iglesia, solo por eso sabe dónde está.

No se acuerda de las palabras exactas (sin duda le vendrán a la mente más tarde, cuando consiga sacarse el puño que se le ha alojado en el centro del pecho y que le impide respirar). No es que haya querido borrarlas, es que no las recuerda. No recuerda las palabras, pero sí la cara de Eloísa —brillante y serena—; el intercambio de miradas desparramadas, más lentas de lo normal; la sonrisa maliciosa de Angélica, que le pareció que escondía, a su manera, una señal de aprobación; la mueca de desconfianza de Manoliño, que en cuanto intuyó el momento de intimidad se negó a separarse de Eloísa; el grito cuchicheado del rapaz más alto —el de las mangas por los codos— de que «aquí hay un asunto, a mí no se me escapan esas cosas».

Pablo llegará a su habitación de la pensión del Preguntoiro y le costará escribir (no es fácil hacer nada cuando la cabeza late como si fuese un corazón). Repasará las imágenes y se tranquilizará al pensar que pese a no haber seguido su guion todo ha ido bien.

Desde hace un rato ha empezado a parpadear y a respirar con más frecuencia de lo normal.

Parpadea y respira porque está vivo.

# 10

La noche antes de morir, padre tenía cara de ir a tomar una decisión. Soy la que mejor conocía sus gestos. Padre no se precipitaba ni posponía las decisiones importantes, las reposaba hasta estar seguro. Decía que las decisiones importantes no se deben tomar por la noche, que es como estar borracho. «Por la noche nos sentimos poderosos y valientes porque nos parece que estamos solos en el mundo», le oí decir más de una vez.

Creo que tenía razón; la noche distorsiona la realidad.

No sé cómo no lo recordé.

CLOTILDE ASOREY

Tilde deambula por la casa como un alma en pena. Un silencio tan atronador no es natural. Siempre ha pensado que la tranquilidad es para los muertos. Daría lo que fuese por un poco de jaleo.

Siente que sus hermanas se han desconectado de ella y del mundo en general. En realidad, Tea está como siempre; si la apuran, hasta diría que mejor, qué cosas tiene la vida. Y Eloísa nunca se sabe en qué anda, casi siempre en asuntos que ninguna entiende.

Pero la que más le inquieta es Celia. No es propio de la pequeña no exteriorizar cada pensamiento que se le pasa por la cabeza. Está en la posición en la que siempre ha querido estar, en cambio, no se regodea en absoluto ni se está ocupando de los preparativos como debiera. Está que no está. Casi la prefiere parloteando a todas horas, aunque resulte irritante la mayor parte de las veces. Y está la pregunta que le hizo. Tan inesperada que casi se cae de la silla. «¿Crees que Víctor es trigo limpio?».

¿Acaso tiene dudas? Sería normal, por lo que ha oído Tilde, que de esas cosas ella no sabe nada. Celia también es de naturaleza práctica, por eso no entiende a cuento de qué viene darle tantas vueltas al asunto. Víctor del Río, tal y como ella lo ve, puede ser la salvación de todas.

Un refugio. Eso es.

Se le ocurrió contárselo a Eloísa. Su respuesta fue que un refugio en sí no era algo bueno. «Un refugio es lo contrario a la libertad», le dijo.

La próxima vez mantendrá la boca cerrada.

Francamente, a Tilde las ideas, en general, no le interesan. Sus esfuerzos van más dirigidos a vivir. Opina que la gente le da demasiadas vueltas a las ideas y descuida las pequeñas cosas que conforman la vida, las que de verdad importan. Pero pronto celebrarán la fiesta de compromiso de Celia y lo cierto es que empieza a estar nerviosa.

Su padre era un hombre de ideas, solo que no las iba esparciendo por ahí, ni siquiera en su propia casa. Tilde cree que su padre vivía para adentro, que en su cabeza se cocía un guiso de una riqueza excepcional y que quizá eso ahora no sea tan malo. Quizá ahora eso sea una oportunidad para ellas.

También sabe que no hay una idea mala, sino una mala defensa.

Se le da bien defender ideas, tiene el ímpetu necesario.

Si a ella la muerte la cogiese desprevenida (solo de pensarlo, el corazón se le hace un ovillo), le gustaría dejar ciertos asuntos arreglados. Una biografía bien clara, principalmente. Un «Clotilde Asorey era así» (todas cosas buenas, espera) rotundo, sin ningún género de dudas. La duda es el mayor enemigo de la dignidad.

Pero la realidad es que su padre se ha ido y ha dejado una estela de misterio tras de sí. No ve qué puede haber peor. Sus hermanas creen que ella no se hace preguntas, solo porque no va por ahí con cara de estar pensando todo el día, pero no hay un solo momento en el que no se cuestione por qué Casilda fue a verlo, con esa cara de urgencia, que parecía que había visto a la Santa Compaña. Por qué su padre salió de casa, dejando la sala de espera abarrotada, con la misma cara de urgencia. Por qué regresó tan tarde. Por qué tuvo que morirse el mismo día.

Y la peor de las preguntas: ¿y si ella se murió antes que él?

Si no fuese una mujer tan práctica (pocas virtudes hay por encima del pragmatismo, a su entender), hace tiempo que se habría derrumbado. Pero no es momento de derrumbarse. Es momento de agarrarse a una idea y defenderla con uñas y dientes.

Hace un rato que se oye el murmullo heterogéneo de las voces de sus hermanas. Desde que decidieron aparcar el duelo y dieron por inaugurada la normalidad, no es fácil verlas a todas juntas. Tilde llega corriendo al salón, a pesar de que nunca corre.

—¿A qué viene ese revuelo? —pregunta Celia levantando los ojos de la labor.

Tilde tarda en contestar. Otra cosa importante con respecto a una idea es la manera de exponerla por primera vez. Una gran idea puede malograrse y perder la oportunidad de ser tenida en cuenta si no se encuentra el tono y las palabras adecuadas para explicarla.

—¿Tilde? —chilla Eloísa.

—Sí, sí —contesta—. Estaba pensando…

—No es propio de ti ponerte a pensar cuando hay gente —señala Celia.

Celia tiene razón. Tilde se aclara la voz en dos tiempos, y después en otros dos.

—¿Os acordáis de aquella conversación que tuvimos con padre acerca de los nombres?

—¿De los nombres? —corean las tres.

—De los nombres —corrobora Tilde, que cree que de momento ha captado la atención de sus hermanas.

—¿Y qué pasaba con los nombres? —pregunta Eloísa.

—Padre dijo: «Yo nunca les pondría a mis hijas un nombre de reina, al menos no uno abiertamente de reina». —Tilde modula la voz para que parezca que es su padre el que habla.

—Lo recuerdo —dice Tea asintiendo con la cabeza.

—No veo a qué viene eso ahora —replica Celia.

Tilde carraspea de nuevo y hace que se coloca la falda, aunque está exactamente en su sitio.

—Pues que padre ha ido dejando perlas y nosotras quizá hemos sido tan necias que hemos pasado por alto lo que pretendía insinuar con sus palabras.

Eloísa sacude la cabeza varias veces.

—¿A qué diantres te refieres, Tilde? ¿Y por qué hablas tan despacio? —farfulla.

—A qué me voy a referir, a que quizá no sea demasiado tarde para presentarlo como lo que era: un defensor —moderado, eso sí— de la República.

—Explícate —exclama Eloísa.

Tilde no sabe qué pensar del tono de su hermana, alto y ligeramente chillón. Es crucial que sepa explicarse con claridad.

—Veamos —continúa—, padre se marchó en el mes de marzo, como todos saben, a Madrid, para arreglar unos asuntos (padre nunca nos contaba qué asuntos se traía entre manos, es verdad y eso diremos), de esos que solo se pueden arreglar en la capital. Estaremos de acuerdo en que los tiempos estaban especialmente revueltos, la incertidumbre sobre si habría o no un cambio, ya se sabe, flotaba en el ambiente... Allí le perdemos la pista, al principio no le dimos importancia (no era la primera vez que pasaba una temporada larga en Madrid), pero, a estas alturas, nuestra principal sospecha es que quizá en alguna asamblea republicana, a la que asistiría aprovechando que estaba en la capital —puede que solo por curiosidad, ninguna militancia a ultranza—, se produjese un altercado. Nadie investiga desapariciones sin tener indicios de algo peor, pero ha pasado demasiado tiempo y la única explicación posible para que un devoto padre como él no se haya puesto en contacto con sus amadas hijas es que lo hayan hecho desaparecer —dice Tilde soltando todo el aire de golpe.

—¿Y a qué vienen los nombres de reinas? —pregunta Celia.

—Serán anécdotas que podremos ir dejando caer aquí y allá si alguien se muestra demasiado inquisitivo. Nada explícito, no se atreverán a exigir, que aquí todos somos expertos en jugar a la ambigüedad.

Hace un rato que Eloísa está de pie (desde que Tilde mencionó la asamblea republicana). Cruza el salón en cuatro zancadas y se sitúa bajo el marco de la puerta. A punto está de chocar con el guacamayo, que consigue esquivarla y salir del salón con todas sus plumas.

—¿A qué viene esto? —grita.

—Viene a que, si los tiempos cambian, quizá debamos girar con ellos —contesta Tilde—. Quizá estemos a tiempo de quitarle a padre el sambenito de la dichosa fuga de capitales...

Eloísa resopla, Tilde cree que por no maldecir. Ya no sabe qué pensar, con ella nunca sabe.

—¿Es que ninguna se pregunta cuál es la verdad? —brama Eloísa.

Tilde piensa que es importante dejar clara su posición de una vez por todas. Inspira todo el aire que puede y lo suelta de forma gradual antes de contestar:

—Por supuesto que sí, tesoro. Pero, si he de elegir entre la verdad y la reputación de padre, elijo, sin dudar, lo segundo.

# 11

Lo malo de la vida es que solo hay una, es definitiva. Nadie te dice: «Tranquilo, si esta no te sale bien, la tiras y empiezas otra, sin recuerdos, sin pasado». No hay simulacros de vida ni segundas oportunidades. Si te vas a equivocar, lo mejor que te puede pasar es que lo hagas al principio, cuando todavía hay tiempo para enmendar errores.

Me da en la nariz que ya es tarde para mí.

TENIENTE VENTURA TOMÉ

El teniente está decidido. No como otras veces que solo lo piensa para convencerse de que tiene determinación. Esta vez quiere pensar por sí mismo sin tener en cuenta la voz de su madre. Prefiere creer que ella lo hizo lo mejor que pudo, pero lo cierto es que ahora ya no puede hablar. Más vale que lo afronte.

Se refugia en la parte baja de la escalinata de San Martín Pinario. Debe acallar su voz como sea. Nadie sabe lo difícil que es compaginar las voces del exterior con la de dentro sin volverse loco. Taparse las orejas no funciona; sus palabras afiladas horadan un recoveco tras otro de su cerebro y sus oídos hasta volverse claras como nada que haya oído nunca.

Las nubes bajas forman un parapeto una vez que uno se acostumbra a la humedad. Después de varios días seguidos inhalando vapor de agua, la atmósfera clama un cambio drástico que saque a la ciudad de la parálisis de la que es víctima: unas ráfagas de viento que se lleven las nubes o que traigan más, que provoquen un aguacero que barra la monotonía y la inmundicia y desembote las mentes.

Los días así no ayudan a pensar con claridad. Quizá en otra ciudad el teniente habría logrado convertirse en alguien más cercano a lo que le gustaría ser, le da por pensar. De pronto advierte la figura delgada de una de las hijas del doctor Asorey —la más díscola— sentada en el último tramo de escaleras. Parece ensimismada contemplando el suelo. Las mujeres como ella le hacen dudar del género femenino. El teniente se detiene y permanece inmóvil, con un pie en el aire. Se gira con cuidado de no ser visto y sube las escaleras despacio, para no llamar la atención.

No sabe a dónde ir, ahora que parece claro que no lo esperan en casa. La vida no tiene sentido si no puedes contarle a nadie cómo te ha ido el día. De todo lo malo que le puede suceder a alguien en la vida, quizá eso sea lo peor.

Normalmente le resulta fácil encontrar desahogo; le basta con pensar en los rojos y anarquistas o en los pobres niños gordos y verter su ira sobre ellos. Tal y como él lo ve, son chispas de energía que representan de manera vívida el ímpetu de la vida. Pero ya no le funciona. Se ha quedado frío, exangüe, vacío como una armadura, indefenso a merced de cualquier alimaña. Nunca ha estado tan cerca de querer desaparecer, aunque no lo piense en serio.

Para desaparecer hace falta valor. Además, todavía siente curiosidad. Y mientras hay curiosidad, hay vida.

Presentarse en casa del doctor no fue una acción premeditada. Está de pie, en el rellano que sigue oliendo a desinfectante, aunque ya menos. Es el segundo topetazo que estampa contra la puerta. Después del primero le pareció oír un «el que faltaba» amortiguado.

La mayor de las hijas del doctor abre la puerta con una mano mientras con la otra hace que se toca el moño. Está sudando, o eso le parece a él.

—Buenas tardes —saluda—. ¿Qué se le ofrece, teniente?

Al teniente le parece que Clotilde Asorey no disimula su fastidio.

—Buenas —dice con un ligero levantamiento de cabeza—. Parece usted sorprendida.

La hija mayor del doctor Asorey enarca las cejas.

—Pues un poco sí, teniente, si quiere que le diga la verdad. Además, no nos coge usted en un buen momento. Tenemos mucho que hacer.

Ese tono ya es otra cosa. No hay como ponerse firmes.

—Convendrá conmigo en que mientras no sepamos qué le ocurrió a Casilda no podemos parar.

El teniente da un paso al frente y a la mujer no le queda más remedio que apartarse para dejarlo pasar.

—Pero nosotras ya le dijimos todo lo que sabíamos —protesta.

—O lo que creían que sabían —la corrige él.

El teniente echa a andar hacia el salón sin que nadie lo haya invitado a entrar. De pronto nota una corriente ruidosa, un batir de hélices justo detrás del cogote. El guacamayo ha desplegado sus alas, de un azul brillante y algo de amarillo. Pasa a su lado, rozándole el hombro derecho. El teniente salta —sin despegar los pies del suelo— y pestañea varias veces seguidas.

—¡Carallo, qué susto me dio el pájaro! —exclama al cabo de un rato.

Clotilde Asorey bambolea el brazo para invitarlo a sentarse.

—Si le tiene miedo o le disgusta, podemos meterlo en la jaula —dice.

—No, no. Quiero decir, como ustedes quieran…

—Muy bien, pues, si no le molesta, lo dejaremos en libertad. La libertad es importante, ¿no cree usted?

El teniente no contesta. Se sienta en la silla que le ofrece la mujer. Es alta y dura, y aventura que no durará mucho tiempo sentado en ella.

—¿Está sola en casa? —pregunta.

Una voz firme aclara desde la puerta que no lo está.

—Tea… —susurra su hermana.

—Mejor, mejor —contesta el teniente—. Pase y siéntese usted también.

Dorotea Asorey escoge el diván para acomodarse. El guacamayo se posa a su lado, como si fuese un perro guardián.

—Diga, teniente, pero diga pronto, que tenemos muchas tareas por delante —lo apremia la mayor.

—Bueno, bueno, los tiempos son los que son, y hay cosas urgentes que resolver.

—¿Hay novedades relacionadas con el caso de Casilda? —pregunta la segunda de las hermanas Asorey.

—Bueno, tanto como novedades... Lo que sí hay es alguna declaración interesante, pero decir que hay novedades sería una osadía por mi parte, y faltar a la verdad, me temo.

—No veo en qué podemos ser nosotras de ayuda —dice ahora Clotilde Asorey.

—Seré claro. Tengo razones suficientes —recalca «suficientes»— para creer que la desaparición de su padre está relacionada con la muerte de Casilda —afirma intentando levantar el pecho, aunque la silla no se lo pone fácil.

Es curioso comprobar cómo a veces, sin proponérselo, las palabras salen en el momento en el que tienen que salir. Lubricadas, contundentes. Al teniente no se le escapa que, de las dos, Clotilde Asorey es la que peor reacciona.

—Pero no veo cómo...

—Señoritas, la experiencia me dice que las casualidades no existen —contesta tajante—. A partir de ahora, cuando hablemos de Casilda, lo haremos también de su padre. Les diré lo que vamos a hacer: trazaremos una línea cronológica de los hechos. No sé si entienden a qué me refiero.

—Sí, teniente; perfectamente. Si de algo entendemos nosotras es de líneas cronológicas —responde Clotilde Asorey.

—Bien, bien. Será mejor que hablen entre ustedes, me refiero a las cuatro, y anoten cada detalle entre la hora en que apareció Casilda en su casa y la desaparición de su padre. Cualquier pormenor es importante. Más tarde los cotejaremos con los datos que tenemos.

—¿Los datos? —corean las dos al unísono.

El teniente asiente. A consecuencia de la fricción de la parte alta con la baja de la papada, su cuello produce un sonido como de pedorreta.

—Les hemos pedido lo mismo a otras personas —miente.

Al teniente le encanta el uso del plural, le hace sentir que está al mando de una legión de hombres, todos mucho más débiles que él.

—¿A otras personas? —titubea Clotilde Asorey.

—Sí, a otras personas.

—¿Lo de la línea cronológica? —pregunta Dorotea Asorey.

El guacamayo se revuelve, ahuecando el plumaje —en un gesto más de gallina que de pájaro exótico— y emite un sonido extraño, parecido al crujido de una rama.

—¿Qué le ocurre? —gruñe el teniente.

Clotilde se encoge de hombros.

—Yo qué sé, teniente… Supongo que le resultará difícil pronunciar «cronológica» —dice con naturalidad.

El teniente da por buena la explicación. Según ha podido constatar a lo largo de su vida, cuanto mejores son las familias, menos se entiende lo que dicen.

Después de un silencio prolongado e incómodo, las hermanas acaban de levantarse, lo que le hace pensar al teniente que ya no le ofrecerán nada que llevarse a la boca (había fantaseado con la idea de volver a saborear el licor de la última vez). Ya en la puerta, consolida su voz de mando con un contundente: «Sabrán de mí».

Al bajar las escaleras, tropieza con la hija del doctor que hace un rato cavilaba sentada en la escalinata de San Martín Pinario. La saluda con una reverencia y ella responde, a su vez, moviendo ligeramente la cabeza. El teniente aminora la marcha y se detiene en el siguiente descansillo. Desde allí puede oír cómo sus hermanas le preguntan por qué ha tardado tanto, a lo que ella responde: «Me temo que la reunión en la sociedad literaria se alargó más de la cuenta».

# 12

Mentiría si dijese que nunca he creído que llegaría el día. Temía que lo hiciese y no fuese consciente de que había llegado, puesto que vivo sumida en la niebla y raras veces distingo las señales.
Como con tantas otras cosas de la vida, me equivocaba.

Eloísa Asorey

La falta de preocupación o la preocupación absoluta son los extremos en los que se mueven las mujeres de su entorno. No así ella. Eloísa siente que siempre se ha columpiado en los abismos del anarquismo emocional, guiada por nada que no sean sus tripas, sin pensar en qué se espera que haga o diga. Por eso muchos la observan con sorpresa mientras otros se compadecen abiertamente de su presunta libertad, como si la libertad fuese un cáncer.

A decir verdad, nunca se imaginó que sucedería de la forma en que ocurrió. Aún no sabe cómo pudo hablar sin que le temblase la voz. En algún momento se vio a sí misma muerta mientras su espectro observaba la escena desde fuera. Él estaba visiblemente nervioso, por eso soltó —en menos tiempo del que cabría esperar— que tenía planes. Dijo «planes» como quien habla de la resolución de todos los misterios de la vida. «No quiero que me digan qué puedo contar y qué no», explicó refiriéndose a su salida del periódico y a su intención de crear uno nuevo, libre, veraz y «condenadamente laico». Eso último la hizo reír. Cree que también mencionó la palabra «renacer» (¿o fue «renovar»?) y que eso la incluía a ella (desde luego si ella quería, recalcó), y la manera en que lo dijo la enterneció. «Creo que formamos un buen equipo», siguió. Y añadió —no recuerda a cuento de qué, como no fuesen los nervios—: «No se me ocurre nadie más importante que un maestro». De lo que sí se acuerda con claridad es que le pidió que no fuese paternalista ni condescendiente con ella. «Por ahí sí que no paso. Ni siquiera se lo consentí a mi padre, y al final me gané su respeto», cree que fueron sus palabras exactas, y él le aseguró que no era su intención tratarla como a una hija. Fue decirlo y sus ojos empezaron a brillar. Juraría que empezó a hacer calor. Mucho calor. Creyó que la atenazarían los nervios y se quedaría muda, pero, cuando él le preguntó si quería ser su compañera (¿o dijo cómplice?) en la vida, el «sí» le salió solo, descorchado, diría que inconsciente, incluso.

Encontró a sus hermanas alteradas y al guacamayo girando sobre su cuerpo, pero como seguía con la mente nublada, tardó más de la cuenta en hacerse una idea aproximada de qué les ocurría. Ahora Tea abanica a Tilde (tiene que abrir mucho los ojos para comprobar que está viendo lo que cree estar viendo), que se ha dejado caer en una silla de la cocina, con la espalda torcida y las piernas abiertas de cualquier manera, como si se hubiese abandonado a su suerte.

—Lo sabe, os digo que lo sabe. Lo sabe todo. To-do.

—Cálmate, Tilde. ¿Qué es lo que sabe? ¿Quién lo sabe? —le pregunta Eloísa.

Tilde convierte su reproche en una mirada. Se incorpora solo un poco.

—El teniente. Lo sabe. Lo que hicimos con padre. ¡Qué va a ser! —contesta.

—¿Dijo eso?

—No, pero está jugando con nosotras, estoy segura. Está provocándonos para que confesemos. Nos acecha, te digo que nos acecha.

Eloísa inspira el aire pegajoso de la cocina, pero no logra llenar sus pulmones ni sentir ese tope que normalmente consigue prepararla para afrontar los momentos difíciles de la vida.

—¿Estás mareada? —le pregunta a Tilde.

Tilde despega la blusa de su cuerpo varias veces.

—No, qué va, es el declive.

—No tienes edad para eso, Tilde —replica Eloísa.

—Tú qué vas a saber, criatura. Es el declive, siento que es el declive. Otra maldita coincidencia, ¡otra más! —gime. Tilde gesticula con el brazo apoyado en la mesa, de manera que la pila de latas de conservas se desmorona y aplasta dos ramos de flores secas, destinados a adornar el salón—. ¡Y, por si fuera poco, a dos semanas de la celebración, no tenemos nada! Deberíamos llamar a Felisa, yo sola no puedo con todo. Por cierto, ¿alguien sabe dónde está Celia y qué demonios le pasa?

Eloísa sacude la cabeza.

—¿Nadie me va a contar qué quería el teniente? —vocifera.

—Quiere que hagamos una... ¿qué fue lo que dijo, Tea?

—Una línea cronológica.

—¿Una línea cronológica? —pregunta Eloísa abriendo mucho los ojos.

—De lo que ocurrió desde que Casilda entró en la casa hasta que padre... desapareció.

—¿Lo dijo así?

—Más o menos, sí. Tilde, tranquilízate, anda —contesta Tea.

Eloísa observa a su hermana y le entran ganas de zarandearla y preguntarle qué ha hecho con la otra Tea. Si ninguna es exactamente la misma desde la muerte de su padre, en Tea el cambio ahora es más evidente. Tal vez repare más en ello porque lo que afecta a la segunda de las hermanas termina repercutiendo directamente en la vida de las demás. Más salidas. Menos guardias frente a la puerta de su habitación. Más ventanas cerradas. Menos cuchicheos a tres. Menos Veronal... Eloísa recuerda haber contemplado el diván de Tea y ver una sepultura, convencida de que, si Tea estuviese muerta, no lo estaría más que entonces. Se pregunta cuándo se ha desprendido Tea de su fragilidad (como si su fragilidad fuese un capullo, y su hermana, una crisálida) y ha dejado de ser transparente para tomar forma de viva. Quizá, al protegerla de la manera en la que lo han hecho, han propiciado su parálisis. Y ahora que por primera vez en la vida Tilde parece hundirse, Tea reacciona. Su padre se murió y las fuerzas entre todas ellas (tal vez podrían incluir al guacamayo, ¡menudas cosas se le ocurren!) se han equilibrado, como si lo que le sobra a una se lo hubiese cedido a las otras, en un reajuste equitativo y tremendamente retorcido.

—Miradlo de esta manera —dice Eloísa—, por fin se nos ofrece una oportunidad.

Tilde rechaza el abanico de Tea de un manotazo. Eloísa la observa, perpleja. Es consciente de que a Tilde nunca hay que darla por muerta o hundida; sabe que su hermana siempre se reserva una coz.

—¿Una oportunidad? —grita la mayor—. ¿Por qué había de serlo? ¿Te has vuelto loca? ¿Una oportunidad para qué, Eloísa?

Eloísa duda si dar la conversación por terminada —podría abandonar la estancia sin más, ahora que ve que lo de Tilde no es grave; retirarse para pensar en sus asuntos, que son varios, o empezar a desgranar los pormenores de la fiesta de Celia—, pero sabe que su hermana no se conformaría con una pregunta sin responder.

—Sí, Tilde, una oportunidad —contesta Eloísa—. Para que padre pueda descansar —y añade solemne—: y nosotras también.

# 13

Después de mucho pensar, creo que estoy en disposición de decir que la verdad aflora solo cuando estás dispuesto a dejar de mirar hacia otro lado.
Veremos si soy capaz de mantenerme firme.
Veremos.

CELIA ASOREY

Celia acaba de llegar a casa después de haber pasado buena parte de la tarde deambulando por las calles en un intento desesperado de encontrarle el sentido a la vida.

Siempre se ha mostrado una incondicional del matrimonio como institución. El enamoramiento le interesa menos; opina que es para gente poco civilizada. La costumbre, en cambio, es el mejor aliado de las personas en general, y del matrimonio en particular, y está deseando experimentarla, aunque ahora tenga algunas dudas.

En su cabeza se ve esperando a Víctor en el salón de su futuro hogar (uno de los mejores de la ciudad, en la plaza del Toral), bordando o leyendo, la casa recién limpia. Ella solo prepararía las comidas especiales, se encargaría de que siempre hubiese flores y de que a su marido no le faltase de nada; del resto se ocuparía la sirvienta. Sería bueno poder contar con Felisa (solo de pensar en tener que preparar a una chica desde el principio se le ponen los pelos de punta). Él estaría deseando llegar a su casa, que huele a eucalipto o mimosas (dependiendo de la época del año) para contarle su día en el bufete.

Qué afortunada se sentiría todos los días por que su marido no fuese médico ni catedrático. Los abogados tienen una conversación mucho más animada y manejan más información que nadie (exceptuando a los curas, claro está). Él le confesaría a ella los secretos de las familias más conocidas, y ella, con una caída de ojos de cine, prometería guardarlos bajo llave. Por las noches compartirían el lecho conyugal. Celia piensa en el lecho conyugal como en un trámite del que, está segura, saldría airosa. Ha oído que es importante que el hombre esté contento, aunque cree que Víctor no es de los exigentes. Tanto mejor. De momento no ve hijos, pero llegarán, seguro. Todo a su debido tiempo (el qué Dios quiera).

Siempre ha pensado que los escarceos de un hombre antes del matrimonio no cuentan, que el contador se pone a cero en el altar, así que no debería darle más vueltas al asunto. Debería dejar de preocuparse. Pero no puede.

—Que alguna coja lápiz y papel —grita Eloísa.

Lo que menos le apetece ahora es escuchar a su hermana. No está para aguantar órdenes ni fruslerías. Opina que alguien debería bajarle los humos.

—Vete tú —contesta.

Eloísa abandona el salón y aparece al cabo de un rato con una libreta y un lápiz. Parece contenta, se pregunta por qué.

—Es importante que pensemos bien lo que recordamos y que estemos de acuerdo en esto.

Sus hermanas asienten con distinto grado de entusiasmo. A Tea y a Tilde se las ve agotadas, quizá no se hayan recuperado del todo de la visita del teniente. No las culpa; la sola visión del hombre puede descomponer a cualquiera. A Eloísa, en cambio, se la ve pletórica, como si tuviese luz en la cara. Incluso está guapa.

—¿Vas a tardar mucho? —pregunta ella de mala gana.

—Estaremos el tiempo que haga falta, Celia. Deberíamos haberlo hecho antes. No entiendo cómo no lo hemos hecho antes —repite.

—Tea, tesoro, ¿crees que podrás…?

—Sí, Tilde. Estoy de acuerdo con Eloísa. No creo que haya nada peor que haber perdido a padre. Además, no podemos consentir que se corra la voz de que es un asesino, o vete tú a saber si incluso algo peor. Una cosa es ser un disidente y otra...

Celia llena sus pulmones con todo el aire del que es capaz, pero tiene dificultad para expulsarlo. No es que no entienda a sus hermanas... Solo espera que no se arrepientan.

—¡Celia!

Llevan una hora intercambiando recuerdos y ya les ha pasado de todo. Tilde ha llorado tres o cuatro veces, Tea una. Eloísa y ella ninguna, pero se han gritado en varias ocasiones (todas justificadas, según su criterio) hasta que vieron que Tilde amenazaba con volver a llorar y dejaron de discutir. En un momento dado, incluso voló la libreta de Eloísa, lo que alteró al guacamayo. Se alteró tanto que tuvieron que cubrirlo con la sábana. Y eso era algo que hacía tiempo que no ocurría.

Convinieron en que todo parecía normal aquella tarde de marzo menos el frío. «Lo recuerdo porque no apagamos el brasero en todo el día», apuntó Tilde. También que le extrañó que Casilda quisiese hablar con su padre y no con ellas, ya que los temas domésticos no eran competencia suya. «Desde luego, aquello fue una anomalía», dijo llena de razón. Celia señaló que pensó que la pobre Casilda se había metido en un lío, «ya me entendéis...», pero, como ninguna contestó, tuvo que señalar su barriga mientras dibujaba con su mano una parábola, y al hacerlo puso los ojos en blanco. Concluyeron que aquel día Tea estaba descansando y Eloísa había salido a la reunión de la sociedad literaria. La consulta de Casilda se alargó más de la cuenta, y tanto Tilde como Celia recordaron cómo se puso la viuda del general Gallardo por tener que esperar. «Después de eso, llegué yo», apuntó Eloísa.

—Acabo de caer en la cuenta de que aún no existía la República —suspira Tilde—. Recuerdo que antes de que llegase Casilda, la viuda del general Gallardo comentó que si se proclamaba la República, se iría a vivir al extranjero. Pero no tengo noticias de que lo haya hecho —gorjea.

—Al grano, Tilde —refunfuña Celia—. Llevamos más de una hora y no veo que hayamos avanzado mucho.

—Cualquier detalle es importante —insiste Eloísa.

—A ver, padre se fue —sigue Celia— y desde luego tardó mucho en llegar.

No sabe en qué momento Tilde ha empezado a llorar de nuevo. Incluso tiene hipo.

—Pero, Tilde... —dicen todas.

—¿Qué te pasa? —pregunta Tea con cara de susto.

A Tea le aterra que llore Tilde, todas lo saben; daría lo que fuese con tal de que no llorase.

—Si hubiese sabido que no volvería a verlo, lo habría esperado. ¡Cómo iba a imaginar que unas horas después su cuerpo estaría frío y rígido!

—Claro que no, Tilde, no podías saberlo, ninguna podíamos. Si siempre nos comportásemos como si estuviésemos a punto de perder a un ser querido, nos quedaríamos sin frescura —replica Eloísa.

—Es verdad, tienes razón, Eloísa. Tienes mucha razón. Sería insoportable, y la vida sería... Bueno, no sé qué sería, pero no sería la vida, eso seguro —constata Tilde enjugándose las lágrimas.

Celia sopesa si hablar o callar para siempre, pero su boca se ha quedado entreabierta en una mueca de vacilación. Se arrepiente en el acto, sabe que para que la vida fluya hacia donde una quiere hace falta decisión. Demasiado tarde ahora. Ante su flagrante muestra de debilidad, la pregunta de Eloísa explota en el aire.

—¿Quieres decir algo, Celia?

Le fastidia no poder engañar a Eloísa, quizá porque duermen juntas y llevan respirando el mismo aire mohoso desde que ella nació. Resulta irritante que Eloísa nunca se percate de nada menos de lo que no se tiene que percatar. Maldita sea.

—Me quedé despierta, esperándolo —contesta como si no le quedase más remedio que responder.

Sus hermanas se echan hacia delante de manera instintiva. El guacamayo ha dejado de agitar sus alas. Con pasitos ridículos, recorre la parte alta del diván y se sitúa detrás de Tea.

—Creo que estaba preocupado —prosigue.

—¿Cómo de preocupado? —pregunta Eloísa.

—No sé… En el momento no le di importancia. Solo quería que me contase qué le había pasado a Casilda, pero no quiso hablar.

—¿Te dijo que no quería hablar?

—Bueno, no con esas palabras.

—¿Recuerdas cuáles fueron sus palabras? —insiste Eloísa.

Celia asiente sin ganas. No solo las recuerda, sino que no dejan de repiquetear en su cabeza. Las miradas de sus hermanas se ciernen sobre ella. Ya no son ojos, hace un rato que se han convertido en navajas.

—Dijo que era tarde y que debíamos irnos a la cama, que ya hablaríamos al día siguiente.

—¿Solo eso? —exclama Tilde sin ocultar su decepción.

Celia mueve la cabeza de lado a lado. Si siguen mirándola de esa manera, acabará por derrumbarse.

—También que debíamos ser fuertes. Esas fueron sus últimas palabras.

—¿Debíamos? ¿Nosotras y él o solo nosotras? —pregunta Tilde.

Celia se lleva la mano al pecho. Si sus hermanas supiesen la opresión que siente, no les quedaría más remedio que dejar de atosigarla.

—Todos. Dijo que debíamos ser fuertes todos —contesta.

—Dios mío —exclama Tilde—, ¿crees que mostraba arrepentimiento?

—¿Arrepentimiento? —replica Celia extrañada.

—¿Creéis que padre pudo haber…?

—No lo digas, Tilde, ¡te ruego que no lo digas! —suplica Tea.

—Yo tampoco lo creo —responde Tilde—, pero debemos contemplar todas las posibilidades, y, en función de ellas, decidir qué le vamos a contar al teniente.

—Yo no creo que padre matase a Casilda —dice Celia a pesar de que está a punto de quebrársele la voz.

—¿Qué? Yo tampoco lo creo, ¡maldita sea! —grita Eloísa.

—Habla, Celia —insiste Tilde.

Hablar y llorar a la vez requiere una pericia que ella no tiene. Intenta articular la primera palabra, pero su mentón está fuera de control. Clava las uñas en sus piernas para intentar pasar el temblor a otra parte del cuerpo, una que no intervenga en el proceso del habla. A veces le funciona, no entiende por qué ahora no. Por experiencia sabe que, una vez se inicia el llanto, este siempre va a más, es una regla que no falla. Si no quiere que el esternón se le empiece a contraer, tendrá que escupir las palabras cuanto antes.

—Creo que utilizó el plural para amortiguar el impacto, como cuando éramos niñas y compartía la culpa con nosotras para que no nos sintiésemos mal, pero estoy casi segura de que se refería a mí. ¡A mí! —pronuncia las dos últimas palabras con la palma de la mano extendida sobre la clavícula, como si el dolor fuese insoportable.

# 14

Si pudiese, me haría un poco más de rogar y no saldría corriendo a las primeras de cambio, moviendo el rabo como un perro callejero en busca de un mendrugo de pan, pero los pobres no podemos permitirnos ciertos desplantes, ¡qué vamos a poder!

FELISA EXPÓSITO

Felisa camina por la calle de los Laureles. De vez en cuando tira de los extremos de la chaqueta sin ningún motivo ni propósito aparentes, al rato se lleva la mano al pelo, solo porque no está acostumbrada a tener las manos libres.

Cuando se presentó la señorita Clotilde en su casa, tuvo que abrir y cerrar los ojos varias veces. Junto a Felisa estaba su abuela, que filosofaba sobre la vida mientras pelaba patatas para un regimiento (a menudo le pasa, que pierde la noción de lo que está haciendo y lo alarga hasta el infinito).

Respeta a su abuela más que a nadie en el mundo. Más que a ninguna señora de postín a la que haya servido, eso seguro. «La gente menosprecia a los viejos —le decía justo antes de que llegase la señorita—, pero es solo porque nos ven como lo que somos, no como la suma de lo que fuimos y somos». Es lo más inteligente que ha oído nunca, y eso que su abuela no sabe leer. Aunque ella tiene suerte. Para algunos ancianos, la vida es tan dura que prefieren no tener que verse desamparados al final de sus vidas y cortan por lo sano. «¿Suicidio?», le preguntó la señorita Celia un día que salió el asunto a colación. ¡Pues qué si no! Menuda atolondrada.

En parte, por las conversaciones con la señorita Celia se alegra de volver a casa del doctor Asorey. («¡Por las conversaciones con la señorita Celia y por los cuartos, carallo!»). Y un poco también por la intriga de saber qué ha pasado. No se lo ha dicho a nadie, pero presiente que el doctor está muerto. Lo presiente con una fuerza que le nace de dentro, justo en el pecho, ahora que está en la entrada de la casa.

Como cuando dejó de sentir a Casilda y al día siguiente se enteró de que estaba muerta.

Acaricia la puerta gruesa, barnizada, por la que no entra ni una brizna de corriente. «De estilo modernista», le explicó un día la señorita Celia, algo que a ella la dejó exactamente como estaba, pero que para la señorita parecía significarlo todo, a juzgar por su cara de satisfacción.

No sabe por qué pega la cara a la puerta, cierra los ojos e inspira, como si de pronto ya no fuese solo una puerta. Todavía huele a barniz a pesar de que hace décadas que se barnizó. Ninguna otra puerta que ella conozca huele a barniz. Un toque eminentemente agrio que lo dice todo.

Se deja estar un rato. Y estaría más tiempo si no fuese porque alguien al otro lado acaba de tirar de ella, despegándola de forma abrupta de su nariz. Al perder el punto de apoyo, sus pies se quedan atrás y su cabeza va a parar al pecho de Celia Asorey.

Durante unos segundos ninguna de las dos dice nada. Solo la señorita Celia reacciona al cabo de un rato.

—Felisa... —susurra.

Juraría que hasta le brillan los ojos.

A Felisa le gustaría que las señoritas dejasen de retorcer las palabras y fuesen al grano. Ahí es donde se nota que ellas siempre han vivido despacio, mientras que ella ha tenido que hacerlo a marchas forzadas. Parece una tontería, pero no lo es en absoluto. La señorita Tilde ha empezado diciendo que «no sé, Felisa, igual no te interesa...». Seguido de «es algo temporal. ¿Sabes qué significa?», le preguntó. ¡No va a saber qué significa si en su vida todo es temporal, mucho más que en las suyas! Y después, más dudas y frases que empiezan con «Tal vez». Y «Quizá». Y «A lo mejor». Y «Puede que». La gente de su clase no sabe economizar las palabras ni el tiempo, se nota que les sobran ambos. Tanta cosa para pedirle que les eche una mano con la preparación de la fiesta de compromiso de la señorita Celia. Al final, «temporal» significa que después de la fiesta ella no seguirá en la casa. Y para eso cuántas vueltas, Virgen santa, si lo había entendido desde el principio.

Las nota cambiadas, a todas. Y no le extraña, la desaparición de su padre tuvo que ser un garrotazo en toda la nuca, consentidas como estaban por el doctor. Felisa opina que en el fondo las señoritas han demostrado unos arrojos nada propios de su clase, han salido a la calle, levantado la cabeza y esquivado las miradas y las preguntas, las cosas como son. Si al final va a ser cierto eso que dice su abuela de que la muerte los iguala a todos, si no en la forma, tal vez en las consecuencias. Por eso mismo a las señoritas no les queda más remedio que seguir viviendo y celebrando convites.

Veremos cómo se las apañan, se dice, que la gente, ya se sabe, está deseando aguar las fiestas ajenas.

# 15

Mi abuelo inglés, que luchó en la Gran Guerra, hablaba del enorme privilegio que supone mirar al cielo y saber que solo amenaza lluvia.
Damos demasiadas cosas por sentadas, me parece a mí.

ALICIA ALLÓN SMITH

Se presentaron juntos, Pablo y Eloísa, como si eso fuese lo normal. No es que le hayan dicho nada, no hace falta, pero los nota diferentes, acompasados. Por no hablar de la cara de Eloísa (si bien sus ojos reflejan una ausencia por momentos desconcertante, ahora sus mejillas parecen dos manzanas regadas de sangre). Es evidente que están en ese momento en que una pareja no puede esconder su relación porque sus ojos y su cuerpo entero hablan por ellos.

—Está habiendo unos debates parlamentarios memorables —dice Pablo, que no ha dejado de hablar desde que llegaron—. La cosa está que arde. Es historia y la estamos viviendo, ¿os dais cuenta? —añade separando mucho las palabras.

Alicia cree que, en realidad, «historia» es solo un término. Como no decir nada. O como decir «la vida».

—No te emociones —resopla—; dos mujeres entre cuatrocientos setenta diputados es una proporción inquietante. Hace falta que nos rescaten, como país, quiero decir. Sin duda España se ha quedado varada en otra era.

—¿Creéis que lo lograremos? —pregunta Eloísa, como si se acabase de enganchar a la conversación.

—Está por ver —contesta Alicia—, aunque lo cierto es que nunca hemos estado tan cerca. Hasta ahora el anteproyecto solo daba posibilidades a la mujer soltera y viuda, ¡menudo chiste! ¿Pues no va y dice el carcamal de Ossorio Gallardo que, mientras los maridos no estén preparados para la vida política, el sufragio femenino podría ser una fuente de discordia doméstica? Y tan ancho se quedó al escupirlo.

Pablo lleva un rato cavilando, a juzgar por la frente ligeramente arrugada y los ojos entornados. Eloísa le dedica una mirada fugaz, aunque a Alicia le parece que no ve. Se pregunta si le habrá hablado a Pablo de su padre.

—El problema no es lo que diga un carcamal —contesta Pablo—, el problema es que la mitad de la población piensa como él y la otra mitad ni se plantea el asunto porque tiene otros problemas más acuciantes. Y lo entiendo. Por eso debemos concentrar nuestros esfuerzos en que el mensaje llegue a toda la población. —Pablo recalca «toda» con la fuerza de una cuchilla contra el paladar.

—No es fácil —reconoce Alicia—. Si no puedes comer, ¿qué demonios va a importarte si puedes votar?

—Pero con el voto se pueden decir cosas, un voto puede ser un «tenedme en cuenta de una vez», un «no quiero que me volváis a tomar el pelo», un «necesito un cambio». No sé vosotros, pero yo no quiero que el tiempo me deje siempre en el mismo sitio, quiero que la marea me lleve lejos de aquí, y después volver a pedir que me arrastre a otro lugar mejor, si se tercia.

—Me gusta lo que dices —suspira Alicia—. Deberías escribirlo.

—A lo mejor lo hago —contesta Pablo.

Eloísa le dedica una mirada encendida, que más bien parece un zarpazo.

—Yo tampoco quiero estar siempre en el mismo sitio —admite—, no quiero quedarme atrapada en un presente estático. No quiero seguir esperando, necesito avanzar.

A Alicia le parece que su amiga ya no habla del voto, ni de las mujeres, ni siquiera de la somnolencia del país. Diría que le habla a Pablo, pero sobre todo se habla a sí misma.

—En mi opinión, solo hay una manera de avanzar de verdad —dice Alicia ondeando una octavilla—. Con más mujeres en el poder, el asesinato de una lavandera, por ejemplo, se investigaría con más interés, ¿no creéis? Ha pasado mucho tiempo y no se ha vuelto a mencionar nada sobre el caso. Leo los periódicos todos los días y nada. Es inadmisible. No es solo que Casilda fuese pobre, es que era mujer. La peor combinación posible. Os digo que todo influye.

A Alicia las palabras le salen solas. No sabe qué le ha impulsado a decirlas como no sea la necesidad de provocar una reacción en su amiga. Quizá sea mezquino lanzar anzuelos en vez de atreverse a preguntar directamente, aunque, a decir verdad, cree que Eloísa ya no está con ellos.

—Estoy de acuerdo —se apresura a contestar Pablo—. Alguien debería darles voz, y, tal y como están las cosas, me temo que eso solo puede hacerlo otra mujer. Es necesario. ¿No crees, Eloísa?

Desde hace un rato Eloísa traza puntos de fuga —contradictorios y muy rápidos— con su mirada, pero no reacciona. Ni Pablo ni Alicia se atreven a decir nada.

Hay momentos en los que el silencio se convierte en fango y nada se puede hacer para salir de él.

# 16

Llega un momento en la vida de toda mujer (huelga decir que ya soy una mujer) en el que debe tomar una decisión. Siento que estoy en el punto en el que debo escoger el camino que quiero seguir, y que si me dejo ir perderé mi tren. No voy a consentir que nadie me tutele ni me diga lo que tengo que hacer. No voy a salir de casa de mi padre para servir a otro hombre. Ni a nadie. Tal y como yo lo veo, sería dar un paso atrás.

MERCEDITAS BÚHO NEGRO

Merceditas lleva días rumiando una idea. Más que una idea, es una granada.

Ver a una mujer como Celia Asorey —guapa, sana y educada— volverse diminuta y arrugada le impactó como un truco de magia del gran Houdini del que todavía habla su padre. A ella le parece que la comparación con su hermana Eloísa es inevitable. Y cruel.

Merceditas piensa seguir los pasos de Eloísa Asorey. ¿Por qué no podría la hija de Marcelino Búho Negro ser maestra y sacar del pozo a otros niños? Si a ella la salvaron, debería hacer lo mismo y seguir la cadena. Sería bonito, casi un deber. Opina que la verdadera revolución está por llegar. La de la mitad de la población, nada menos. Ahora no puede pensar en otra cosa.

Se ha corrido la voz de que se celebran reuniones de mujeres en La Arcadia. Dicen que ya no lo ocultan, que quieren conseguir lo inimaginable. «En qué mundo vivimos donde lo inimaginable es que las mujeres puedan tener las mismas oportunidades que los hombres», se lamenta. Pero así está la cosa.

El grito de su padre desde el piso de arriba la saca de la maraña de pensamientos en la que se ha enredado.

—¡Voooy! —grita alargando la «o» todo lo que su respiración le permite.

Alargar las oes es su manera de protestar. No le gusta atender por las mañanas. Nadie al que la vida le sonríe bebe a esas horas. Esos clientes tienen historias truculentas detrás. Da igual que ellos se vayan, sus miserias se quedan allí, flotando en el aire para siempre, no hay lejía ni ventilación que se las lleve. Los bebedores de las mañanas convierten El Búho Negro en la antesala de un cementerio.

—Sírveme un chato, anda, guapiña —dice un hombre con voz de ultratumba.

Merceditas vierte el vino de la garrafa en una taza de loza blanca. Lo hace como un acto mecánico. Procura no mirar a los ojos de los clientes de las mañanas, teme que se le peguen sus miserias. Cuando era una niña sentía curiosidad, ahora no; ya ha visto suficiente. Se gira y permanece de espaldas al hombre mientras coloca las tazas en hileras.

—Estás muy guapa, neniña. Te has hecho una mujer —sigue el hombre, arrastrando las palabras.

Merceditas no contesta. Ya nunca disimula; hace tiempo que se toma licencias a la altura de los comentarios.

—¿Estás sorda?

Una oportunidad es lo máximo que les concede a los borrachos. Continúa colocando las tazas, aunque no hay nada que colocar.

—No te hagas de rogar, eres igual de puta que las demás —escupe el hombre.

Merceditas aprieta la mandíbula e inspira el aire ácido y mohoso hasta que nota una resistencia, un topetazo a la altura del esternón. No va a aguantar que nadie le hable así, no tiene por qué. Las palabras del borracho la sorprenden con una taza en las manos. No quiere pensárselo. Golpea con un puño el mostrador y con la taza la cabeza del hombre. Lo golpea con furia. Tres veces. La cuarta la evita su padre, que ha bajado corriendo y chillando «¿Qué está pasando, por Dios santo?» con la potencia de un trueno.

El hombre, de complexión delgada y estatura ridículamente baja, yace en el suelo, con los ojos opacos y un rosario de gotas de sangre alrededor.

—¡Trae un balde de agua! —le grita su padre.

Merceditas se apresura todo lo que puede. Sacude la cabeza y reza para que el hombre no esté muerto, aunque cree que la escoria como él no debería vivir.

—¡Date prisa!

No es fácil ver a su padre fuera de sí, es un hombre templado. Merceditas tiembla tanto que la mitad del agua se le cae antes de empezar a correr de nuevo.

—¡Voy! —contesta, aunque ya ha llegado.

Su padre le arrebata el caldero con violencia. No espera ni dos segundos para dejar caer parte del agua sobre la cabeza del hombre, que abre y cierra la boca como un pez tirado en la cubierta de un barco. Como por arte de magia, las gotas de sangre se convierten en acuarela del color de las cerezas.

—¡Eh! —la mirada del hombre ha dejado de ser infinita para volverse concreta—. ¡Me cago en mis muertos! ¡Me cago en todo! ¿Qué carallo haces?

Su padre respira hondo, pero no contesta. Deja de contemplar al hombre para poder mirarla a ella.

—Tenemos suerte de que no se haya muerto, por poco nos buscas la ruina. ¿En dónde tenías la cabeza? —masculla tragándose la voz.

—En Casilda —susurra ella sin tener que pensar.

Marcelino Búho Negro ha dejado de ver, a juzgar por la falta de movimiento del iris. A Merceditas le parece que los ojos de su padre se le han encharcado, no sabe si de rabia o pena.

—¡Ayúdame a levantarlo! —le ordena al cabo de un rato.

—No.

—¡Te digo que me ayudes a levantarlo! —brama su padre.

Merceditas da dos pasos atrás, y después otro más, para poder apoyar la espalda en el mostrador. Su padre coge al hombre por los brazos, pero al instante se le escurre. Tiene la cara roja, cree que más por la rabia que por el esfuerzo. Tira de nuevo de sus brazos, pero, ante la imposibilidad de sentarlo, lo deja tendido en el suelo. El hombre ha empezado a roncar. Marcelino cierra la puerta de El Búho Negro y coge a su hija por un brazo.

—¡Tenemos una taberna! —grita colorado como está—. ¿Y sabes qué hay en las tabernas? ¡Borrachos!

—¡Te digo que no voy a ayudarte a levantar a un borracho! No me pidas eso —gime Merceditas—. Me ha faltado al respeto, ¿es que no te importa?

—Claro que me importa, y, si no fuese medio hombre, yo mismo lo echaría a patadas de aquí —contesta Marcelino, que ha empezado a sudar tanto que la cara se le ha vuelto brillante.

—¿Te das cuenta de que alguien como... esto —dice señalando al hombre—, que no respeta a las mujeres, ha podido matar a Casilda? ¿No has pensado que podía haber sido yo o que tal vez me pase a mí algún día?

Marcelino se seca el sudor de la frente y baja los brazos, como si lo acabasen de desarmar.

—¿Y qué quieres que haga con él? —pregunta.

Merceditas levanta los hombros y los deja caer casi al instante.

—A Casilda ya no la podemos ayudar, pero...

El hombre se despierta con su propio ronquido, uno más alto que el resto. Intenta levantar la cabeza, pero no puede, y comienza a gritar.

—¡Marcelino! —berrea—. Dile a la puta de tu hija que me ayude a levantarme. ¡Como te coja, puta, te vas a enterar!

Marcelino afina la mirada. Es raro ver ese brillo y esa dureza.

—¡Vete a por otro balde de agua! —le grita.

—Pero...

—¡No contestes! ¡Vete a por otro balde!

Merceditas desaparece, sin decir una palabra, detrás del mostrador, y entra en la cocina. No es fácil ver a su padre tan enfadado. Llena el caldero y sale corriendo por el hueco de la barra.

—Aquí tienes —dice poniéndolo a sus pies.

—¡Abre la puerta! —le grita él.

Merceditas acata las órdenes de su padre sin protestar. Descorre el cerrojo. En El Búho Negro vuelve a entrar el aire de fuera. Permanece unos segundos en la puerta y aprovecha para respirar algo que no huela a ácido. Marcelino empuja al hombre a patadas. Con el último puntapié, se asegura de que salga rodando a la calle. Merceditas lo mira y después se gira hacia su padre.

—¿Y el caldero, para qué lo quieres? —pregunta.

—Para que limpies la mierda —contesta él.

No está segura de haber entendido bien. Mira de nuevo a su padre, que señala con la cabeza al hombre, ahora sentado, con la espalda apoyada en el muro del edificio. Merceditas murmura un «gracias» inseguro, prácticamente inaudible, mientras vacía el contenido del caldero sobre la entrepierna del hombre.

# 17

«Las avispas no colaboran de forma altruista, están al servicio de la reina y construyen nidos con extraños para tener la oportunidad de heredar el trono si la reina muere».
Por fin lo entiendo, se parecen a nosotros, pero son monárquicas.

MANUEL ZAS ZAS (MANOLIÑO)

Manoliño opina que la vida con la señora María no está tan mal. En cualquier caso, mucho mejor que la vida sin ella. Cocina bien para lo poco que tiene. «Hay que echarle imaginación, Manoliño, a los pobres no nos queda más remedio que echarle imaginación», le dice. En una semana ha comido patatas aplastadas, asadas con perejil, cocidas con sabor a laurel… Además es buena conversadora —a pesar de no haber ido a la escuela—, y él eso lo valora mucho.

Como no hay luz eléctrica, ha pegado a la ventana la única mesa de la casa, alrededor de la cual transcurren sus vidas. La señora María aplasta con el dedo pulgar las últimas migas de bizcocho amarillo y se lo lleva a su boca desdentada mientras él escribe.

—¿Qué haces, Manoliño? —le pregunta.

—Una tarea sobre los tipos de árboles.

—Pues sí que va a ser una tarea larga.

—No, solo tengo que escribir sobre dos tipos de árboles: los de hoja perenne y los de hoja caduca.

La señora María arruga la frente, arruga sobre arruga.

—¡Anda! Esos dos no los conozco yo.

—Sí que los conoce. Los de hoja perenne son los que mantienen las hojas y los de hoja caduca los que se desprenden de ellas cada año —le explica Manoliño.

La señora María asiente.

—Entonces sí que los conozco, solo que no los llamo así. Ni de ninguna forma. —Ríe—. ¡Señor, qué ganas de complicar las cosas!

A Manoliño le enternece la simpleza de la señora María, pero siente que tiene que sacarla de su error.

—Si algo existe, hay que ponerle nombre, señora María. Así todo está más ordenado aquí —dice señalando la sien con el dedo índice—. Que las cosas tengan nombre es importante, ¿no cree?

La señora María se encoge de hombros y hace un sonido como de trompeta con la boca.

—No sé. Tú haz caso a la maestra y a la gente que sabe. Yo no sé nada.

Hace dos días la maestra llevó a Manoliño a su casa. Quería que escogiese algún libro, le dijo. «Tengo muchos, seguro que alguno puede interesarte». La maestra se quedó corta. Manoliño no cree que haya ningún hogar en el mundo que tenga más libros. No deja de pensar en todos los lomos de cuero de diferentes tamaños, perfectamente alineados en un mueble hasta el techo que ocupa dos paredes. La maestra vive en una casa de ricos, de eso no hay duda. ¡Y su padre se mofaba de los maestros! Decía que eran unos mindundis. Pero qué iba a saber él, si no sabía prácticamente nada.

Le gustó ver dónde vive y conocer a su familia. ¡Y al guacamayo! Tuvo que mirarlo con detenimiento para comprobar que era de verdad. «No es un pájaro gallego, eso seguro», fue lo primero que pensó, y después se le escapó: «Si fuese gallego, me da a mí que sería gris».

La familia de la maestra no es como otras familias que conoce, de cuyos miembros se puede decir que «son así o no son así». La maestra tiene tres hermanas y, por lo que pudo observar (observar es lo que mejor se le da), cada una es muy diferente a las demás. No ha podido encontrar ese aire de familia del que hablan las viejas. Ni por asomo.

Le preguntó a la maestra si vivían solas. «Hasta hace unos meses vivíamos con nuestro padre», le dijo. Y apostilló: «Nuestro padre era doctor».

Manoliño ya ha vivido lo suficiente como para saber que «era» es pasado, y que cuando se habla de una persona en pasado es porque está muerta. Los tiempos verbales son tajantes: su padre era un borracho porque está muerto, si no, seguiría siendo un borracho. Cuando les preguntó por él, la maestra y sus hermanas se pusieron nerviosas. La gente cree que a los niños se les pueden colar mentiras sin que se den cuenta, pero ignoran que a ellos no se les escapan los detalles. Él, sin ir más lejos, es un experto cazador de detalles. Por eso percibió que las hermanas desprendían un cierto nerviosismo y el mismo halo de orfandad que él.

La maestra le dejó una escalera para que pudiese llegar a todos los libros. «No tengas prisa», le dijo, y más tarde: «No tienes que verlo todo hoy, puedes venir otro día». Después lo miró con afecto y añadió: «Siempre que quieras». Sus palabras le sonaron a salvación. Espera que lo haya dicho de verdad y no sea como esas cosas que a veces dicen los mayores para salir del paso y parecer que son buenos.

Le dio pena rechazar las recomendaciones de la maestra. Espera no haberla ofendido, aunque cree que ella entendió su postura cuando le explicó que de momento prefiere leer libros o revistas sobre temas concretos —como el de las avispas— y que cuando haya aprendido lo suficiente sobre la vida, entonces leerá novelas y poesía.

Lástima que apareciese el hombre gordo de los tres cuellos. A la maestra y a sus hermanas les cambió la cara, y por eso mintieron, está seguro. «Precisamente, teniente, íbamos a avisarlo nosotras», pero, qué va, él no lo creyó de ninguna manera. Eso lo dijo la hermana mayor de la maestra, la que prepara el bizcocho más rico que ha probado en su vida (con mucho azúcar y mantequilla, según le explicó después la señora María).

La maestra se disculpó ante el teniente señalándolo a él, y Manoliño maldijo al hombre por lo bajo. El camino de vuelta a casa lo recorrieron en silencio, de lo que Manoliño dedujo que la maestra estaba preocupada o triste.

Hace un rato terminó de escribir. La falta de luz no parece afectar a la señora María, que sigue a su lado, intentando capturar las últimas migas de bizcocho.

—¿Acabaste, neniño? —le pregunta despreocupada.

Manoliño asiente con la cabeza y, como después se da cuenta de que la señora María casi no ve, dice que sí.

—Entonces cuéntame otra vez cómo es la casa de la maestra, anda —le suplica la anciana.

# 18

En cuanto puse un pie en la casa, sentí que las señoritas se habían rendido, lo cual resulta extraño e inquietante, porque nadie se rinde cuando se trata de encontrar a un padre. Ahora han empezado a decir que están seguras de que está muerto, que el doctor no dejaría pasar tanto tiempo sin ponerse en contacto con ellas, siendo un padre tan preocupado y devoto como era. «Era», dicen, no «es». Hasta una burra como yo se da cuenta de la diferencia.

Eso ya se lo habría dicho yo mucho antes si me hubiesen preguntado.

No sé cómo las fuerzas del orden lo han pasado por alto, como no sea que la República lo haya embarullado todo.

FELISA EXPÓSITO


La casa sin el doctor es como un huevo huero. Por más que hagan que dudan, Felisa sabe que el espíritu del doctor abandonó este mundo hace tiempo. Ahora que pisa el suelo que pisaba él, está segura de que su luz se apagó desde el principio, cuando las señoritas la echaron precipitadamente. En personas como él, la certeza de la muerte se hace más palpable, si cabe, porque su luz era muy fuerte y cálida (no todas las luces son iguales, algunas son tan pálidas que apenas titilan). Es así; cuando una persona cercana se muere, ella lo sabe. Ya se lo dice su abuela: «Felisa, tienes un don».

Hay personas y personas. Si la señorita Dorotea falleciese, por ejemplo, sería casi como la continuación natural de su existencia, y casi nada cambiaría. Hay una gran diferencia entre existir y vivir y, en su opinión, la señorita Dorotea existe porque no le queda más remedio que vivir. Aunque ha observado un cambio en ella, para su sorpresa. Parece que de vez en cuando incluso desprende algún destello.

Felisa apreciaba al doctor. Lo apreciaba como se aprecia a un buen patrón, nadie vaya a confundir los términos. Casilda era de su misma opinión; a menudo comentaban su buena suerte, y más de una vez llegaron a la conclusión de que no había mejor patrón en Compostela. Más rico, puede, pero mejor no. ¿Qué patrón deja que la sirvienta desayune en su casa? Nada de pan duro con leche aguada, qué va. Felisa siempre ha desayunado lo mismo que las señoritas y que el propio doctor. Recuerda el bizcocho amarillo y las rebanadas de pan con mantequilla y *confiture* (cómo se reía ella al oír a la señorita Celia pronunciar «confiture», frunciendo los labios de aquella manera tan ridícula). Lo mismo cuando llegaba la hora de marcharse. No había vez que no se cruzase con el doctor que él no le preguntase si tenían cena en su casa. A veces le mentía porque no quería abusar de su generosidad, pero, el día que lo miraba sin decir nada, él llamaba corriendo a la señorita Tilde y le hacía prepararle una bandeja para llevar. Por no hablar de las veces que atendió a su abuela, cuando le daban sus ataques de bronquios.

No, no, no. Más rico, puede, pero mejor no.

Muchas cosas han cambiado desde que ella no se ocupa de la casa. Para empezar, está el pajarraco ese que vuela sin control, dejando un reguero de inmundicia a su paso. Aunque lo cierto es que la señorita Dorotea parece estar mejor de los nervios, y se pregunta si la libertad del pájaro habrá influido en su mejoría. Hay una relación entre ellos de la que nadie en la casa habla, más allá de que el pájaro sea su eco. Pero hasta eso ha cambiado. «¡Ya no repite sus palabras!», le dijo, extrañada, a la señorita, a lo que ella respondió: «Por suerte para él, Felisa, por suerte para él». Parecía realmente aliviada, como si creyese que el pájaro por fin ha dejado de ser un esclavo.

Felisa cree que buena parte de los males de la señorita Dorotea se extinguirían si fuese capaz de gritar. Ella grita cuando algo la reconcome. Y escupe. Y baila. Escupir y bailar también ayuda, pero a las señoritas nunca las han dejado gritar, escupir ni bailar; por eso, a pesar de tener una vida mejor, se las ve siempre tan tristes.

A Felisa no le asusta el trabajo. Sostiene que trabajar no mata a nadie y que «algún sentido habrá que darle a la vida, digo yo». Por eso no le importa hacer más tareas de las que le piden, que si algo aborrece es el aburrimiento. De eso sí cree que se podría morir.

Las señoritas le han pedido que se esmere en la limpieza para que la casa reluzca el día de la fiesta de compromiso de la señorita Celia. Le sorprende que sea la señorita Clotilde la que esté supervisándolo todo. La señorita Celia está muy pero que muy rara. Antes la perseguía por la casa a todas horas, «Felisa esto, Felisa lo otro», y ahora apenas han cruzado palabras sueltas. «Serán los nervios», se dice.

Todavía es temprano y ya ha limpiado buena parte de la plata. No quiere darse prisa, convencida de que la parsimonia le asegurará una estancia más prolongada en la casa. La única que no ha salido es la señorita Dorotea. Felisa camina de puntillas para no despertarla. Le encanta fisgar en las despensas, podría pasarse horas delante de una. La despensa dice mucho de una casa. Hay familias de postín que la tienen vacía. En su opinión, no hay nada más ruin que pasar hambre sin necesidad (claro está que cada uno se gasta los cuartos en lo que quiere, pero ella también es libre de despreciar a quien quiera). En su casa ni siquiera hay una despensa. En su casa no se almacena comida. En lo que a comida se refiere, su abuela y ella viven en la más absoluta incertidumbre.

La despensa de las Asorey es de lo mejorcito que ha visto. Allí siempre hay un poco de todo: carne salada, aceite, jamón, huevos, pan del día o de pocos días, algún bizcocho, fruta, verdura… El vino lo guardan en el sótano para que se mantenga fresco y no se pique. Ahora la despensa rebosa alegría, más abarrotada que nunca. Observa, ensimismada, hasta el último rincón. Los pulmones se le ensanchan y la boca se le empoza. Felisa inspira con fuerza el olor predominante de las carnes mientras piensa que la buena vida es eso y solo eso.

Cierra despacio las puertas de la alacena principal y retrocede por donde ha venido. La señorita Dorotea duerme en su alcoba. Siempre le ha parecido curioso que la señorita Clotilde y la señorita Dorotea no compartan alcoba, teniendo en cuenta que la señorita Dorotea necesita ayuda constante, con esos ataques horribles que le dan cada poco tiempo, pero a la señorita Celia se le escapó un día que su hermana no soporta que la vean en cueros. Le gusta la señorita Dorotea, aunque no la comprende en absoluto. Los problemas son problemas aquí y en todas partes, y, claramente, la señorita Dorotea no tiene problemas. Nadie que ella conozca tiene problemas imaginarios. Pero, por lo demás, es la mejor de las cuatro.

Felisa recorre el pasillo con sigilo. El aleteo del pájaro rompe el silencio a ratos. Se asoma al salón solo para comprobar la hora y vuelve sobre sus pasos. Está a mitad de camino de cualquier puerta, pero sus ojos se van a posar en la de la habitación del doctor. No sabe de dónde le nace la urgencia por querer entrar. En dos zancadas se sitúa enfrente. Carga toda la fuerza del antebrazo en la manilla hasta que la puerta se abre. Frunce los ojos y los labios como si eso amortiguase el golpe.

La habitación permanece igual que la última vez que entró a limpiarla. Mantiene el olor dulzón y un poco agrio del jabón de La Toja —aunque ligeramente desvaído—, el galán de noche, la colcha de hilo... Felisa cierra los ojos y plancha la cama con la palma de la mano, como si al hacerlo se estuviese despidiendo del doctor. Después se incorpora y echa un vistazo general a la estancia.

El joyero de nácar sigue encuadrado en el vértice derecho de la mesilla, casi tocando el cabecero. No es la primera vez que husmea en su interior, pero ahora el doctor está muerto y no está segura de si eso la convierte en una profanadora, aunque su intención no sea llevarse nada. Aun así, lo abre.

Se pregunta qué hace el reloj del doctor encima de la medalla de la Virgen con el niño en brazos, si el doctor nunca se lo quitaba. Jamás durante el tiempo que ella sirvió en la casa. Por alguna razón, tiembla. Qué tonta.

Baja la tapa del joyero como si la visión del reloj le quemase los ojos. Se apoya en la ventana y pega los ojos al cristal, atraída por la refulgencia de la hierba —uniforme y tupida como nunca— mientras piensa que la vida, por extraño que parezca, se ha trasladado al jardín.

# 19

Hasta hace poco creía que el buen funcionamiento de un matrimonio se basaba en la habilidad para mantener secretos. Pero ya no lo pienso.

Ya no me gustan los secretos.

Ahora sé que un secreto puede ser incluso mortal.

CELIA ASOREY

Celia tiene la sensación de que ha estado a punto de convertirse en todo lo que podía ser y ahora está a punto de no ser nada.

Hubo un tiempo en que se pavoneaba y decía cosas como que no había felicidad sin misterio o que el misterio era la esencia de la vida. Soltaba frases como esa y se quedaba tan a gusto. Le gustaba pensar que sabía de lo que hablaba. Maldita ignorante.

El doctor Asorey hacía siempre lo correcto porque decía que no quería que la historia tuviese que juzgarlo mal. Entonces a ella la expresión le parecía vacía, típica de un padre que se esfuerza en aparentar que lo sabe todo de la vida. Aunque ya no piensa lo mismo. Ahora sabe que se puede escapar de la justicia, pero no de uno mismo, y que a su padre la historia lo juzgará de manera errónea.

Eloísa se ha convertido en un reflejo incómodo de su padre, lo que supone un fastidio para Celia, ahora que presiente que su vida se desmorona. Víctor, en cambio, no se parece en nada a él. Absolutamente en nada. Para empezar, su padre jamás habría accedido a esconder un cuerpo, está segura.

Celia habría dado por buena cualquier opinión que hubiese salido de la boca de Víctor, porque eso es lo que hacen las mujeres por sus maridos: crear vínculos, continuamente, aunque estén basados en las decisiones más absurdas. «Sin respeto no hay amor», tuvo que espetarle Eloísa el otro día. ¿Quién demonios se cree ella para ir por ahí dándoselas de experimentada solo porque parece haber encontrado el amor?

Últimamente ha pensado mucho en la noche en la que el cadáver de su padre yacía —frío y un poco retorcido— en la cama. Viajar al momento antes de tomar una mala decisión proporciona una cierta nostalgia, una especie de brote de euforia, incluso. El daño aún no está hecho, así que el futuro puede ser otro.

No hay peor tortura que imaginar que todo pudo haber sido diferente (entendiendo por diferente mejor) a como resultó ser. Para empezar, notificarían la muerte de su padre en cuanto descubriesen su cuerpo (porque ¿qué otra cosa podrían hacer?). Se convertirían en una de tantas familias rotas por el dolor de la muerte de un padre. Un padre que fallece pacíficamente en su casa. Unas hijas que sufren la fatal pérdida. Mandarían a Felisa a la casa de socorro y después a unas cuantas casas, las de los amigos más íntimos del doctor. Puede ver cómo las familias más importantes de Compostela se volcarían con ellas. Todos, de manera unánime, se desharían en alabanzas hacia su padre (alguno incluso valoraría poner su nombre a una calle) y elogiarían la entereza de las hijas por llevar tan bien todos los cambios (República incluida). Irían a verlas, ellas devolverían las visitas y la vida fluiría en una dulce monotonía que haría la pérdida más llevadera. A ella no le quedaría más remedio que posponer la boda un año, el de rigor por el luto, pero no pasaría nada porque todavía sería joven. Incluso puede que sus hermanas se apiadasen con respecto al negro y enseguida le concederían un malva que le sentaría de maravilla a sus ojos grises. Viviría el lado más benévolo de la compasión y se regodearía en las atenciones como un cerdo en un lodazal. Pasearía su pena con la cabeza bien alta a pesar de que cuchichearían a su paso (por supuesto que lo harían). ¡Qué maravilloso canto de sirenas formarían las eses en contacto con las tes sin que llegasen a formar ninguna palabra concreta! «Bisbisead», los animaría ella en silencio. Y así un día tras otro.

El avispero en todo su esplendor.

# 20

No me gusta mi nombre. No me gusta nada. ¿Ventura qué? ¿Buena
ventura? ¿Mala ventura?

Teniente Ventura Tomé

El teniente cree que llamarse Ventura es como no llamarse nada.
Depende de un adjetivo que lo defina, así de sencillo.

Al dejarle el caso de la lavandera, se ha consolidado en el escalafón más bajo del cuerpo. Por descontado, los hombres de más valía
están atendiendo asuntos de Estado, se encargan de proteger iglesias, de evitar altercados..., no investigan la muerte de lavanderas
que jamás pasarán a la historia. Es inconcebible que ya nadie hable
del suceso. Ni el más mínimo interés. Aunque gracias a eso nadie lo
vigila.

Si algo tiene claro el teniente es que el valor de las víctimas depende de la importancia de quien las reclama. A Casilda no la ha
reclamado nadie, al menos como Dios manda. Su tía al principio,
pero a los pocos días ya parecía conformarse con seguir viviendo
ella. En cuanto la vio, aventuró que no sacaría nada de la mujer. Llevaba la necesidad cincelada en la cara y el gesto roto de los que se
toman la vida como les viene dada. «Poco coincidíamos, señor, ya
que las dos trabajábamos mucho», confesó la mujer. Y a las preguntas: «¿Le contó algo, algún asunto que llamase su atención?, ¿diría
que estaba bien, más nerviosa de lo normal?», respondió: «Qué voy

a saber yo. Como siempre, imagino. Casi no hablábamos, comíamos y punto».

«No hay nada más triste que morir y que nadie te recuerde», se dice el teniente. Y aventura que lo mismo le ocurrirá a él.

La desaparición del doctor Asorey es otra cosa. La postura de sus hijas ahora lo cambia todo. «Puede que exista alguna posibilidad de que le haya ocurrido algo a nuestro padre», le dijo la hija mayor la última vez que las visitó. «¿Y qué creen que pudo haberle sucedido?», les preguntó él. «Tal vez, Dios no lo quiera, pudo haber muerto o perdido la memoria», le contestó con todo su santo cuajo. La preocupación le pareció real, ha de admitir. Y los nervios. La mujer no dejaba de abanicarse y resoplar.

«Aquí tiene la línea cronológica, teniente», le dijo Clotilde Asorey señalando un papel. Estaban las cuatro sentadas, cada una en su silla, todas envaradas, escudriñándolo todo —sobre todo a él—, inquisitivas, como cuatro lobas en lo alto de un páramo. El teniente leyó la nota en voz alta. Recuerda que pensó que la caligrafía era soberbia y las palabras, muy pocas. Una docena de puntos en total. A última hora de la tarde (sin especificar la hora exacta), Casilda visita al doctor. Pasan unos treinta minutos (aproximadamente) dentro del despacho. Casilda abandona la consulta, visiblemente alterada. El doctor hace lo propio unos instantes más tarde. Aquí se paró el teniente, por considerarla una omisión importante con respecto a anteriores declaraciones. «¿Seguro que no se lo habíamos dicho ya?», contestó Clotilde Asorey, y la más joven de las hermanas se apresuró a apostillar: «Tenga en cuenta que había pasado un tiempo y, después de todo, nada llamó tanto nuestra atención como para haberlo recordado. No es algo insólito, teniente, nuestro padre sale a menudo a atender urgencias, pero, si lo que quiere saber es qué tipo de urgencia era, lo sentimos, nada nos contó, nunca lo hace». No salen juntos, Casilda y el doctor (el «no» subrayado). En ese momento se encuentran en casa todas menos Eloísa Asorey, que no vuelve hasta las nueve de la noche (hora exacta, lo recuerda porque empezaron a sonar las campanas de varias iglesias cercanas). Por último, el doctor regresa tarde. Todas, excepto Celia Asorey, están acostadas. Las únicas palabras entre padre e hija son un «buenas noches», eso es todo. Al día siguiente nada les contó su padre, de lo que dedujeron que no había nada digno de mención. Dos días más tarde, el doctor coge un tren a Madrid. Fin de la historia.

El teniente piensa que la gente importante maneja todos los asuntos con una seguridad apabullante, y que, si no fuese porque es muy observador, no habría reparado en el cambio de actitud de Eloísa Asorey, que cruzaba y descruzaba las piernas como si estuviese nerviosa o contrariada.

Parece que el gato encerrado lo está cada vez menos. Quizá haya esperanza para un poco de reconocimiento, después de todo.

El teniente ha bajado a Galeras, aprovechando que la gran masa de vapor que cubre la ciudad permanece bloqueada. Sabe que cuando deja de llover, aunque sea por poco tiempo, las lavanderas corren con sus cestas al río.

Se conoce el lugar de memoria. Cada saliente, cada piedra. Su madre decía que si uno quiere observar la vida tiene que bajar al río, y razón no le faltaba.

«Si vendiesen rosquillas, el río sería una romería», se le ocurre ahora que ha vuelto.

Por cada mujer hay al menos un niño, pero nadie está pendiente de ellos, se diría que no les hace falta, que confían. En otro tiempo, él era uno de esos críos, aunque no corría con los demás. El niño Ventura nunca corría. Allí donde estaba su madre, estaba él, a sus pies, entre sus sayas. De pronto siente pena por el niño Ventura —y envidia por los rapaces sanos, libres y delgados—. Se ha repetido tantas veces la suerte que ha tenido que ahora no se atreve a cambiar de parecer. La vida es mucho más fácil si te instalas en una creencia y la defiendes a capa y espada. La duda provoca caos, confusión. Incluso nostalgia por lo que pudo haber sido y no fue.

«Un adulto varado en su infancia» es lo que el doctor Asorey vaticinó que sería cuando vio que su madre le sonaba los mocos. Qué fácil es hablar desde un púlpito cuando has nacido en el lado bueno y la vida te sonríe.

Hasta ahora había creído en su buena fortuna: su madre tenía las ideas muy claras sobre lo que estaba bien y mal; no todo el mundo crece con un camino tan despejado de dudas. ¿Y qué ha hecho él toda su vida? Obedecer y honrar a su madre. De eso no se arrepiente.

En algún momento las mujeres le dedican alguna mirada, sin disimulo, como si no tuviesen necesidad de andarse con rodeos. Miradas breves, que allí nadie tiene tiempo que perder. Su madre siempre dice (dice, decía, qué más da) que las lavanderas de Compostela son las más rápidas porque sienten la presión continua de la lluvia.

El único que no le quita los ojos de encima es un niño pequeño de pelo pardusco y mocos del color de las luciérnagas. Sin darse cuenta, se ha colocado a su lado.

—¿Busca lavandera? —pregunta—. Si busca una, puede hablar con mi madre.

—No busco lavandera, no estoy aquí para eso.

—¿Ha pasado algo grave? —dice arrugando la frente.

—¿Algo grave?

—Sí, algo grave.

—¿Por qué preguntas eso, rapaz?

—Porque yo solo doy recados si ha ocurrido algo grave.

El teniente hace que se lo piensa.

—Bueno, tal vez sí.

—Entonces ¿es algo grave? —insiste.

El teniente se aclara la voz tres veces. Se le da bien impresionar a los niños.

—¿Dirías que un asesinato es algo grave? —proclama triunfante.

El niño lo mira con los ojos muy abiertos, sedientos de sangre.

—¿Ha habido un asesinato? ¿Quién…?

—¿Puedo hablar con tu madre?

El rapaz echa a correr hasta la piedra más apartada. Madre e hijo mueven los brazos como las aspas de un molino mecidas por el viento. Gritan, aunque no puede oír lo que dicen. De ninguna manera, no se parecen en nada a la pareja que formaban su madre y él. La mujer dedica una mirada fugaz al cielo. Los últimos metros los recorre al galope. El niño se afana en seguir sus pasos. Es más joven de lo que creía, veinte años, como mucho. Salta a la vista que debieron de haber crecido juntos. Eso lo explica todo.

—Escúpalo, no tengo tiempo —suelta la mujer—. En media hora estará lloviendo.

—Es sobre Casilda —titubea el teniente.

—¿Quién es usted?

—Teniente Tomé —contesta, y la reverencia le sale sola.

—¿Aún andamos con esas? —resopla la mujer—. ¿Qué quiere saber sobre Casilda? Yo no sé nada; aquí nadie sabe nada.

—¿Cómo puedes estar tan segura?

—Aquí no hay secretos, lo que sabe una lo sabemos todas; puede preguntarle a quien quiera y todas le dirán lo mismo.

El teniente piensa que hasta en eso su madre era distinta. Ella siempre se negó a compartir sus miserias («Ver, oír y callar, Ventura. Siempre»). Pero, por supuesto, el aislamiento fue el precio que tuvieron que pagar.

—Si no estás para lo malo, tampoco estás para lo bueno. Aquí no nos guardamos nada —sigue la mujer—. No nos conviene.

—¿Ni Casilda?

—Algo se barruntaba, si quiere saber mi opinión —responde la mujer—. Lo que pasa es que últimamente la pobre venía muy tarde, casi de noche, cuando ya no había nadie. Había empezado a trabajar con el boticario de la calle del Preguntoiro y no decía que no a nadie que le pidiese que le lavase la ropa. Bregaba como una burra. Aunque tengo entendido que había dejado el trabajo de la botica antes de que la... —reproduce un sonido a base de cus y jotas contra el paladar mientras recorre el cuello con su dedo índice—. Es una pena. Una pena horrible —suspira—. La chiquilla tenía sueños.

—¿Sueños?

—Sí, sueños. ¿Qué pasa, no sabe qué es un sueño, señor? Casilda soñaba con darle esquinazo a su destino, y mire cómo acabó. Es muy difícil engañar al destino, se lo habría dicho yo si me hubiese preguntado. Todas soñamos alguna vez con unas manos blancas y suaves, pero no nos queda más remedio que terminar volviendo. Aquí a ninguna piedra le sale musgo, ya me entiende.

El teniente asiente.

—¿Sabes qué pudo haberle pasado en la botica para que renunciase al trabajo? —pregunta.

—Cualquier cosa, pero algo gordo, eso seguro. Nadie deja el cielo para volver al infierno. —La mujer se encoge de hombros y le dedica una mirada rápida al cielo.

El teniente decide tirar el último cartucho al aire, más por desesperación que por otra cosa.

—¿Conoces al doctor Asorey?

La mujer asiente a medias, mueve la cabeza y a continuación levanta los hombros.

—Nunca he tratado con él, si es lo que quiere saber —contesta—, pero Casilda siempre hablaba bien del doctor, es lo que puedo decirle. Y no es poco. Nosotras nos dejamos la piel y los bronquios por ellos y la mayoría ni nos mira a la cara.

—¿Sabe que ha desaparecido? El doctor, digo —aclara el teniente.

La mujer lo mira a él primero y después al cielo.

—Pero ¿no está muerto? —pregunta.

—¿Muerto?

La mujer retrocede un par de pasos.

—No sé, yo...

—¿Tú qué? —grita el teniente.

—Nada, yo nada. Es solo que Felisa cree que el doctor está muerto, y ella tiene ojo para eso.

—¿Para la muerte?

—Para todo, para la muerte también.

—¿Y tú qué crees?

—Yo no creo nada, señor, aunque, si se me permite decirlo, me parece raro que justo cuando matan a Casilda desaparezca el doctor. En la vida no suelen darse esas coincidencias, me parece a mí. No digo que la haya matado él, Dios santo, no, pero, si es verdad lo que dice Felisa de que el doctor está muerto, a lo mejor pudo haberlos matado la misma persona, ¿no cree? —añade con naturalidad.

El teniente despide a la mujer con un «bueno, pues parece que al final no lloverá». La mujer vuelve trotando a la orilla. El niño la sigue con dificultad. Ventura Tomé se ha quedado plantado, con los pies hundidos en el barro. Quiere avanzar, pero siente las piernas y el ánimo flojos. Las primeras gotas caen, rotundas.

Por suerte, ya nadie repara en él.

# 21

La vida en esta ciudad se mueve monótona y previsible como la parábola que traza el botafumeiro. Todo va y viene, va y viene. Pero
siempre desde y hacia el mismo sitio. Una y otra vez.

No habrá un horizonte luminoso para mí como no me lo busque yo. Si no, al tiempo.

MERCEDITAS BÚHO NEGRO

A veces le ocurre: siente una ola de euforia desmedida que la paraliza por completo. Desde la mandíbula hasta la columna vertebral,
así que la consecuencia es que está feliz pero paralizada.

Acaba de llegar a casa, después de pasar la tarde en La Arcadia.
Al principio nadie le abrió la puerta. Podía oír el barullo de voces, y
a punto estuvo de dar la vuelta. Por suerte, en un momento en que
el alboroto cesó, una mujer rubia —muy guapa y encantadora—,
de nombre Alicia, la invitó a pasar. «Las nuevas generaciones llaman a la puerta», se dirigió a los demás, de manera teatral. Todos se
rieron. Le parecieron muy distendidos, como si La Arcadia fuese
un arca de libertad en medio de un océano gris. Incluso la animaron
a que los tratase de tú, a pesar de que ella es mucho más joven. Quizá con el tiempo le salga.

Lo que vio allí le hace preguntarse cuántas vidas son posibles en
una ciudad. Oyó a jóvenes hablar de una generación dispuesta a
quitarse el velo de los prejuicios (cree que fue eso lo que dijeron,

así, con esas palabras) y romper con el pasado. Por la manera en que hablaban del futuro, daba la sensación de ser un lugar próspero y muy moderno que le gustaría conocer y en el que pronto podrían votar las mujeres, aunque «aún está por ver qué pasa», los oyó decir, juraría que con temor.

Le alegró ver a la señorita Eloísa Asorey. En cierto modo, siente que le debe mucho. «A los buenos maestros les debemos nuestro presente», dice siempre su padre (utiliza el plural, aunque él no les debe nada porque casi no fue a la escuela). Es un buen hombre, y con bastante seso, para ser tabernero. Después del incidente del borracho la otra mañana, no volvieron a hablar del asunto. Cree que él se debatía entre la rabia y el miedo, pero aquello le dio que pensar. Lo único que salió de su boca al cerrar la puerta de la taberna fue: «Ni se te ocurra volver a hacerlo, ¡me cago en todo! La próxima vez me llamas y yo me encargo». Parecía muy enfadado, pero Merceditas cree que ahora la respeta más.

Gracias a los libros que la señorita Asorey le dejó, Merceditas conoce infinidad de palabras, diría que casi todas (aunque no las utiliza porque nadie la entendería en El Búho Negro). En La Arcadia todos hablan como si recitasen poemas; da gusto oírlos. Según ha podido observar, la señorita no se separa de un hombre al que llaman Pablo y del que ha oído decir que es periodista. Se alegra por la señorita; parecen tal para cual. Lo cierto es que fue toda una sorpresa para ella, creía que Eloísa Asorey era el tipo de mujer que se moriría soltera.

Por alguna razón, estar en La Arcadia le hizo pensar en Casilda. Seguro que no habría desentonado entre esos jóvenes estudiados. Pobre Casilda, muerta en la mejor edad, privada de presente y de futuro. El pensamiento la entristeció, pero, por lo demás, lo considera uno de los mejores días de su vida.

La invitaron a regresar el próximo jueves. Todos esperan —emocionados, aunque con cautela, según ha podido percibir— un debate parlamentario histórico, así que, a menos que se muera antes, volverá. ¡Vaya si lo hará! La señorita Asorey, Eloísa, se excusó diciendo que ese día era el de la fiesta de compromiso de su hermana Celia, y, por su tono de voz y posterior suspiro, dedujo que preferiría no ir.

Era su intención despedirse de ella, pero le pareció que estaba muy ocupada intercambiando confidencias con el periodista. Lo último que le oyó fue: «Tenemos que hablar». Sonó tremendamente grave y solemne. Las tres palabras fatídicas que conforman el preludio de las malas noticias.

No sabe qué fuerza la ha impulsado a seguirlos, como no sea la curiosidad. Al principio fue un acto irreflexivo salir detrás de ellos. Estaban tan absortos hablando, tal vez discutiendo... Tan serios, los dos, él puede que incluso enfadado, a juzgar por el movimiento de brazos, demasiado enérgico para una conversación distendida. En ningún momento llegó a oír lo que decían (la gente educada, ya se sabe, habla en un tono inaudible cuando pasea por la calle, no como su padre y ella, que hablan a gritos todo el día). Debería haberse desviado para ir a El Búho Negro, esa fue su primera intención, pero el halo que los rodeaba —a pesar de la discusión— resultó tan hipnótico que no pudo hacer otra cosa más que seguirlos.

Los últimos pasos los recorre sin pensar. Han ido a parar a la catedral. Merceditas cree que han debido de entrar sin darse cuenta (todos alguna vez en la vida acaban allí sin darse cuenta), si no, no se entiende que hayan entrado por la puerta de la plaza de la Inmaculada, hayan recorrido el pasillo central sin mirar a ningún sitio en concreto y estén a punto de salir por Platerías. En cualquier momento podrían girarse y verla. A estas alturas se avergüenza de estar ahí. No es por ellos. Estar ahí la convierte a ella en una fisgona de la peor calaña, no hay otra manera de llamarlo. Intenta dar la vuelta para salir por donde entró. Un grupo de mujeres avanza hacia ella con paso vigoroso. Se une a ellas para pasar inadvertida. Una bandada de cuervos sin rostro casi ha adelantado a Eloísa Asorey y a su acompañante, que se han detenido de pronto en la puerta, como si tuviesen que dejar el asunto zanjado antes de volver a la calle. Merceditas desvía la mirada para no tener que encontrarse con sus ojos. De todas formas, nadie repara en una bandada de cuervos como los que tiene a su lado. Un cuervo es lo menos exótico que se puede encontrar en la ciudad. Calcula tres zancadas hasta la puerta. Las mujeres se paran en el último momento, parece que ellas también tuviesen que dejarlo todo hablado antes de abandonar la catedral. No duda. Ahora o nunca. Acelera el paso, la cabeza gacha. Ya está. Ni siquiera se han inmutado. El aire entra, envolviéndolo todo, y acerca al oído el sonido, distorsionado y ligeramente sibilante como el interior de una caracola. «Una locura», cree que dice él. «Lo sé» (¿o «Lo haré»?), le parece que contesta ella.

# 22

Nunca me habría imaginado lo que me tenía que contar. Jamás.

Pablo Doval

Pablo recorre, absorto, la rúa Nueva. Ha aprendido a prescindir del paraguas para no parecer forastero. Al principio, el vapor de agua era una fogata inmensa, y su nariz se quedaba esperando el olor agrio del humo. De vez en cuando todavía le ocurre. «Aquí se vive ignorando la humedad o no se vive», le dijo recién llegado su casera, y a él le parece que pocas verdades representan mejor el espíritu de la ciudad.

No deja de preguntarse cuántas posibilidades hay de que una mala idea se convierta de pronto en buena a los ojos de varias personas. Diría que no es propio de Eloísa. Aprecia su sinceridad, y el valor para confesarlo, pero el hecho está ahí, incómodo, incongruente, como una pústula encargada de romper la perfección. En ocasiones sale de su cuerpo y se ve a sí mismo como un colibrí. Vive en una nebulosa, sueña que se enrosca en ella, una locura onírica desenfrenada que lo deja sin respiración. Pero hay ciertas líneas que no se pueden cruzar. Repasa su conversación. Cree que dijo «locura» más de veinte veces. Y al final añadió: «Francamente, tenéis que hacer algo».

Pobre Eloísa, atrapada en una tela de araña. Su cara blanca, vacía de sangre, lo decía todo.

La plaza del Toral es un hervidero de vida, a pesar de que una infinidad de partículas de agua flotan en el aire. En otro momento se quedaría a observar a las aguadoras que rodean la fuente —cada una con su sella— y a escuchar el cloc, cloc del agua ahogado por los cacareos (las mujeres de la fuente del Toral no bisbisean, cacarean), pero ahora ni las ve ni las oye.

De espaldas a la fuente, tira una china a una de las dieciséis ventanas del pazo de Bendaña, a la de la esquina con la rúa del Villar, en lo que resulta una parábola perfecta. Repite la operación con otras diez cristaleras y falla dos. Recorre cada ventana en busca de movimiento. Sus ojos se desparraman para intentar abarcar el edificio en su totalidad.

A pesar de su majestuosidad, rezuma un tufo triste y líquido —a gloria podrida y decadente— por cada poro de sus piedras. Pablo envuelve otra china en su mano justo en el momento en que aparece la figura de Víctor en uno de los balcones. Lleva un batín granate con filigranas doradas, aunque quizá las filigranas se las esté imaginando él.

Pablo forma una caracola con las manos y grita que baje.

—La casa parece muy grande —dice por decir.

—No es lo que parece —contesta Víctor—. El cuerpo central no es nuestro, nada de esto lo es, de hecho. Nosotros no somos condes —se disculpa—, solo vivimos en el ala sur. ¿Quieres subir?

A Pablo le parece que no lo dice de verdad, que si algo sabe hacer Víctor es mantener las formas. Aun así, niega con la cabeza.

—Tenemos que hablar, Víctor, aunque, francamente, no sé por dónde empezar.

La cara de Víctor se ha vuelto gris como una foto, por más que se esfuerce en parecer natural. Fuera de los muros de la casa, sin sombrero y sin batín, se ha quedado en nada.

—Tú dirás…

—El doctor Asorey —suelta Pablo.

—¿El doctor Asorey?

—Lo sé todo.

—¿Todo?

—Todo.

—Se supone que tenía que ser un secreto —responde Víctor—. ¿Quién te lo ha contado?

—¿Un secreto? ¿Hablas en serio? ¿Cómo pudiste apoyarlas en semejante locura? —dice Pablo golpeándose la sien—. Escucha, Víctor, no nos conocemos tanto como para apostar que no harías esto o lo otro, pero...

—Estaban convencidas —lo interrumpe Víctor—. Lo habrían hecho de todas formas.

—¿Convencidas? No me vengas con esas, tú eres abogado, sabes perfectamente las consecuencias que esto podría acarrearles.

—Solo si se descubre.

Víctor parece desinflado, como si las palabras se le cayesen solas, como si en vez de palabras fuesen pensamientos. Pablo tarda en contestar. Si se deja llevar, le dará un puñetazo y lo ahogará en la fuente. De pronto se le viene a la mente su ojo morado y se pregunta si Víctor es el hombre al que todos quieren apalizar.

—Eloísa y yo hemos hablado...

—Ya veo —lo interrumpe.

—¡No lo entiendo, Víctor! —grita Pablo—. De verdad que no lo entiendo.

—Baja la voz, por favor. Tenía mis razones.

—¿Razones? ¿Qué razones puede haber para llevar a cabo semejante locura como no sea la locura misma?

Víctor se pasa la mano por la cabeza y se atusa el pelo, encrespado por la humedad.

—Tú no me conoces, si supieses qué clase de persona soy... —cuando parece que ha acabado de hablar, añade—: Detesto esta ciudad, hay ojos por todas partes.

Pablo levanta la cabeza, alertado por la sombra de una figura masculina en el ventanal del ala sur.

—¿Sabes qué creo? —dice—. Que te estás desviando del asunto.

—Te equivocas, Pablo. Es todo el mismo asunto.

—No sé, Víctor, ¡si tanto te disgusta tu vida, cambia! Es una buena época para empezar. ¡Mírame a mí! —exclama abriendo los brazos.

—Para ti es más fácil. Tú no eres parte de este lugar. Aquí todos nos miran como si les perteneciésemos. Esta ciudad es un padre estricto que te obliga a seguir las normas. Es muy difícil escapar de eso.

—Mira, Víctor, en una ciudad hay muchas ciudades. La mía es muy diferente a la tuya, te lo aseguro. Todo el mundo se puede permitir la libertad, pero hay que tener agallas.

Víctor levanta los hombros, solo un poco, no parece que tenga fuerza para más.

—No quiero ser descortés, pero no me encuentro bien —masculla—. ¿Te importa que sigamos hablando en otro momento?

Pablo asiente, aunque le parece que más bien Víctor quiere decir «nunca».

—Hablaremos —contesta—, pero vete pensando en cómo arreglarlo.

# 23

Creo que ya lo entiendo: queman las iglesias para acabar con el avispero.

Manuel Zas Zas (Manoliño)

Manoliño se siente como un jinete del Pony Express de los libros de Zane Grey que le ha prestado la maestra. Mensajero y huérfano, portador de malas noticias.

Ha desayunado como un príncipe. A la señora María le encanta decir «como un príncipe» y después desdecirse con un «pero de la República». Como si eso fuese posible. Entiende lo que quiere decir y por eso no la corrige.

Hoy lleva merienda como para toda la semana y una carta que le quema la pierna, a la altura de la ingle. No es fácil portar una sentencia de muerte, a pesar de que ya tiene cierta experiencia en esos temas. Mentiría si dijese que no sabe lo que va a suceder. Aun así, no fue capaz de despedirse ni de intentar convencerla de que cambiase de opinión. Si alguien toma una decisión como esa, hay que respetarla. La señora María es lo suficientemente mayor —y sabia— como para tener claro lo que quiere en la vida. «Me quedo ciega, neniño», no dejaba de repetir. También que él tendría un futuro próspero «si tienes cuidado de no salirte del buen camino». Se pregunta si sabrá cuál es el buen camino cuando llegue el momento. La gente habla siempre del buen camino, pero no se para a dar más indicaciones.

No la escribió ella. La señora María es sabia, pero no tuvo oportunidades, como ninguno de los viejos que conoce. No sabe quién le habrá ayudado. Un amigo, desde luego. Solo un amigo de verdad podría hacer algo así. Si tuviese que decantarse por alguien, Manoliño diría que fue Lolo, el cartero; redacta de maravilla, y siempre está dispuesto a hacer favores a sus vecinos.

La señora María no sospecha que él sabe lo que está a punto de suceder. Se le da muy bien hacerse el tonto. Hacerse el tonto es fundamental para sobrevivir. Por eso cuando le dio el papel y la vio seria y afligida como una penitente en el viacrucis de Semana Santa, recordó la cuerda escondida bajo la cama. También el padre de Eduardiño, dos casas más arriba, se quitó de en medio de la misma manera.

No le extraña en absoluto ni la juzga. Él tampoco querría seguir en el mundo si no pudiese ver. Ya es difícil vivir teniendo dos ojos sanos, cuanto más sin ellos. Vivir sin ver no es vida.

Esperará a que terminen las clases, como le pidió la señora María. «No tengas prisa, neniño, espera a que la maestra acabe la lección», insistió. Cree que esos deseos hay que respetarlos; es de ley. A él también le parece mejor. No quiere que la maestra se preocupe antes de tiempo.

Porque se preocupará.

Sabe que se preocupará.

# 24

Se pone de moda una palabra, y ya no nos la sacamos de la boca. Libertad por aquí, libertad por allá... Menudo invento, la libertad. Como si la libertad nos fuese a traer la felicidad. Otro invento, la felicidad.

El otro día me suelta Felisa, muy llena de razón, que supone que hemos soltado al pájaro (la pobre nunca ha sabido pronunciar «guacamayo») para que él también sepa qué es la libertad. Le salió con tanta naturalidad que parecía que la libertad siempre había estado ahí. Me pregunto si solo lo hace para no quedarse atrás.

CLOTILDE ASOREY

Tilde lleva buena parte de la mañana canturreando. Le sale cuando su mundo se tambalea, como una manera de camuflar su zozobra.

Siempre ha creído que cuando la gente habla del corazón se imagina lo que no es. Para ella, el corazón es como un brazo o una nariz, un órgano más, qué otra cosa va a ser. Tonterías de humanos, las llama ella. Si el corazón tuviese las cualidades que le atribuyen, el suyo sería grande, pero estaría lleno de recodos. Menudas cosas le da por pensar...

De repente todas han sentido una urgencia ineludible por salir y se ha quedado sola con Tea y el guacamayo. Eloísa está en su escuelita, como siempre. Da gusto verla así de contenta. Tilde supone que en su felicidad también habrá influido la compañía de ese periodista con pinta de anarquista. No parece mal hombre, ha de reconocer. A ver si va a ser verdad que no se puede tener todo. A Celia, en cambio, le ha ocurrido lo contrario; diría que su ilusión por casarse ha perdido fuelle. Es como si no pudiesen irles las cosas bien a todas a la vez, como si la alegría se diese por turnos, para no desbordarse. En cuanto a Tea, no está segura. Nunca lo está con ella; cuando cree que la cabeza de su hermana es un remanso de paz, le asalta la idea de que los suicidas son seres silenciosos, y se vuelve a preocupar terriblemente. Pero lo cierto es que las últimas semanas la ha oído reír como si estuviese concentrada solo en la risa. Y eso sí que no lo había visto nunca.

Llama a Felisa. Dos veces. A la tercera, vocifera. Se pregunta dónde se habrá metido la mujer. Como siempre, la dejan sola cuando más trabajo hay, a dos días de la fiesta. De la única fiesta en seis meses. Echa a andar por la casa en busca de una señal que confirme que no hay nadie. Por alguna razón, el silencio le pesa. Camina por el pasillo, inquieta, procurando no hacer ruido.

No repara en la puerta de la habitación de su padre hasta que pasa de nuevo por delante de ella. Está abierta. Es extraño, puesto que nadie ha vuelto a abrirla desde…

—¿Buscas algo? —le pregunta Tea desde atrás.

—¡Dios mío, Tea! —grita Tilde, como si de pronto lo invisible se hubiese vuelto real.

Su hermana debería llevar un cascabel atado al tobillo. Un día de estos la bola de fuego que tiene en la espalda combustionará y arderá con ella para siempre.

—Perdón, Tilde, no quería asustarte.

—¿Adónde se han ido todas?

Tea se encoge de hombros.

—No sé, a mí nunca me cuentan nada.

—¿Abriste tú la puerta de la habitación de padre?

Tea niega con la cabeza. Casi nunca está segura de nada, pero esta vez su movimiento es enérgico.

—Fue Felisa —responde.

—¿Felisa? ¿Por qué habría de entrar Felisa? Le dejé muy claro que no había nada que hacer en esta habitación.

—Creo que sentía curiosidad.

—¿Curiosidad? ¿La viste entonces? —se desgañita Tilde.

Tea vuelve a negar.

—Estaba echada en mi cuarto y la oí revolver. Sabes que tengo oído de tísico. Oigo hasta lo que no quiero oír, sobre todo lo que no quiero oír.

—¿Revolver? ¿Cómo sabes que solo revolvía?

—Porque todo sigue en su sitio. Por eso sé que solo sentía curiosidad.


Tilde se ha quedado sola en la habitación de su padre. Ahora cree que cuando entró aquella mañana fría del mes de marzo ya sabía que algo había ocurrido. A su padre no había que despertarlo, no era el tipo de hombre que necesita que le hagan todo. Solo lo vieron postrado y a merced de la vida o la muerte en otoño de 1918, cuando cayó enfermo con aquella gripe perniciosa que se extendió como la pólvora.

Ha intentado deshacerse de la imagen de rigidez y gelidez de aquella mañana —no es fácil cuando has cabalgado sobre la muerte—, pero la visión de la cama vuelve a helarla por dentro.

Es un cuarto austero, el más pequeño de la casa, con una cama estrecha y una mesita de noche. Más que un dormitorio, es una celda, y ahora, un poco, un santuario. En cualquier caso, un lugar para estar con los ojos cerrados. Viendo todo como está, la cama hecha y el orinal debajo, parece que su padre vaya a entrar en cualquier momento. Hasta ahora, ninguna se ha atrevido a mencionar un cambio. Es parte de la puesta en escena: mientras la habitación se mantenga como estaba, su padre seguirá vivo. De eso se trata.

Tilde dedica una última mirada panorámica, aunque no hay mucho que ver. Se detiene en la ventana. El verdor del patio la reconforta como pocas cosas desde hace un tiempo. Se permite unos segundos de envanecimiento personal. Apoya la mano en el joyero de nácar, que en sí mismo constituye una nota discordante. Lo acaricia como si fuese la cara de un bebé. No hay polvo en la superficie. Ni una mota.

—El reloj —dice Tea desde la puerta.

Tilde se lleva la mano a las clavículas e intenta tragar saliva. Al menos Tea ya no susurra tanto como antes, lo que resultaba francamente aterrador. De un tiempo a esta parte, parece que su hermana haya recuperado uno o dos tonos.

—Tesoro, ¿qué dices del reloj?

—Felisa… —empieza a hablar y de pronto se frena como pensando—. Estuvo un buen rato en la habitación, y solo hay dos cosas que llaman la atención en la habitación de padre: las vistas y el joyero. El reloj sigue ahí dentro —continúa al cabo de un rato—, cualquiera diría que se lo acaba de quitar para dormir.

# 25

La vida es recibir y despedir a las personas. Nunca hasta ahora lo había visto así.

Eloísa Asorey

La carta de la señora María la dejó sin aliento. Un día después aún no lo ha recuperado. Manoliño se la entregó con la solemnidad con la que se llevan a cabo las acciones importantes de la vida, ahora entiende que fue así. Esperó a que todos se fuesen, posó el hatillo en el suelo y abrió las dos manos, juntas, con las palmas hacia arriba. «Le traigo esto, de parte de la señora María», le dijo separando mucho las palabras.

Eloísa asintió, desconcertada. Manoliño no se movió. «Será mejor que la lea», insistió, y por su tono grave intuyó que terminarían saliendo juntos de la escuela. A partir de ese momento no recuerda muy bien la secuencia exacta de los hechos. Cree que lo mandó sentar, aunque puede que, cuando desdobló la hoja, Manoliño ya estuviese sentado.

La caligrafía era impecable (ni un solo tachón ni la más mínima señal de titubeo) y la redacción, correcta, concisa.

Estimada señorita:

Me alegraré de que a la llegada de esta carta se encuentre bien. El motivo de escribirle no es otro que el niño Manoliño. El rapaz es canela en rama, como usted ya sabrá (mire si es listo que con siete años ya no cree en Dios). Entenderá que un rapaz como él no puede vivir eternamente con una vieja como yo.

Me acecha la muerte, señorita. Si no es hoy, será dentro de una semana o un mes, y la preocupación me devora por dentro como la carcoma.

Dejo en sus manos el cometido de encontrarle al niño un hogar como se merece cuando yo me haya muerto. Le suplico (si es que me está permitido suplicarle) que no lo envíe a la casa de beneficencia, pues el rapaz correría el riesgo de malograrse.

Le ruego me perdone si la tarea le resulta enojosa o improcedente. No veo a quién más podría acudir.

Eternamente agradecida,

MARÍA SALGUEIRO PURRIÑOS

Leyó la carta varias veces antes de atreverse a mirar a Manoliño, que, en cambio, no pestañeaba.

—¿Me va a acompañar a casa de la señora María? —le preguntó de pronto con su voz de gorrión.

—¿Por qué quieres que te acompañe?

—Porque no me gustan los muertos —contestó.

Eloísa asintió. Cree que no dijo nada más, pero tampoco podría asegurarlo.


El entierro de la señora María resultó conmovedor. Eloísa piensa que a menudo lo sencillo lo es y que el boato le resta autenticidad a la vida.

Durante la ceremonia, Manoliño no dejó de arrugar la frente. «No llorará —vaticinó el sacristán por lo bajo cuando los vio entrar en la iglesia—, y eso que motivos no le faltan al rapaz. Suerte que don Miguel no es remilgado; otro, en su lugar, se habría negado a enterrarla. Los ahorcados no reciben cristiana sepultura», añadió más tarde, algo que a Eloísa le pareció totalmente fuera de lugar.

Manoliño no lloró, pero tembló durante la media hora larga que duró la misa. Eloísa sopesó si echarle su chaqueta por los hombros, pero al instante descartó la idea al pensar que el frío de Manoliño no se pasaría con calor.

Las nubes se volvieron grises. Ella las denomina gris amenazante, porque le parece que amenazar es lo que hacen. Después, cumpliendo su amenaza, se volvieron negras y terminaron reventando líquido sobre sus cabezas.

—No sé por qué lo llaman cielo —dice Manoliño mirando hacia arriba—. A mí no me parece un buen sitio el cielo. Yo no querría ir allí si es tan oscuro y llueve tanto. El cielo me da miedo.

—Son dos cielos distintos —contesta ella—. El otro es un lugar imaginario.

Manoliño la mira, extrañado.

—Si es imaginario, entonces no existe.

—Quiero decir que es un símbolo.

—¿Un símbolo?

—Es difícil de explicar, Manoliño.

—En realidad, a mí me parece que nadie sabe cómo es. Nadie ha vuelto del cielo, no es como si te vas de viaje y vuelves y se lo cuentas a los demás.

—Tienes razón.

—Entonces ¿por qué todos mienten? Yo no puedo decir cómo es Coruña porque nunca he estado allí, y no lo hago —se queja.

A Eloísa le parece que el niño protesta en vez de llorar, como si no se pudiese permitir las lágrimas. Le gustaría acabar con su pena y sus dudas. Le frota la espalda y lo cubre con su paraguas.

—Será mejor que nos vayamos —dice Eloísa.

—Tenga cuidado con los charcos. Debería comprarse unas zuecas.

Eloísa cree que Manoliño tiene razón, como siempre.

—¿Te apetece un chocolate? —Fuerza un tono alegre.

A Manoliño le brillan los ojos.

—¿En su casa? —pregunta.

—En mi casa —asiente ella.

# 26

El día que murió Casilda, el tendal se llenó de grajos. O cuervos, ¡qué carallo voy a poder yo distinguirlos! El caso es que ya se sabe lo que dicen de los grajos (¿o son los cuervos?): que o traen frío o traen muerte.

No fue hasta más tarde que lo recordé. La mente es así. Ahora sé que trajeron muerte.

Aunque, pensándolo bien, ¿no fue ese día el que nevó?

FELISA EXPÓSITO

Felisa baja la pendiente que desemboca en la plaza del Hospital, pasando San Martín Pinario. Camina bajo el arco anexo a la catedral, reverbera el repiqueteo de sus zuecas contra las losas de piedra. La lluvia se ha vuelto afilada, acuchillándolo todo a su paso. Conoce el patrón del agua. Los aguaceros fuertes pueden durar días, pero, si no se echa a la calle por algo así, no sabe por qué se ha de echar, francamente.

Cruza la plaza y se resguarda en los soportales. Solo un momento, no quiere demorarse. Se enjuga el agua de la cara con el mandil e inspira con fuerza antes de seguir. Apenas cien metros la separan de la casa del teniente.

A estas alturas (a pesar de su juventud, Felisa piensa en sí misma como en una mujer de mediana edad), no espera entender a las personas. El teniente está tardando más de la cuenta en abrir. Sabe que está ahí; los golpes no dejan lugar a dudas. Pega la cara a la puerta para intentar distinguir los sonidos, pero los cloc, cloc sostenidos de los goterones contra el tejado la distraen de su empresa. Por un momento cree oír un frufrú y algún topetazo aislado. Si no la mata la curiosidad, lo hará una pulmonía.

—¡Teniente! —grita al tiempo que aporrea la puerta.

Pega de nuevo la oreja a los tablones mal apuntalados que hacen las veces de entrada. Parece que los ruidos han cesado.

—¡Teniente! ¡Abra!

No sabe calcular cuánto tiempo ha pasado. Diría que una eternidad, empapada como está.

—¡Ya voy! —responde una voz desde el interior.

Pasan unos minutos hasta que el teniente asoma la cabeza por la puerta. Está congestionado como si hubiese estado moviendo muebles, el sudor le cae en cascada desde el nacimiento del pelo, bien entrada la frente.

—¿Qué haces aquí? —pregunta de manera brusca.

—Tengo algo que contarle —contesta ella.

—¿Algo? ¿Qué algo? ¿Es importante? —Su voz suena grave, su tono, hostil.

—Puede que sí.

El teniente no la invita a pasar; no es que ella espere un comportamiento exquisito ni mucho menos, que bien se ve a quién tiene delante. De pronto nota un pinchazo en la sien que la paraliza durante unos segundos.

—¡Habla, mujer! —le grita el teniente.

—Creí que estaba interesado en el paradero del doctor Asorey…

El teniente la mira con atención por primera vez.

—¿Ha aparecido? —pregunta.

—No.

—¿Entonces?

—Es por algo que he encontrado.

—¡Habla!

—Su reloj.

—¿Su reloj? ¿Y qué tiene eso de particular?

—Que el doctor solo se lo quitaba para dormir, eso es lo que tiene.

—¿Estás segura? —vocifera—. Quizá tenía más de uno.

—Conozco sus costumbres y sus pertenencias; llevaba tiempo trabajando con la familia. El doctor solo tenía ese, regalo de su difunta esposa, y no salía jamás de casa sin él. De ninguna manera. —Niega con la cabeza, y, al hacerlo, vuelven los pinchazos—. El doctor se aseaba y se ponía el reloj, así todos los días.

El teniente permanece inmóvil en una postura difícil, ridícula para un hombre de su edad y peso, con una pierna cruzada sobre la otra. A Felisa le parece que se ha debido de orinar encima y no quiere que lo descubra. Menudo hombre.

—No sé qué podría significar eso… —el teniente habla como si se le escapasen los pensamientos por la boca.

Felisa está a punto de perder la paciencia. Tiembla tanto que se tiene que concentrar para poder hablar.

—Le diré qué significa —dice—: que o bien el doctor fue arrancado de la cama o no llegó a salir de su casa.

# 27

Miro a Eloísa y a Pablo y veo una isla. Víctor y yo, en cambio, somos islotes independientes del mismo archipiélago. Lo bueno de esto es que, si uno zozobra, no tiene por qué zozobrar el otro.

Padre decía que la vida es como un botafumeiro. Una alternancia de sucesos buenos y malos que vienen y van, vienen y van.

Supongo que no es natural que todo permanezca igual para siempre.

CELIA ASOREY

Para llegar a casa de Víctor, Celia rodea toda la ciudad. Es temprano y llueve sobre mojado. Por suerte, las lluvias torrenciales han despejado las calles de mirones. El agua constante contra la piedra ha convertido el pavimento en una enorme pastilla de jabón de La Toja, brillante, oscura, resbaladiza. Se alegra de poder caminar parapetada por su paraguas.

Podía dejar las cosas como están (esa fue su primera intención, casi siempre lo es), pero ahora cree que si no habla con él se arrepentirá para siempre. Odia que las cosas no salgan como se planean, pero empieza a pensar si no será esa su salvación.

A Víctor podría perdonarle casi todo, incluso una ruina económica o un escarceo. No sería tan incómodo como lo es su impasibilidad en los últimos tiempos. De pronto envidia a los pobres, tan libres para escoger el amor y romperlo en mil pedazos... Le enfurece que le hayan hecho creer que todo estaba a su alcance, aunque en realidad no era «todo», en realidad eran «esas cosas de mujeres». Y con eso estaba a punto de conformarse. Ojalá fuese como Eloísa, tan lista y encantadoramente desastrosa, de la que no se espera nada y a la que todo se le perdona porque no puede evitar ir siempre por delante. Se pregunta si su hermana tendrá razón y la verdadera revolución vendrá cuando las mujeres empiecen a cortarse el pelo y subirse la falda.

Por fin es 1 de octubre. Debería estar en casa, esperando ansiosa a que lleguen todos. Esperar ansiosa es lo que ha venido a hacer a este mundo: al matrimonio, a que su marido llegue a casa, a que lleguen los hijos...

Si no hubiese visto el brillo de Eloísa... Maldita sea su hermana.

Pero ha de admitir que, pasados los primeros tiempos en los que Víctor la paseaba —entusiasmado— por la ciudad, presentándola a su círculo más cercano mientras se regodeaba con el sonido sibilante de la ese y la unión final de las vocales al pronunciar su apellido, el hastío cayó sobre ellos y los sepultó de golpe.

Lo cierto es que ninguno es el mismo desde la muerte de su padre, tampoco ella. Un cambio inicia una cadena de cambios, como una bola de nieve se agranda al descender por la ladera de una montaña. Maldita sea, no estaba previsto que nada cambiase. ¿Por qué ahora que estaba a punto de tener lo que siempre quiso no se quiere conformar?

Necesita hablar con él y disipar sus dudas antes de que la casa se llene de gente. No sabe cómo ha tardado tanto en reaccionar. Quizá porque nunca nadie la ha animado a reaccionar ante nada. Porque nadie anima a las mujeres a tomar la iniciativa.

Se ha citado con Víctor en los soportales de la rúa del Villar. Si algo le han enseñado a Celia es a actuar de manera que su virtud no se vea comprometida. En ninguna circunstancia. Tilde insiste mucho en eso y ella siempre lo ha cumplido a rajatabla. Por suerte, la lluvia baldea los restos de orines que impregnan las esquinas de las arcadas. Celia cierra el paraguas en el momento en que aparece Víctor, menguado y cabizbajo, como si hubiese perdido el apego a la vida.

No debería sentir compasión; no es eso lo que sienten las mujeres por sus prometidos. Es algo muy retorcido. Podría mirarlo a los ojos y consolarlo, pero no ha venido para eso. Ha venido a preguntar.

—¿Qué viste en mí? —exclama nada más verlo.

—¿Cómo dices? —pregunta Víctor sacudiendo la cabeza.

—Quiero saber qué viste en mí. Necesito saberlo. Es normal, si vamos a dar el paso, ¿no te parece?

Por primera vez en mucho tiempo, Víctor del Río la mira a los ojos. Debe de costarle, porque nunca lo hace. Con nadie.

—No sé qué quieres que te diga, francamente —contesta.

—¿Francamente? La verdad.

Víctor arruga la frente en lo que parece un esfuerzo sincero por comprender.

—¿A qué te refieres? —titubea.

Celia yergue la espalda, no tiene por qué encogerse para que él parezca más alto. Ya no quiere hacerlo.

—Me refiero a… ¿Sabes, Víctor? Ese es el problema. Deberías saber a qué me refiero.

Víctor se pasa la mano por la nuca. Celia espera, fingiendo paciencia, pero lo cierto es que empieza a desesperarle su falta de decisión. De repente le parece muy poca cosa. Quizá Eloísa tenga razón en lo del respeto. El respeto no viene solo, trae con él otros sentimientos gratos, mientras que su ausencia termina emponzoñándolo todo.

—No sé qué quieres que te responda —contesta Víctor.

Celia se toma unos segundos. No tiene que pensar qué va a decir, solo quiere que su voz suene clara.

—Nada, Víctor. No quiero que respondas nada, ya lo has dicho todo. ¡Por el amor de Dios, ni siquiera has sido capaz de mentir! ¿Sabes qué es lo peor de todo? Que yo me habría conformado si tú me hubieses dicho que te importo un poco. Pensar que he estado a punto de conformarme… —repite varias veces, como si por fin comprendiese.

Víctor permanece inmóvil y en silencio. A decir verdad, parece que no está.

Con un movimiento de cabeza y un «adiós» decidido, ella, Celia Asorey, declara disuelto su compromiso.

# 28

Un jardín es un mundo hermoso dentro de otro mundo menos hermoso.

CLOTILDE ASOREY

Tilde apoya los ojos en el parterre de prímulas marchitas en sus bordes. Se ha esforzado mucho en que la belleza eclipsase el resto, afanándose en recoger las hojas mustias cada día y dejar la tierra libre de malas hierbas. Cree que casi lo ha conseguido. Podría decirse que no hay lugar para la fealdad y la podredumbre en el edén, a pesar de que está a punto de extinguirse. Inspira con fuerza, aunque la mayoría de las flores no huelen a nada. A eso le cuesta acostumbrarse. Algo colorido y delicado debería desprender olor, el cerebro busca una experiencia sensorial que le haga coger aire, cerrar los ojos, sostener el aroma en el pecho, acunarlo como si estuviese decantando un buen vino y sonreír con la boca cerrada. Una flor que no huele a nada es una anomalía, un punto que en algún momento de su evolución se torció. Un petulante cojo. Una madre estéril. Un chasco.

A finales de primavera y principios de verano el jardín se convirtió en un estallido de vida y color, con los narcisos —de un amarillo rabioso— cortejados por las azaleas bermellonas, y todos esos grupitos de abejas bonachonas danzando alrededor. Tilde opina que las abejas son a las flores lo que las personas a la plaza del pueblo. A más abejas, más vida. Por eso no le desagradan, siente que hay que preservarlas. En cambio, las avispas le cuestan. Es ver una y desear su muerte. Aunque quizá ellas también sean vida, se dice, la parte mala y más oscura. El rododendro fucsia forma la mayor mancha de color; le recuerda a un traje de flamenca, excesivo, con sus faralaes chillones. Hace meses que se le cayeron las últimas flores (apenas sobrevive algún pistilo alicaído y despolinizado, a punto de desprenderse para siempre), pero Tilde sigue imaginándolo en su máximo esplendor, como fue más que como es (puede hacerlo, tiene ese don).

En términos generales, está satisfecha con el resultado. Cree que nadie que no esté dispuesto a esmerarse debería tener un jardín. Un jardín mal cuidado es como una persona malvada y hermosa. Una incongruencia. Aunque quizá «belleza» no sea el término que lo describa ahora. Su momento de mayor gloria ha pasado, a la vista está, pero en su camino a la decadencia todavía conserva algún destello de esplendor.

Tilde mira hacia arriba, sabe que la respuesta casi siempre está en el cielo. El de hoy es dúctil, efímero. La única nube que forma el techo de Compostela se ha fragmentado y formado diferentes cúmulos amontonados, que en realidad parecen varios cielos, como si cabalgasen unos sobre otros. Los grises y negros dibujan una atmósfera áspera. El aire huele a hongo y a piedra mojada, y rasca por dentro.

La visión de las nubes le obliga a cerrar los ojos y bajar la cabeza. Sabe que los pinchazos en la sien significan que el cielo no durará.

Es temprano todavía, pero todo está preparado para cuando lleguen todos.

Si llegan.

# 29

Una mañana —casi podría decir cuál— durante mi primera juventud, se me ocurrió empezar a hablar con un tono grave y cadencioso que no tenía, detuve más de la cuenta el flujo de aire para liberarlo después de golpe y hablar con la laringe, lo que produjo engolamientos innecesarios, como volteretas en la boca. Fue algo improvisado, infantil; quería demostrarles a todos —principalmente a padre— que por fin me había convertido en un hombre.

Una vez que te comportas de una determinada manera en público, esta se convierte en una obligación, en lo que se espera de ti. Pasas a ser un esclavo de tu comportamiento, y enseguida comprendes que no hay vuelta atrás.

Me he ido adornando con artificios con los que he asumido que debo cargar.

Durante mucho tiempo abracé la idea de cambiar, Dios sabe que lo hice (como si eso fuese posible), pero una cosa es cierta: empiezo a estar cansado. Muy cansado.

Me pregunto cuánto queda de mí.

VÍCTOR DEL RÍO

Víctor recuerda el día que, siendo pequeño, caminaba por la calle de la mano de su padre cuando una mujer encorvada, muy mayor, gritó, desde la otra acera: «¡Desalmado!». La palabra le sonó a escupitajo. Recuerda haber pensado, agarrado todavía a su padre, que, si «deshacer» era lo contrario de «hacer», «desalmado» sería lo contrario de «tener alma». La deducción lo dejó de piedra. Con los años se sucedieron otros adjetivos («especulador» y «despiadado» son quizá los que más se repitieron), pero sigue creyendo que, de todos los que existen, «desalmado» es el peor. Sin alma no hay persona, es como reducirla a cenizas.

No hay imagen que le recuerde con más fiereza de dónde viene y lo que es.

Camina por la misma calle. Siempre son las mismas calles. Todos los días es lo mismo.

Siempre.

No deja de pensar en las palabras de Pablo. «Hay muchas ciudades en una ciudad». Puede que sea verdad, sabe que lo es, ahora más que nunca, pero es tarde para él. Hace tiempo que se ha instalado cómodamente, puede que la ciudad lo oprimiese, pero también lo abrazaba. Protección a cambio de seguir las reglas. Y ahora se ve hundido de piernas en el lodo, paralizado, como un espectador del cambio. No quiere ser espectador. Ni actor. No puede. Quizá en otro lugar habría podido ser más valiente.

Durante un tiempo pensó en el suyo como en un arreglo ventajoso. No sería el primero ni tampoco el último, desde luego. Incluso llegó a creer que funcionaría. Pero no midió bien sus fuerzas, las de todos. Cuando Pablo le habló —con sus ojillos centelleantes— de su compromiso con Eloísa, supo que sería cuestión de tiempo que Celia quisiese hablar con él. Conoce a las Celias de esta ciudad, son capaces de aparentar felicidad si la felicidad se ajusta al canon de las personas que las rodean, pero jamás resistirán la comparación si esta las deja malparadas.

A decir verdad, nada ha vuelto a ser lo mismo desde que enterraron al doctor Asorey. Es imposible. Cómo iba a serlo. No se puede tomar una decisión así y pretender que nada se mueva de su sitio. Los ojos de Eloísa —agrandados, más fuera que dentro de las cuencas—, sus gritos, «¡No te trajimos aquí para eso!». Pero en ese momento habría hecho cualquier cosa por Celia con tal de sentir que la estaba compensando. Mentiría si dijese que no ha notado la pérdida de respeto de las hermanas (incluida Celia). No fue inmediatamente, sino pasado un tiempo. Lo notó de una manera muy vívida, como si el respeto fuesen unas llaves y las oyese caer al suelo.

Ella habría sido perfecta. Es perfecta. Incluso en una circunstancia como esa, mantuvo la compostura. Cuando la vio llegar, erguida y bien peinada, entendió por qué la había elegido. El error fue pensar que eran iguales. No sabe cómo no se dio cuenta de que ella a la larga no se habría conformado.

Por suerte, todo está a punto de acabar para él.

Si no puede cambiar, la única solución es desaparecer. Desaparecer es lo que se hace con lo que no tiene sentido. Una vez que lo ha visto claro, no se plantea otra opción. Tampoco es que lo vayan a echar de menos. No es ese tipo de persona de la que se sigue hablando mucho tiempo después de su muerte.

Su vida ha sido (cree que ya puede hablar en pasado) un espectáculo de malabarismos entre lo que ha tenido y lo que ha deseado tener. Si no fuese porque la opresión hace tiempo que lo ha incapacitado, sentiría alivio. El alivio es de las mejores sensaciones que pueden existir. Es el fin del dolor.

La espina dorsal lo avisa. Es la anticipación vívida de la nada.

## 30

No soy un niño gordo, madre; soy el niño de mamá.
No soy un niño gordo, madre; nunca más.
Lo que tú digas, madre.
Todas menos tú.
Claro que sí, madre.
Sí, mamá.

Teniente Ventura Tomé

Un reguero de sudor le baja desde el nacimiento del pelo, se detiene en su nariz y se despeña hasta el suelo. Habría terminado mucho antes de no ser por la interrupción de la sirvienta de los Asorey. ¡Menudo empeño! Y eso que intentó ignorarla, pero la mujer insistió tanto que, si no llega a abrir la puerta, está seguro de que la habría echado abajo. No sé qué de un reloj, le dijo. Ya pensará en eso cuando haya acabado.

El teniente sale al patio trasero de su casa. Necesita respirar. Dedica una última mirada al cielo, que amenaza con desplomarse sobre su cabeza tras una breve tregua. Ha hecho bien en cambiar de opinión. Los primeros aguaceros son peligrosos; la tierra aún no se ha compactado y corre el riesgo de convertirse en barro licuado. La lluvia la habría desenterrado a las primeras de cambio. Tapiadita tras la pared de su habitación estará mejor. Unas cuantas piedras y mortero y lo habrá finiquitado. Es una gran idea. A veces tiene grandes ideas. Le ha costado tomar la decisión, pero ahora comprende que es lo mejor.

Durante los últimos meses ha contemplado a su madre de todas las maneras posibles: rígida, blanda, hinchada, líquida, seca... Si hubiese actuado a tiempo, ahora tendría una sepultura como Dios manda, pero siempre ha tenido problemas con los finales, es su punto débil. Su muerte lo cogió confundido y desvalido, ni remotamente preparado para una despedida. Y ya se sabe, un nudo que no se deshace al principio cuesta el doble deshacerlo. No podía presentarse, después de tanto tiempo, con un hatillo de huesos y carne a medio descomponer. Por suerte, ellos nunca han tenido amigos, así que nadie ha preguntado (al menos no abiertamente, que por detrás ya se sabe que lo preguntan todo).

Está orgulloso de haber seguido sus órdenes hasta el final. «Cuando me venza el dolor y veas que me resulte penoso vivir, encuentra una manera dulce de hacerme dormir para siempre», le dijo. Y añadió, clavándole los ojos: «Estoy segura de que me entiendes».

Habría hecho cualquier cosa que ella le hubiese pedido. Le rompía el corazón verla en cama, mermada, con la cara contraída por el dolor. Podría seguir aguantando sus órdenes eternamente, pero no sus alaridos. Una vez que le dio a beber aquel líquido, se le quedó una expresión tan serena que quiso tenerla para él un poco más, quieta y en silencio.

Ya casi nunca oye su voz, áspera, llena de razón. Cuando el sonido se cuela en su cabeza, intenta hacerse el distraído y concentrarse en otra cosa. A partir de ahora pensará en ella como si estuviese en otra dimensión. Cerca y lejos al mismo tiempo. Eso hará.

Seguirá esforzándose para que esté orgullosa, eso sí.

«Te lo prometo, madre». Se besa el pulgar y levanta la cabeza, dedicándole la promesa al cielo.

# 31

«El veneno de las avispas contiene una sustancia que llama la atención de otros individuos de la misma especie y los anima a picar de nuevo a la víctima. Las avispas pueden clavar el aguijón más de una vez y siempre hay otros individuos cercanos dispuestos a ayudar». Para mí que los avisperos son como las escuelas.

MANUEL ZAS ZAS (MANOLIÑO)

Al principio pensó que la maestra le permitiría estar en su casa un día o dos, quizá algo más, y después lo mandarían al hogar ese de beneficencia a donde se llevaron a la hija de Meditos cuando Meditos murió. No habría de extrañarle a nadie. La maestra no tiene por qué cargar con él; no es nada suyo. Pero ya ha pasado un tiempo y sigue en casa de las señoritas sin que nadie haya mencionado ningún cambio.

Son amabilísimas, como nadie que haya conocido antes; bueno, a la señora María, pero ella en bruta, analfabeta y pobre. Aunque la maestra dice que están todas un poco nerviosas. «Por varias cosas, Manoliño», le cuenta sin explicar qué cosas.

La maestra y sus hermanas se han quedado sin padre, como él, aunque a partir de una edad es normal y ya no se las llama huérfanas. No dicen que haya muerto, sino «desaparecido», tampoco es que quieran hablar mucho sobre eso. Les preguntó si era malo y por eso prefieren no recordarlo, pero la maestra le explicó que era un buen padre y que simplemente están tristes. Tampoco tienen madre; se murió hace mucho tiempo (de ella sí que dicen «murió»), cuando la maestra era muy pequeña, más que él ahora, y su padre no se casó de nuevo.

El padre de Manoliño sí quiso volver a casarse. Varias veces lo intentó, eso ha oído él, pero ninguna mujer aceptó. No le extraña, se veía a la legua que no podía ser un buen marido. A veces incluso se pregunta si, en vez de morirse de limpia, su madre se habría muerto de «empujada».

Le gusta llegar a la escuela con la maestra, le hace sentirse importante. Hasta le sube un escalofrío del estómago a la garganta cuando ve a sus compañeros. Los niños le preguntan todo el rato, quieren saber esto y lo otro, cuestiones de la casa y de la familia —si es rica o pobre lo que más—, pero a él le parece feo contar esas cosas y solo les dice que tienen una biblioteca que quita el hipo.

Por la tarde, casi noche, darán una fiesta. «En principio», dijo la maestra. Aunque es un niño, sabe que «en principio» no significa nada. Al menos, nada seguro. Cree que lo dice porque la señorita Celia no aparece por ninguna parte, y eso que la fiesta es por ella, porque va a casarse. Sería bastante normal que si no aparece no haya celebración. Aun así, la casa está engalanada y llena de bandejas de comida. No se imagina qué harán con tanta cosa si al final no hay convite.

La señorita Tilde es una cocinera de primera. Y muy buena jardinera —cuida de las flores como si fuesen sus hijas; a veces hasta la oye hablar con ellas—. Nunca ha visto un jardín como ese, tan cuidado que parece de mentira. En vez de flores tiene prímulas, pensamientos, alegrías, agapantos y un sinfín de nombres que ni sabía que existían.

La mejor de las hermanas, después de la maestra, es la señorita Tea. Manoliño cree que no conoce a ningún adulto como ella. Y desde luego no entiende por qué todas andan con tanto cuidado. «Procura no molestarla», le dijeron nada más llegar. Él cree que no es para tanto y que la señorita Tea es perfectamente capaz. Es cierto que a veces parece que está más fuera que dentro de este mundo, pero es de fiar, eso seguro. Lleva varios días compartiendo habitación con ella, así que cree que puede opinar.

A Manoliño le gustan las personas diferentes, que normales ya ha conocido a muchas. El primer día no dejaba de mirarlo, con los ojos muy abiertos, en silencio, como si lo estuviese estudiando. Él no dijo nada; sabe identificar a una persona desconfiada porque él también lo es. Ahora, en cambio, le hace preguntas y le da consejos todo el rato. «¿Estás bien, Manoliño?»; «Nunca hables con extraños, Manoliño»; «Si algo te hace daño, lo mejor es contarlo, Manoliño». Y le dijo que una vez a ella una persona le hizo daño y, como no fue capaz de defenderse, terminó lastimándose a sí misma. O algo así. Eso no lo entendió muy bien, aunque puso cara de que sí. A Manoliño le parece que, en cierto sentido, la señorita Tea se comporta como si fuese una niña, pero no se lo dice. También juegan a las cartas y le ayuda con las tareas de la escuela. En su opinión, hasta tiene un sentido del humor fino, muy diferente al de su padre.

Por alguna razón, sus hermanas los miran con los ojos muy abiertos.


Esta mañana la maestra le pidió al sacristán que fuese a la casa a ayudarle a cargar más libros para llevar a la escuela. La maestra quiso darle unas perras, porque hay una buena tirada hasta la plaza de San Miguel y porque, además, no tiene por qué hacerlo (eso dijo la maestra), pero él las rechazó. «Por llevar libros no cobro», respondió. Y la maestra lo miró como si hubiese dicho algo extraordinario.

Como Manoliño vive en casa de la maestra, goza de la información antes que el resto. «Hay que desempolvar esta biblioteca», afirmó la maestra muy seria y llena de razón. Y añadió: «Debemos llevar los libros a donde están las personas».

Manoliño siente un placer inconmensurable por poder asistir al proceso de selección de ejemplares. No es que ella comparta con él y con el sacristán los motivos por los que elige este o aquel libro, es más bien que a la maestra los pensamientos se le escapan por la boca, o eso le parece a él. «Veamos, de la Bazán, *Insolación*; de Concepción Arenal, *Oda a la esclavitud*...; de Rosalía de Castro... ¿Dónde están los libros de Rosalía de Castro, Tilde?». El grito se debió de oír en toda la plaza.

—¿Sabes qué día es hoy, Manoliño? —le pregunta la maestra de pronto.

Él hace que se lo piensa, pero sabe de sobra qué día es.

—El día de la fiesta de compromiso de la señorita Celia —contesta.

Ignora qué le puede haber hecho tanta gracia a la maestra, que se ríe de forma escandalosa, echando la cabeza hacia atrás.

—¿Y además de la fiesta?

Manoliño no tiene ni idea de qué habla la maestra, y eso que él siempre abre mucho los ojos y las orejas porque le gusta estar informado de lo que pasa a su alrededor. Mueve la cabeza de lado a lado, no le queda más remedio, y la mira con recelo.

—Hoy se celebra un debate muy importante en las Cortes, Manoliño —responde la maestra muy seria—. Hoy puede ser un gran día.

# 32

«¡Las mujeres! ¿Cómo puede decirse que cuando las mujeres den señales de vida por la República se les concederá como premio el derecho a votar? ¿Es que no han luchado las mujeres por la República? (...) ¿Cómo puede decirse que la mujer no ha luchado y que necesita una época, largos años de República, para demostrar su capacidad? ¿Y por qué no los hombres? ¿Por qué el hombre, al advenimiento de la República, ha de tener sus derechos y han de ponerse en un lazareto los de la mujer? (...)».

«Resolved lo que queráis, pero afrontando la responsabilidad de dar entrada a esa mitad del género humano en política para que sea cosa de dos. (...) No podéis venir aquí vosotros a legislar, a votar impuestos, a dictar deberes, a legislar sobre la raza humana, sobre la mujer y sobre el hijo, aislados, fuera de nosotras».

Leeré sus palabras una y mil veces para que cuando por fin pueda introducir mi voto en una urna no se me olvide lo que le debo a Clara Campoamor y a otras mujeres como ella.

ALICIA ALLÓN SMITH


Alicia coloca sillas para la reunión de esta tarde. Las dispone formando un gran círculo. El círculo propicia una mayor conexión. Es importante ver las caras de los asistentes. Será un momento crucial, puede que histórico, solo de pensarlo se queda sin respiración.

Hubo un tiempo en el que fantaseó con la idea de huir del letargo de Compostela y refugiarse en Londres, pero ahora le parece que algo está vibrando y no se lo quiere perder. Entonces todavía se imaginaba llevando otro tipo de vida, menos provinciana, más moderna. Le llegaban noticias sobre el grupo de Bloomsbury y le entraban ganas de ser como ellos, pero un breve viaje a Inglaterra le sirvió para darse cuenta de que sus esfuerzos y acciones se verían diluidos en una ciudad tan grande. Londres es un lugar de extremos, de la vanguardia más delirante al convencionalismo más rancio. Sus tías, sin ir más lejos, dos solteronas que viven de una asignación y cuya única ocupación e intereses reales son el té de las cinco y la partida de *bridge* de los viernes. «La gente habla de Londres y se imagina lo que le da la gana», se dice. Pero a quién quiere engañar, tiene más posibilidades de hacer cosas importantes en Compostela que en Londres.

Le ayuda Merceditas Búho Negro. Desde que pisó La Arcadia por primera vez, no ha faltado ni un solo día. Aunque es todavía una niña, tiene las ideas claras y un espíritu crítico como pocos ha visto. «Y ganas de salir del hoyo», le dijo riendo. Le recuerda a ella cuando era más joven, pero con un aire mucho más resuelto. La semana pasada debatían sobre lo que ocurriría en las Cortes, si por fin llegaría la esperada aprobación del voto femenino, y alguien comentó: «Nunca es tarde si la dicha es buena», a lo que Merceditas contestó: «Bueno, un poco tarde sí que es». Todos rieron y no les quedó más remedio que darle la razón.

Hace casi una semana que no ve a Eloísa. Ha oído que acogió a un niño desamparado. Merceditas los ve pasar todos los días por delante de El Búho Negro. Dice que ayer la esperó en la puerta para preguntarle si vendría a La Arcadia y parece ser que le respondió que su intención era pasarse después de la fiesta de compromiso de su hermana.

—Aunque no sé yo si se celebrará… —titubea Merceditas como si estuviese compungida o escandalizada, aunque se ve a la legua que no está ninguna de las dos cosas.

Alicia se gira de forma brusca. Con el movimiento de su cuerpo, algunas octavillas del montón salen volando.

—¿Por qué no iba a celebrarse? —pregunta intentando atrapar una al vuelo.

—No sé. Según Felisa, la sirvienta, las cosas están revueltas en la casa.

—¿Revueltas?

—Dice que no le extrañaría que la señorita Celia se echase atrás —exclama abriendo mucho los ojos.

Alicia coloca de nuevo el montón en su sitio, coge un pisapapeles de la estantería y lo deja caer encima.

—Les han pasado muchas cosas a la vez, la ausencia de su padre, la muerte de Casilda…

—Y la República —apostilla Merceditas henchida de razón.

—Mujer, la República no debería interferirles en nada.

—Bueno, es un cambio… Por cierto, supongo que con lo amigas que son, la señorita Eloísa le habrá hablado de su padre…

Alicia detecta un tono malicioso en las palabras de Merceditas.

—¿Sabes qué te digo? A veces la amistad es no preguntar.

Merceditas se encoge de hombros, como si no entendiese o no estuviese de acuerdo.

—Será —asiente poco convencida.

—Sea lo que sea, espero que se pase esta noche por aquí.

Merceditas recupera el brillo de su cara.

—¿Qué cree que sucederá hoy? —pregunta.

—No lo sé, Merceditas… Ocurra lo que ocurra, hay un largo camino por delante, pero ¿no sería maravilloso que empezase aquí y ahora?

# 33

No hay fuerza más poderosa que el instinto de supervivencia. Absolutamente nada. Es el «yo primero y después los demás», por queridos que sean. Es el «sálvese quien pueda». El empeño por vivir, aunque la vida sea un infierno.

De repente lo vi claro: alejarme de mi muerte implicaba la muerte de otro. Dicen que la primera vez es la más difícil, la que te convierte en asesino. Después el cerebro te protege diciéndote que no es para tanto, que sigues siendo tú, el hombre más o menos respetable de siempre. Piensas en un asesino y ese no eres tú. Tú eres la excepción que confirma la regla de que un asesino tiene que ser, por fuerza, un ser abyecto, un monstruo. En cambio, te las arreglas para ver a un hombre que no ha tenido más remedio que hacerlo porque la vida lo ha conducido exactamente hasta ahí.

Resulta particularmente balsámico el instante en el que decides salvarte a costa de la vida de otro. No hay lugar para el remordimiento en ese momento ni en esa decisión.

Supongo que para los que tienen conciencia no será tan fácil. No es mi caso; me temo que he normalizado ciertas prácticas desde que tengo uso de razón.

VÍCTOR DEL RÍO

Las palabras, tan rápidas y redondas antes, se le agarran en algún lugar dentro. Escribirlas es desnudarse mil veces, reconocer lo que se ha negado a sí mismo, deshacer las mentiras, todas juntas. Son tantas que han formado un nudo imposible de desentrañar. Por eso se demoran —incómodas e inexactas— como un parto complicado.

Lo más difícil es encontrar el tono. Debe esmerarse y explicarlo todo bien. Ella se merece volver a empezar sin preguntas ni remordimientos. Un gesto noble es un buen final (además de una incoherencia en su vida). Lamentarse no tiene sentido si la decisión es firme. Hasta alguien como él comprende que no puede quedarse. Y, en cierto modo, supondrá un alivio para todos (para él, el primero, para su padre, el segundo). Ha visto la imagen infinidad de veces. De diferentes maneras. Hasta se ha imaginado las reacciones de su círculo más cercano. Compasión y alivio. Pero, sobre todo, repugnancia.

Echa un último vistazo a la plaza del Toral. Las aguadoras hablan y ríen, desgañitadas. Hablan y ríen como si fuese lo único que saben hacer. Ríen con el cuerpo entero. Si no hubiese crecido con esa algarabía tan cerca de su casa, si no supiese que existe, creería que la felicidad es un invento. Malditas sean.

Al principio pensó en dejar las cartas sobre el secreter, cada una con su sobre, cerrado y lacrado, con los nombres escritos por fuera, pero enseguida descartó la idea. Hará llamar a Felisa y se las entregará junto con unas instrucciones, será lo mejor. Después cerrará la puerta y desaparecerá para siempre.

Ojalá pudiese aislarse del bullicio.

Pasa las cortinas y camina hasta la silla. Debe darse prisa. Carraspea un par de veces, coge la pluma y agita su muñeca. Le parece que ya lo tiene:

Mi muy querida Celia:

# 34

Y cuando parecía que no había esperanza para mí...

DOROTEA ASOREY

Tea contempla a Tilde, que apura los minutos, afanada, antes de que el cielo se rasgue y se vierta sobre sus cabezas. Aunque todavía debe tener cuidado, las ventanas ya no suponen una amenaza como antes. La visión de las flores le recuerda que no ha mirado el mundo a la cara desde hace meses, con excepción de cuando estuvieron en la playa, que lo miró con detenimiento. Sus ojos se han ido a posar en un grupúsculo de lirios de un amarillo desvaído. Tilde se las ha arreglado para que haya lirios a principios de otoño. «Y la próxima primavera también saldrán», les ha dicho como si tramase algo. La disposición de las prímulas hace que formen una boca sonriente dentro del seto de boj. Ahora que ha visto una cara no puede imaginarse otra cosa. Sin detenerse demasiado, cuenta más de diez tipos de flores diferentes. Hay variedades locales, como los restos de calas y hortensias, y también alguna tropical (se pregunta cómo habrá conseguido Tilde la *Strelitzia*, y si aguantará sin deshilacharse después de las heladas). Pero el alma del jardín es sin duda el magnolio.

Diseñar el edén debe de ser como jugar a ser Dios. Si a Tilde no le importa, le gustaría probar. Ahora cree que, de algún modo, el jardín representa la conciencia de Tilde (y un poco la de todas). La redención en doscientos metros cuadrados. Y la decisión de enterrar a su padre en él, la manera más perversa de mantenerlas encadenadas a un trozo de tierra.

La mayoría piensa que las personas como ella distorsionan la realidad. No se dan cuenta de que pueden ver la crudeza y la belleza con total nitidez, de ahí que la mayor parte de las veces no lo puedan resistir. Nadie puede ponerse en el lugar de una persona que se ha instalado en la muerte. No se puede. Hay que vivir ahí dentro. Solo en momentos buenos es capaz de pensar como lo hace ahora. De alguna manera, la llegada del niño ha logrado equilibrar sus ganas de quedarse y marcharse, como si la vida hubiese neutralizado temporalmente a la muerte. Sabe que no es nada definitivo, y que de momento la cosa está empatada, pero se le ha instalado en la cabeza la idea de que los guardianes no pueden morir.

Tea ha pasado por todas las fases del duelo. Se imagina el duelo como un arcoíris de negros y grises. Nadie mejor que ella conoce los grises. La muerte de su padre la dejó tambaleándose. Los guardianes no deberían morir. Ahora le parece un milagro que haya sobrevivido. Piensa en ese día y le parece gracioso que la mayor locura no haya partido de la loca. La ocurrencia le produce cierta sensación de placer.

Mira al cielo y entiende que la calma, como es de esperar, no durará, y que mañana quizá todo dé un giro. La vida, a fin de cuentas, es girar y girar. La imagen de Tilde doblada bajo el magnolio le hace pensar por primera vez que quizá su hermana no quería separarse de él. Se pregunta si la idea del jardín se le ocurrió antes o después de haber tomado la decisión. Desde luego, nadie como Tilde para convertir lo feo en hermoso. Nadie mejor que ella para cuidar de lo que sea. A Tea le parece que nadie se toma tantas molestias para después levantarlo todo. A partir de ahora liberará a Tilde para que pueda dedicarse al jardín en cuerpo y alma.

Hace un rato que oye un batir de alas más frenético de lo normal. El guacamayo levanta una corriente de aire por donde pasa. Le agita el pelo y un poco, la falda. Abajo, Tilde sigue arrodillada bajo el magnolio. Ha dejado de mirar hacia arriba. Tea echa su cuerpo ligeramente hacia un lado. Mentiría si dijese que la idea no le ronda desde hace un tiempo.

El guacamayo se posa en el alféizar de la ventana y ahueca las alas mientras emite un gorjeo extraño. Tea lo mira con detenimiento (debe de ser viejo; nunca hasta ahora se había parado a pensarlo) y grita:

—¡Tilde, voy a dejar que salga el guacamayo!

# 35

Últimamente nacen los patriotas como champiñones. Patriotas por aquí, patriotas por allá... ¡Bueno, carallo! El patriotismo se demuestra andando.

COSME BARBEITO (SACRISTÁN DE LA IGLESIA DE SAR)

La poesía es un estado mental. Una forma de ver la vida, más bien. Al sacristán le habría gustado ser poeta, pero la lírica no estaba a su alcance. Sabe leer y escribir y poco más, aunque por alguna razón, sin querer, su cabeza convierte las catástrofes en versos.

Si fuese un poeta de verdad, el sacristán diría que primero el cielo se convirtió en un gran toldo con forma de vela, como los de los buchinches de las ferias, de un gris tornasolado que cada vez tiraba a más oscuro y acumulaba más agua, y que, al no poder soportar el peso de la lluvia, terminó vertiéndola toda de golpe. La sensación fue esa. Todavía lo es.

La poesía hace tiempo que se convirtió en tragedia. Por suerte ocurrió a primera hora de la tarde, cuando ya todos se habían ido a sus casas. No quiere imaginarse qué habría pasado si todavía estuviesen los niños. Después de una hora de aguaceros intensos, que no cesan, el pavimento de tierra, lejos del empedrado de las zonas más céntricas, se ha anegado y ha batido la tierra, convirtiendo las calles en una gran lengua marrón, como el fango licuado que deja al descubierto la marea baja.

El sacristán no puede ver una escuela arruinada. Simplemente no puede. «Debería haber guardianes de escuelas, igual que los hay de iglesias», se dice desesperado. No hay nada más importante y sagrado que una escuela (como la que él nunca tuvo). No-lo-hay.

La puerta de la escuelita de Sar se tronzó como una caja de cartón y se vino abajo. Las sillas son cadáveres flotando en la ciénaga en la que se han convertido los escasos cincuenta metros cuadrados de escuela. Patas y respaldos bracean sin poder hacer pie. Si la maestra pudiese verla, convendría con él en que, más que una escuela, es un naufragio.

El pecho se le contrae de puro nerviosismo. Debe serenarse para poder pensar qué pasos dar. No es el primero que la diña en una riada. No debe pensar en eso ahora, necesita tener la mente despejada. No sabe de dónde le sale la valentía si nunca ha sido valiente. Su primer impulso fue salir corriendo a avisar a la maestra, pero debe rescatar los libros antes de que el lodo los alcance. Si no deja de llover, la escuela se anegará por completo; puede que hasta se venga abajo. Se agarra con las dos manos al marco de la puerta para no caerse. Lleva consigo la marca del lodo cartografiada en los muslos. En ese punto, la lengua de fango entra con fuerza y se forma un remolino. El agua se ha espesado tanto que le cuesta avanzar. Si ya es difícil caminar como si le estuviesen agarrando los pies, ahora debe sortear mesas y sillas. Su complexión menuda tampoco ayuda. De pronto un dolor agudo en la espinilla lo paraliza; deben de ser las patas de hierro de la jofaina. No hay ni rastro de ella en la superficie. El sacristán deja escapar un alarido de rabia y dolor. Si no fuese porque es un hombre de verdad, rompería a llorar.

A punto ha estado de caerse. Como sea, debe llegar a donde están los libros y ponerlos a salvo en la sacristía. La maestra no los ha donado para que ahora se estraguen. Qué generosa la señorita Eloísa. Cuanto más la conoce, más respeto siente hacia ella, a pesar de que su primera impresión no fue muy buena (demasiado envarada y despeinada para una maestra, eso pensó). Su generosidad no tiene límites. Y, por si fuese poco, cuando todavía está en edad de casarse —diría que no tardará, a juzgar por cómo mira al juntaletras ese con pinta de anarquista— va y se echa a la espalda a un rapaz que no le es nada. Si eso no es patriotismo, que venga Dios y lo vea.

El sacristán levanta los brazos para que no se le manchen. Si ha de tocar los libros, las manos deben estar limpias. Avanza a pasitos cortos. De vez en cuando surge alguna ola y lo enviste por detrás. Espera no perder el equilibrio o todo el esfuerzo habrá resultado en vano. Se insufla valor como puede para recorrer los últimos metros. Si sigue lloviendo con la misma intensidad, el lodo alcanzará el estante en menos que canta un gallo. Tendrá que darse prisa y hacer varios viajes. Cuenta los libros como puede, ya no ve como antes. Veinticinco en total, o eso cree, con el libro grande de las avispas y el atlas del mundo. Calcula cuántos volúmenes podrá rescatar de cada vez. Quizá con dos viajes será suficiente. Ahora que ha llegado hasta ahí, no dará marcha atrás. No puede quitarse de la cabeza al rapaz más pequeño… De pronto el suelo desaparece, se hunde (calcula que un palmo), parece que el agua lo disolviese. En cuestión de segundos se forma otro remolino. Cae varios centímetros, más o menos un escalón de los altos, pero sigue en pie. El fango le llega casi al pecho. Debe darse prisa. Salvará los libros, aunque sea lo último que haga.

En algún momento los libros han dejado de ser libros.

En algún momento se han convertido en pasajeros de un naufragio.

Si ha de morir por algo, que sea por algo noble.

Que Dios le ayude.

# 36

Yo no ando por ahí intentando encontrarle el sentido a la vida; eso lo hacen, con el tiempo que les sobra, los que tienen solucionados los problemas y la cena. A mí no me sobra tiempo.

Tampoco me caso con nadie. ¡Para un privilegio que tenemos los pobres!

FELISA EXPÓSITO

Felisa levanta la cabeza esperando un poco de piedad de arriba. En cuanto vio el color de las nubes y el ambiente revuelto, entendió que el cielo se preparaba para un concierto de los buenos. Casi nunca se equivoca. Las lavanderas saben interpretar el tiempo como nadie; les va en su salario.

Otra cosa que se le da bien es prever un suicidio. Mucho antes de que el señorito la mandase llamar para entregarle las cartas, ella ya sabía que Víctor del Río tenía madera de suicida. Comparte el desapego característico de los que lo mismo les da estar que no estar; no es el primero que conoce.

Tal vez debería cambiar el tiempo verbal para hablar de él. A estas horas puede que ya haya dejado de existir. Podría volver sobre sus pasos e intentar impedirlo, pero imagina que ya es tarde. A decir verdad, sus ojos ya se habían ido cuando habló con él, pero no cree que deba interferir; no debería retenerse a nadie a la fuerza en un lugar tan serio como la vida.

No fue capaz de decir nada que sonase tranquilizador, ni siquiera mínimamente reconfortante. Le pareció absurdo, dadas las circunstancias. Después pensó que quizá «buen viaje» habría sido apropiado —un poco cursi, tal vez—, pero ya era tarde.

Resulta extraño ser mensajera de una muerte antes de que se produzca. Nunca le había ocurrido, y eso que le han ocurrido cosas muy malas. Le hace creer a una que tiene un poder especial, pero, a decir verdad, si hubiese podido elegir, habría preferido no ser ella. Ni siquiera por las monedas. Ser portadora de chismes es una cosa, pero que una persona le pida que anuncie su propia muerte resulta escalofriante y retorcido, se mire por donde se mire.

No puede dejar de pensar en la señorita Celia. Que tu prometido se mate debe de ser como que te dejen plantada en el altar. La señorita sufrirá por partida doble: por pena y por vergüenza (aventura que la vergüenza superará a la pena con creces), pero tal y como ella lo ve, la muerte del señorito Víctor es el mayor regalo que le puede hacer la vida a la señorita Celia. No habrían podido ser felices, qué va. Al menos no plenamente. Él era tan pusilánime…

Siempre ha creído que la señorita Celia se merecía algo mejor. No está pensando en su posición; en eso, pocos en Compostela hay que le ganen al señorito. Celia Asorey se merece un hombre que la mire como miran los hombres a las mujeres que admiran. Como el señorito Pablo a la señorita Eloísa.

Las instrucciones fueron claras. El señorito Víctor insistió mucho en que a las cuatro de la tarde —nunca antes— debía entregarle la carta a la señorita Celia, y una hora después, al teniente. Ella asintió en silencio. Poco se le puede decir a alguien que ha tomado la decisión de quitarse de en medio. «Otra cosa, Felisa —añadió cuando ya se iba—, quédate cerca de la señorita; puede que te necesite». Y antes de cerrar la puerta le dio una bolsita de terciopelo con más reales de los que ha visto en su vida. Sintió un poco de vergüenza al alegrarse por el tintineo de las monedas. Pero después pensó que a donde él va no le hará falta el capital.

Tardará en contarlas, no lo hará hasta que llegue a casa, por respeto. Ahora tiene que seguir corriendo, empapada como está. Es primordial que encuentre a la señorita Celia.

# 37

Aquí estoy, esperando, poniendo a prueba mi paciencia.
No puedo decir que me sorprenda.
A estas alturas, ya casi no me sorprendo por nada.

CLOTILDE ASOREY

La casa está extrañamente quieta, suspendida en un momento de ingravidez y atemporalidad. Mientras el mundo se desploma fuera, el interior permanece preservado como un espacio encapsulado. Tilde carraspea para oír su voz. Para oír algo. Corre al salón y abre la jaula, con la esperanza de que el guacamayo —con su fricción y sus gorgoritos exasperantes— aporte algo de vida entre tanto sigilo. Dios sabe que necesita ruido.

Su punto débil siempre han sido los pies. Se le instala un dolor insoportable —por momentos paralizante— en los talones, contra el hueso; un latigazo que recorre sus piernas y se detiene en las lumbares, de hueso a hueso. Le ocurre al final del día o en días en los que no para de trajinar de aquí para allá. Cada vez más. Pero jamás se queja; se lo toma como un recordatorio de que las mujeres como ella no se doblegan ni malgastan lamentos.

Tilde descorre las cortinas. Comprueba con desánimo que el agua ha empozado las esquinas, junto al muro. Poco quedará del jardín si la intensidad de la lluvia no cesa. En breve la tierra no podrá absorber más agua y escupirá sin piedad la que le sobre. La tierra solo bebe por necesidad y admite lo que admite. Si durante los próximos meses llueve mucho —y no hay razón para pensar que no lo hará—, pronto el musgo colonizará el jardín, y lo asfixiará todo.

Cada una de las hermanas tiene su planta favorita. Menos ella. A Tilde le gustan todas mientras tengan flor; siente que no puede elegir entre ninguna, que todas tienen un *je ne sais quoi* que las hace hermosas. Eloísa, en cambio, es más de musgo y líquenes —algo que ella no comprende en absoluto—, como si continuamente sintiese la necesidad de ponerse del lado de los más desfavorecidos.

El interior de la casa huele a una mezcla de aromas que, si en algún momento olieron bien, ahora le revuelven el estómago. Hace menos de una hora llegó Felisa, sofocada, con la ropa adherida al cuerpo y el pelo a la cara, como una gran tela de araña oscura y pegajosa. Parecía tan abatida que ni siquiera fue capaz de reprenderla. «Venga conmigo, señorita», le dijo a Celia, que la siguió como si estuviese esperando a que viniesen a buscarla. A decir verdad, Celia ya no era Celia. Ni siquiera se vistió para la ocasión. Llegó de la calle muda, y muda se quedó. «Celia, niña, el silencio prolongado es una grosería», acababa de soltarle Tilde después de un tiempo de espera más que prudencial. «El parloteo también», le contestó ella, más ausente que tajante. Y eso fue lo único que le pudo sacar.

Después llegó el sacristán de la colegiata de Sar, el que ayudó a Eloísa a llevar libros a su escuelita, cubierto de lodo de la cabeza a los pies, gritando: «¡La escuela, perdemos la escuela!». A ella su reacción le pareció desproporcionada, a pesar de que saltaba a la vista que su angustia era verdadera. Por lo que se ve, sus palabras surtieron efecto. Eloísa, el periodista que no se separa de ella, Tea y el niño salieron en medio del diluvio sin que ella fuese capaz de articular un sonido de protesta.

Ver a Tea ponerse la gabardina y salir le hace pensar que ya todo es posible.

Debería agenciarse un abanico. Tan pronto siente un fogonazo de calor como se queda helada. Se imagina su cuerpo como un termostato viejo y averiado, puede que oxidado. Resopla con resignación. Hay comida para veinte y solo está ella. Aunque no puede decir que sea una sorpresa. Casi podría afirmar que mucho antes de empezar a cocinar sabía que la fiesta no se celebraría, pero como nadie le mandó parar, siguió sin tener en cuenta las señales. A veces se hacen ese tipo de cosas por las personas que se quieren. Trabajar para nada, gastar para nada. Sufrir para nada. Esperar sin preguntar hasta que alguien por fin hable.

Si algo malo está a punto de suceder, Tilde lo intuye, igual que huele el moho antes de que los demás lo vean.

Se pregunta si será tan obvio para sus hermanas.

Quizá esta vez no pueda llamarlo premonición.

Quizá ya esté pasando.

# 38

El sacristán tenía razón. El símil con el barco no puede ser más brillante. Acertadísimo. De tanto repetir «ya verá el naufragio», terminé viendo brazos y piernas luchando por sobrevivir.

Cada vez tengo más claro que la naturaleza se rebela para recordarnos que estaba antes que nadie. Tal vez sea su manera de ponernos en nuestro sitio. Estoy convencida.

ELOÍSA ASOREY

Cuando el sacristán llamó a la puerta, pensó que habían escuchado sus súplicas y que por fin venían a rescatarla. Lo mismo debieron de pensar los demás, a juzgar por la rapidez con la que cogieron sus gabardinas.

En realidad no podían hacer nada en la casa porque Tilde ya lo había hecho todo. Llevaban una hora mirándose unos a otros, sin saber qué decir. No hay nada más exasperante que esperar a que ocurra algo. El tiempo se dilata de una manera casi sobrenatural, tanto que le hace a una dudar de la física, le da por pensar.

Sintió lástima por Tilde. Una lástima horrible. Dicen que el capitán del Titanic se negó a abandonar el barco cuando el hundimiento era ya una obviedad. Tilde es la capitana de la casa. Ya lo era antes, pero ahora es más evidente que nunca.

Habría preferido que Manoliño se hubiese quedado con Tea, pero, cuando se quiso dar cuenta, tenía puesta su gorra y un pie fuera de la puerta. «¡Es mi escuela!», gritó, y a Tea no le quedó más remedio que seguirlo.

Aún no puede valorar el efecto que Manoliño está causando en Tea; conoce bien las fluctuaciones de su hermana como para atreverse a ser optimista. Al principio se inclinó a pensar que nacía en ella algo similar al instinto de protección, pero ya no sabe. Sea lo que sea, parece que en los últimos días ha reído todo junto, y eso es más de lo que cabía esperar.

El silencio tras una tragedia resulta de una crudeza espeluznante. Eloísa mira al sacristán y a Manoliño y se vacía de las pocas dudas que le quedaban. A decir verdad, cree que ninguno de los dos ve una escuela (ni siquiera un barco, aunque el parecido resulta aterrador). Es como si la pérdida de la escuela les hiciese pensar en la zozobra del futuro. Solo eso explicaría su abatimiento.

—¿Ve como no exageraba? —se lamenta el sacristán señalando el cenagal en el que se ha convertido la escuela.

Eloísa contempla el estropicio. La incongruencia entre la calma del exterior y el avance constante de la lengua de lodo que sale por el hueco de la puerta lo impregna todo de un halo de irrealidad. Por más que quiera imaginarse otra cosa, ahora solo ve un muerto que sigue vomitando.

—Bueno, al menos no ha habido víctimas —señala Pablo.

—Si usted lo dice… —masculla el sacristán.

—La buena noticia es que ha dejado de llover —dice Eloísa.

—No se confíe. Esas nubes no se van a quedar ahí por mucho tiempo.

Eloísa se remanga la gabardina.

—¿Va a entrar ahí? —pregunta el sacristán.

—¡Pues claro! —contesta Eloísa—. ¿Si no es para arrimar el hombro, para qué hemos venido?

—Déjeme a mí primero —insiste el hombre.

—No veo mi mesa —gime Manoliño asomando la cabeza por una de las ventanas—. Nos hemos quedado sin escuela… Y sin libros —añade abatido. Aunque suena como si se hubiesen quedado sin vida.

—Los libros están a salvo —grita el sacristán desde dentro.

—¿El de las avispas también?

El sacristán asiente y la frente de Manoliño se vuelve lisa. Después se arruga de nuevo.

—Esperen —dice de pronto—. ¡Ahora vuelvo!

La primera intención de Eloísa es frenarlo; lo último que necesitan es un problema encima de otro. Pero no reacciona a tiempo, cuando se quiere dar cuenta, Manoliño se ha convertido en un punto lejano. Ni siquiera Tea, que en un principio tira de su brazo con fuerza, consigue retenerlo. La voz amortiguada del sacristán —desde el interior— las persuade para que no lo sigan. «¡Esperen aquí!», vocifera. Y suena como que el niño sabe lo que hace y él de lo que habla.


Eloísa abre y cierra los ojos para cerciorarse de que lo que está viendo es realmente lo que es. A lo lejos, Manoliño avanza liderando un ejército. En algo más de media hora, el niño se las ha arreglado para reclutar a un grupo de al menos cincuenta personas entre mujeres, hombres y niños al grito de «¡Ayuda, necesitamos ayuda! ¡La escuela se nos va al carallo!». Vienen armados con sachos, escobas y tablones al hombro, con calderos y un espíritu guerrero. Entre el gentío, Eloísa reconoce a Vicente, el chico de los tobillos y antebrazos al aire, que la saluda, llevándose a la cabeza la mano que le queda libre.

—Tome estas zuecas —le dice—. No puede andar por aquí sin esto.

El ritmo del equipo es un batir continuo, grave, cadencioso. A medida que baja el nivel de lodo queda al descubierto una estancia impregnada de una película gruesa, pegajosa, mugrienta. Nadie pierde el tiempo hablando salvo para exclamar que ha encontrado esto o lo otro, como cuando Tea (su Tea, ¡qué cosas!) exclamó levantando un brazo, triunfante: «¡La bola del mundo!», y después: «Es que el mundo estaba por los suelos». Tampoco Pablo ha dejado de agacharse. Lo ha visto levantar mesas y sillas y achicar agua por la ventana. Lleva tatuadas filigranas de barro seco en los brazos y en la cara, pero a ella le parece que tiene el guapo subido. Unos hombres han comenzado a apuntalar tablones, «Algo provisional hasta que tengamos una puerta como Dios manda», explica uno. El sonido del martillo ha añadido una cadencia envolvente. Achican y apuntalan, achican y apuntalan, achican y apuntalan. Es lo que hacen. De pronto una mujer se arranca a cantar *Unha noite na eira do trigo*. Le nace la voz del estómago, a borbotones. Se entrelazan otras voces, graves, melosas, todas desde el estómago, todas a la par, marcando el ritmo de trabajo. Achicar y apuntalar, achicar y apuntalar, achicar y apuntalar. Eloísa se calza las zuecas y se adentra, como puede, caldero en mano, apoyándose en la pared para no caerse, mientras piensa, conmovida, que no hay música más hermosa que la que nace de la adversidad.

Cruza al otro lado del camino que lleva a la iglesia para vaciar un perol de agua fangosa. Ha visto que es allí donde Vicente vacía los calderos, con rapidez, de dos en dos. Al agacharse y doblar las articulaciones, su ropa parece todavía más pequeña.

—Gracias por las zuecas —le dice ella.

Vicente asiente mientras termina de vaciar un recipiente.

—De nada. Si va a quedarse por aquí mucho tiempo, haría bien en agenciarse unas.

—Pienso quedarme aquí todo el tiempo que me dejen.

—Bien, pues hágame caso entonces.

Eloísa asiente. Una gota de agua cae —rotunda— sobre su mano. Otras dos sobre su cabeza.

—Cómo es la naturaleza, ¿verdad? Siempre queriendo imponerse...

Vicente se incorpora y agarra un caldero con cada mano. La chaqueta se le baja del codo para quedarse en mitad del antebrazo.

—Sí, sí, la naturaleza y todo lo que usted quiera, pero aquí ha pasado lo que ha pasado porque somos pobres. La naturaleza se ceba más con nosotros.

Eloísa se muerde el labio, avergonzada por su falta de tino.

La naturaleza se ceba con los pobres.

Por supuesto.

# 39

No sé a quién carallo se le habrá ocurrido eso de que en Compostela la lluvia es arte.

¡Menudo descubrimiento! La vida siempre imita al arte. Eso dice madre, aunque yo no termino de saber muy bien a qué se refiere.

TENIENTE VENTURA TOMÉ

Una confesión siempre es un regalo en bandeja de plata. Una confesión cuando no hay ninguna certeza en el horizonte es la salvación.

No es que no sospechase que había algo turbio en torno a Víctor del Río; los rumores siempre están ahí, y el teniente es de naturaleza desconfiada, por eso casi nunca se lleva sorpresas. Ya se encargará él de contar que fue tanta la presión que ejerció sobre el señor del Río que al infeliz no le quedó más remedio que matarse. Los muertos no hablan —menos su madre, que sí se comunica a veces—, y disfrazar la verdad se le da bien. Más que bien. Es lo que lleva haciendo toda la vida.

Justo cuando pensaba que estaba cerca de demostrar que la desaparición del doctor Asorey estaba relacionada con la muerte de la lavandera, le llega un regalo del cielo en forma de caso resuelto. No está acostumbrado a resolver casos. Ni a recibir regalos. Y, para ser sincero, no quería ese regalo. Ese regalo lo deja tibio.

La vida es inesperadamente retorcida. Pero que muy muy retorcida.

Ha perdido la cuenta de las veces que ha leído la carta. Muchas. Más de una docena. Resulta insultante la simpleza del motivo. Y vulgar. Sobre todo vulgar. A ver, a ver, que lo entienda bien. A don Víctor no le gustaban las hembras (se atraganta solo de pensarlo). Para comprender determinados comportamientos hay que conocer de cerca la desesperación (el teniente no es de acero, y lo entiende, aunque siga pensando que es repugnante). Víctor del Río tenía que estar muy desesperado, prometido como estaba a la hija más joven del doctor. En ese punto al teniente se le dibuja una sonrisa con forma de gamela.

«El error de Casilda fue estar en el lugar y el momento equivocados», dice Víctor del Río en su carta. Y sigue: «Arderé en el infierno por ello, no crea que no lo sé». Un comentario que, francamente, al teniente le parece que no viene a cuento.

Como si eso fuese a importarle a Casilda.

Del boticario no le sorprende; es *vox populi* que es maricón. Incluso han llegado a decir que lo vieron vestido de flamenca, con su clavel en la oreja y todo. El teniente cree que la gente es el demonio, y que si no fuese boticario ya lo habrían corrido a zurriagazos hace mucho tiempo, las cosas como son, que hasta para nacer hay que tener suerte.

El boticario y don Víctor del Río. El estómago se le achica y le entran ganas de escupir todos sus órganos. Y Casilda como único testigo, pobre rapaza. ¿Y ya está? Pero ¿qué hay del doctor Asorey? Cabe esperar que Casilda fuese a verlo para contarle lo que había presenciado. ¿Qué otra cosa podría ser? ¿Qué puede haber más importante que lo que la muchacha había visto? La respuesta es clara: ¡nada! Pero, en cambio, Víctor del Río ni lo menciona. Sería lógico pensar que, puestos a quitarse de en medio, lo confesase todo.

Y está el asunto del reloj. ¿Qué es lo que dijo la sirvienta? «O bien el doctor fue arrancado de la cama o no llegó a salir de su casa». No es que el teniente no sepa que las de su clase son todas unas chismosas y unas exageradas, pero la sirvienta de los Asorey no tiene pinta de mentirosa. A pocas hembras ha conocido que desprendan ese aire de seguridad al hablar. Entonces ¿ha dejado de tener importancia el reloj o no? A ver si va a ser verdad eso que dicen de la fuga de capitales y resulta que huyó de manera tan repentina que ni tiempo tuvo de llevarse el reloj... De ser así, no le quedaría más remedio que admitir que ha sido una casualidad. Es posible, las casualidades existen, no sería la primera vez. Sin embargo, el latido en su entrepierna le dice que detrás del nerviosismo de las hermanas hay algo más. Su instinto (su mejor don) no falla. Lástima que empiece a fallarle la confianza en sí mismo. «No, no, de ninguna manera —niega con la cabeza el teniente—. Esto aún no se ha acabado».

Se lleva las manos a la sien para intentar deshacer las arenillas que siente que tiene dentro. Al menos ha logrado mantener la voz de su madre a raya. Veremos por cuánto tiempo.

El aguacero que cae a plomo no le deja pensar con claridad. Hace un rato que el cielo se resquebrajó del todo, como si las nubes, cansadas de aguantar tanto peso, hubiesen dejado caer toda el agua de golpe.

Solo de pensar que se pudiese remover la tierra y se quedase todo al descubierto...

Gracias a Dios que en el último momento cambió de opinión. Se tranquiliza pensando que, tapadita en la pared, su madre está infinitamente mejor.

# 40

Sin duda son más fáciles los lugares abiertamente hostiles. Las ciudades apacibles y encantadoras resultan mucho más peligrosas. Es una amenaza invisible.

Celia Asorey

La gente elige creer para poder culpar a Dios de sus desgracias. Ahora que lo tiene enfrente solo le salen reproches. Duda que pueda volver a rezar, francamente.

La catedral es a Compostela lo que el corazón a un cuerpo. Un lugar sagrado dentro de otro. Compostela en miniatura. Es la brújula que guía a la ciudad, y, en cierto modo, un estigma también. De repente ya no le impone tanto, el templo es una fresquera de hielo derretido, la piedra se ha vuelto blanda y las imágenes han dejado de observarla. Celia va y viene de la zozobra a la ira sin detenerse en ninguna de las dos por mucho tiempo. Refugiarse en un lugar sagrado para leer la carta de Víctor supone su particular acto de rebelión, un sacrilegio inútil que comete con gusto. La de Alba es la única capilla vacía a esas horas. Debe darse prisa, antes de que se llene del coro de avispas y cuervos que vendrán, como todos los días, a rezar el rosario.

Hace varios minutos que acaricia el relieve del lacre con su dedo pulgar. Desearía cortarse y así tener un motivo para maldecir. El cuerpo le pide vomitar todos sus males. Sabe que en cuanto lea la carta, su futuro habrá cambiado de rumbo. Se concede algo más de tiempo antes de rasgar el sobre. El ruido reverbera en la capilla. No mirará atrás ni hará como si no supiese que es la mano de Felisa la que sostiene su hombro.

La extensión —a simple vista— de la carta la reconforta. Habría sido descorazonador que la liquidase con un par de líneas. Inspira con fuerza el aire pegajoso, impregnado de incienso y moho, y se abandona a su suerte:

Mi muy querida Celia:

Si todo va bien, en el momento en que leas esta carta yo ya me habré ido. Y así tiene que ser, por el bien de todos, incluida tú. Principalmente tú.

Me resulta difícil resumir todo lo que quiero contarte, pero es un último esfuerzo que debo hacer. No cambiaré ninguna letra ni añadiré ninguna coma, pues las primeras palabras siempre son las que salen de las entrañas.

Sospecho que en algún rincón de tu corazón ya sabías que yo no era para ti ni tú para mí. No pretendo repartir la culpa, pues soy yo el único culpable.

Por más que me haya repetido en el pasado que todo iría bien, no era verdad. No lo fue, querida, pues igual que el agua y el aceite no se llegan a mezclar, ni tú ni yo habríamos podido formar una unión plenamente satisfactoria para ninguno de los dos. Jamás podría quererte, querida Celia, como tú esperarías que lo hiciera, como un hombre quiere a una mujer. Quizá este pensamiento te haya rondado la mente o quizá seas una criatura inocente que me ha atribuido virtudes que no tengo. Ha sido un engaño, ya no hay motivo para llamarlo de otra manera, y, aunque sé que es tarde para una confesión, te la ofrezco con humildad y arrepentimiento.

Soy un sodomita, no bordearé la palabra. No será nueva para ti, estoy seguro, aunque siempre habrás creído que eso no iba contigo, pobre niña. Déjame que te explique que las personas como yo partimos con desventaja en la vida y nos vemos obligados a vivir continuamente en alerta. Resulta extenuante; cualquier sospecha o comentario sobre nosotros nos hace más desconfiados, nos convierte en peores con nosotros mismos y, por lo tanto, con los demás. No pretendo que entiendas qué ha significado mi vida. Eso solo lo sé yo. He vivido una farsa, querida Celia, encarcelado en la mentira, he sufrido por ello cada día de mi vida. Hace años intenté explicarle a mi padre mi verdadera naturaleza, pero se negó a escuchar, lo que me hizo ratificarme en mi convicción de que las personas como yo no tenemos cabida en este mundo si lo que pretendemos es vivir felices.

No me extenderé en razones. No pretendo justificar mis acciones y mucho menos que las perdones, solo quiero que comprendas. Te lo debo.

Aún no sé cómo he llegado a cometer el peor acto que un humano pueda perpetrar. A estas alturas ya te imaginarás que me estoy refiriendo a Casilda, cuyo único error fue estar en la rebotica de otro sodomita, en el momento en que ambos dábamos rienda suelta a nuestra lujuria. Siento que tengas que leer estas palabras, querida, créeme que si pudiese evitarte el mal trago sin dudarlo lo haría, pero no se me ocurre otra manera de hacerte comprender el motivo que me llevó a cometer tan vil acto. Llámalo miedo, si quieres, aunque «cobardía» probablemente sea un término más apropiado. Soy un cobarde, Celia, toda la vida lo he sido, y ahora, además, un desalmado. Solo puedo decirte que me arrepentí una décima de segundo después de haberlo hecho, algo que por supuesto no me convierte en buena persona. Creo que el boticario sospecha que tuve algo que ver con la muerte de Casilda, pero no destapará el asunto, dadas las circunstancias.

Espero poder despejar las incógnitas en lo que a tu padre se refiere. Sé que es algo que te atormenta, como es natural. La incertidumbre es oscuridad, y la oscuridad nos impide avanzar.

Casilda corrió a contarle al doctor la escena que había presenciado, sin saber, pobre criatura, que ya estaba firmada su sentencia de muerte. Ni te imaginas cuántas veces he pensado que, de no haber fallecido él, la muerte de Casilda habría sido en vano.

Tu padre era un ser excepcional, pero eso tú ya lo sabes. Vino a verme, a escuchar lo que tenía que decirle. No me insultó ni me pegó, como habría hecho cualquier otra persona y como yo mismo habría esperado (e incluso querido) que hiciese. Él no, solo quería saber. Yo acababa de subir del río; la mano con la que estreché la suya venía de tronzar el cuello de la pobre Casilda. Le conté la verdad, ya no tenía sentido mentir, y, al hacerlo, asumí mi condena. No miento si digo que por una vez me sentí valiente.

Dejé en sus manos la decisión de denunciar mi delito a la mañana siguiente, con la luz del día. Ambos convinimos en que sería mejor así. No lo hizo por mí, por supuesto, sino por ti. Pero, qué cosas, la suerte se alió conmigo y se puso de mi parte, quizá por primera vez en mi vida, al sacrificar a tu padre para salvarme a mí —qué otra cosa podría ser—, así que no me quedó más remedio que aferrarme a la vida.

Estoy seguro de que la impresión contribuyó a su muerte, no creas que no me culpo por ello también, pero de pronto me concedió una segunda oportunidad y hasta le dio sentido a la muerte de Casilda, la convirtió en necesaria. El resto ya lo sabes. Me temo que cuando fuisteis a buscarme al día siguiente no supe cómo reaccionar. Había pasado la mañana esperando a que viniesen a llevarme preso, pero mi desconcierto crecía a medida que pasaban las horas.

No era Eloísa a quien esperaba ver, como imaginarás. Recorrimos las calles en silencio; ni siquiera me atreví a preguntar. Acudí a vuestra casa a ponerme en manos de mis verdugos y me encontré con la salvación. Creo que por eso me uní a vuestra locura. Sentí la necesidad de complaceros, como si os lo debiese. Fue en ese momento cuando decidí continuar con mi vida con el único objetivo de compensarte. Créeme que estaba dispuesto a intentarlo, querida, pero ya no puedo.

Es mejor así, Celia, porque, en ese empeño por salvarme yo, a punto he estado de llevarme también tu vida. Sé que conmigo ausente todo te resultará más fácil. Mi muerte te concederá una segunda oportunidad, verás que sí. Solo por eso habrá merecido la pena quitarme de en medio.

Dejo en tus manos la decisión de contarle al mundo lo que le ha ocurrido a tu padre. Haz lo que creas más conveniente. El teniente está a punto de saber el resto. Le he pedido encarecidamente que, en la medida de lo posible, os moleste solo lo justo.

Siento los inconvenientes que todo esto te vaya a causar. Al mismo tiempo que a ti, le han entregado una carta a mi padre. Él se encargará de evitar que la casa se os llene de gente.

Procura olvidar que alguna vez estuve en tu vida. No merezco ningún recuerdo.

Tampoco espero que me perdones, querida Celia; si acaso, que me entiendas un poquito.

Me atrevo a decir que no todo ha sido malo, querida niña, pero hace tiempo que la tierra donde pazo ya no me satisface.
Recibe un último abrazo.

Tuyo, siempre,

Víctor

# 41

Padre solía decirme que, si fuese un vehículo, sería un camión, y en sus labios sonaba a piropo. Ahora no estoy segura de si lo decía por mi robustez o por mi dureza para encajar golpes.

En cualquier caso, ya no siento ninguna de las dos cosas.

CLOTILDE ASOREY

Tilde se alegra de que la fiesta no se vaya a celebrar, a pesar de que todo siga siendo un misterio para ella. Ha tenido que decirlo en voz alta para poder admitirlo.

El olor es repugnante. Toda la casa apesta a desecho, a cubo de basura, a fin de fiesta. El mundo se ha vuelto incomprensible, no le importa reconocerlo. El dolor de talones le llega hasta la nuca. Es tarde. Sigue sola y el cansancio la sepulta de golpe. Si no fuese porque no puede desentenderse de todo, se metería en la cama.

Por si fuese poco, acaba de estar en casa la hija del de La Arcadia, esa muchacha medio inglesa, de peinado imposible y falda que parecen pantalones. Estaba tan eufórica que llegó a preguntarse si estaría borracha. «Dígale a Eloísa que hemos recibido un telegrama y ahora sí, es definitivo, Virginia Woolf ha llegado», cree que fueron sus palabras. «Dígale que se pase por La Arcadia. Habrá fiesta hasta las tantas».

Y dale con la tal Virginia.

Tilde se deshace de sus zapatos de hebilla en forma de T («T-strap» los llaman en América). No vendrá ya nadie como no sean los de casa. No cree que pueda soportar otro sobresalto.

En principio había pensado dejar las cortinas descorridas para que los invitados pudiesen disfrutar de las vistas y admirar su jardín, pero finalmente creyó que el aguacero desmerecería su obra y cambió de idea. Ahora retira el cortinaje, temerosa por comprobar los efectos del diluvio en el jardín. Los aguaceros no son tan frecuentes como la gente pueda imaginar (Compostela no es de extremos ni para eso). Tilde abre la ventana para respirar algo que no huela a hojaldre mezclado con lavanda. Casi no se atreve a mirar.

La visión es sobrecogedora, la luz pardusca contribuye a darle un aire marrón al conjunto. Si pudiese, lloraría, pero solo le sale llorar cuando la pena es pequeña.

Las pocas flores que quedaban se han caído o se han vuelto de un color indefinido. Milagrosamente, la *Strelitzia* ha sobrevivido intacta al peso del agua y, aunque las prímulas han sido decapitadas en su mayoría, las raíces permanecen enterradas. Algunas hojas del magnolio se han desprendido de sus ramas y ahora yacen alborotadas, en montones, sobre el terreno.

La peor parte se la ha llevado la hierba. Parece que se produjese un remolino en la tierra y que esta se batiese con el agua de manera caprichosa, causando un repise del suelo y dejando a la vista un rectángulo imperfecto —del tamaño de un ataúd— un palmo por debajo de la superficie.

La vista desde arriba no deja lugar a dudas.

Por fin el jardín parece lo que es.

El toque en la puerta rompe el silencio del guacamayo, que se revuelve en su jaula mientras traza una media luna frenética, de derecha a izquierda y de izquierda a derecha. Tilde sale corriendo, descalza como va. La soledad está a punto de doblegarla. Se abalanzará sobre sus hermanas y las acunará contra su pecho hasta que ellas se dejen.

La figura del teniente la frena en seco. La vergüenza y el estupor se concentran en su cara y en su clavícula. Hasta el cuello se le hincha como un sapo. Ya es tarde para reaccionar de otra manera. Se lleva la mano al moño para intentar restaurar su dignidad, pero el gesto le sale poco convincente.

—Teniente... —susurra.

—Buenas tardes, casi noches. Siento interrumpir —se disculpa el teniente.

—No, no...

—¿Está sola?

Tilde asiente. Espera que no se le note el leve temblor de su ojo derecho.

—¿Ha pasado algo? —pregunta por preguntar.

—Me temo que sí. Traigo malas noticias. O buenas, según se mire —cacarea el hombre.

El teniente echa un vistazo general a la mesa repleta de comida. Sin que nadie le diga nada, coge un emparedado, lo inspecciona con detenimiento y se lo come de dos bocados. A Tilde se le contrae el estómago, mezcla de nervios y asco.

—Será mejor que se siente, señorita.

Tilde obedece. Camina hacia atrás. Sabe los pasos exactos que hay de la mesa al diván de Tea. Ni siquiera intenta calzarse; le parece tarde para eso, como si el mal ya estuviese hecho. Le vendría bien un abanico.

—Explíquese, teniente. ¿Son buenas o malas noticias?

—Suponga que el mal de alguien sea el bien de otros...

Tilde carraspea en señal de protesta.

—Le agradecería que fuese más claro.

—No se me da bien hablar de ciertas cosas delante de una mujer —contesta—. Será mejor que lea esto. Lo entenderá mucho mejor; no deja lugar a dudas. Salvo por una cosa...

El teniente le entrega un sobre de color vainilla con restos de lacre rojo en la parte de atrás. Tilde asiente con la cabeza, sin saber qué decir. Se concede unos segundos para inspirar con fuerza antes de abrirlo. Ojalá no le temblasen las manos; la hace parecer una tonta.

El teniente se sirve otro emparedado y se acerca al ventanal. Tilde se abandona a la lectura, desinflada como está. Ni siquiera intenta cerrar las cortinas. De pronto ha dejado de oír el crunch, crunch del teniente al masticar. Ya solo nota su propia respiración y su llanto entrecortado.

—¿Ya… lo ha hecho? Víctor del Río, quiero decir —pregunta después de leer la carta por segunda vez.

El teniente asiente con la cabeza, levemente. Ha dejado de masticar. Pega la nariz y los ojos al cristal. Permanece un rato largo en la misma posición, inmóvil y en silencio, con la mirada clavada en el rectángulo de tierra hundido.

—Teniente…

El teniente se toma su tiempo para responder. Ninguno de los dos parece querer decir nada, como si añadir algo fuese una redundancia. El tiempo se ha parado, aparentemente disociado del espacio que ocupa. Tilde no cree que pueda recordar nada más que la mezcla imposible de alivio y angustia.

—Perdone que no esté muy animado —dice al fin el teniente.

—Lo entiendo, debe de resultar desagradable ser portavoz de malas noticias…

Los dos permanecen de pie frente a la cristalera, ella descalza, él aguantando el emparedado con dos dedos, la mano rígida. De alguna retorcida manera, el silencio supone por primera vez un punto de comunión entre ellos.

—No, usted no lo entiende —añade el teniente—. No tiene nada que ver con ustedes.

—¿Con quién, entonces, teniente? —susurra Tilde vacía de voz como si no le quedase más remedio que preguntar.

—Es que vengo de despedir a mi madre… Para siempre, ya me entiende.

# 42

Un día encontré un avispero en la parte de atrás de mi antigua casa, y a padre, que siempre tenía muy malas ideas, se le ocurrió vaciar un balde de agua sobre él. Del agujero salió un ejército de avispas con un único propósito: la cabeza de padre.

Se lo habría advertido si me hubiese preguntado. No se debe agitar un avispero. Lo sabe todo el mundo.

MANUEL ZAS ZAS (MANOLIÑO)

Por fin las nubes dejaron de multiplicarse y volvieron a ser una. Por fin ha dejado de llover. En otros sitios, a lo de ahora lo llaman lluvia fina, pero aquí esto es lo normal. Llegaron a casa embarrados de la cabeza a los pies. Aún no termina de creerse que, cuando dicen «casa», se refieren a la suya. La misma palabra suena diferente. Qué cosas, la vida se portó muy mal con él al principio, pero ahora parece que lo está compensando.

A veces se siente culpable por no acordarse más de la señora María. Cada día piensa menos en ella (aunque mucho más que en su padre). Pasar a vivir con la maestra sin duda ha sido un salto de categoría. Le aterra que sea algo provisional antes de su destino definitivo. Aunque «definitivo» es como no decir nada, según su experiencia.

Entre una cosa y otra, enseguida cayó la noche. Se lavaron y se pusieron ropa limpia. La señorita Tilde se encargó de recoger toda la casa, aunque todavía olía a banquete. Al parecer, la fiesta no se va a celebrar ya, pero nadie le explicó el motivo. «Cosas de mayores, Manoliño». Odia que la gente diga eso; le gustaría llegar al fondo de la cuestión, pero no quiere incomodarlas, no se vayan a arrepentir de haberlo acogido. Solo sabe que llegó la señorita Celia y todas se abalanzaron sobre ella y dijeron palabras como «Tesoro, es mejor así», «Tienes toda la vida por delante» o «El teniente ya no volverá».

Felisa se quedó hasta tarde. Se puso muy contenta cuando le dieron dos cestas de comida, aunque disimuló su alegría porque el horno no estaba para bollos. Felisa es lo más parecido a él, como si perteneciesen al mismo equipo de fútbol o procediesen del mismo país. No sabe muy bien por qué; quizá los una el hambre (él aún no se acostumbra a no tener que almacenar comida, a veces pide más de la que puede comer, pero después se da cuenta de que es una tontería y la devuelve a la despensa). Felisa también dice pecados, como su padre. No hace mucho, sin ir más lejos, la oyó gritar, asomada a la ventana del salón: «Pero… ¿qué carallo?». La señorita Tilde corrió las cortinas a toda prisa, algo que lo confundió, pero después él asomó la cabeza sin que nadie lo viese y se dio cuenta de lo que había ocurrido. ¡Pues no se le ocurre a la maestra mejor cosa que ponerse a arreglar el jardín a esas horas!

# Epílogo

## La Habana, 1995

—Zas Zas, qué curioso, señor, si me permite el comentario —dice la azafata con mi tarjeta de embarque en la mano.

Las lenguas en La Habana no llegan a tocar los dientes al pronunciar las zetas, se escapan, sibilantes, por cualquier hueco que encuentran. A ese sonido me costó acostumbrarme, pero después de más de treinta años viviendo en Cuba, ya no llama mi atención.

Me limito a sonreír y me acomodo en mi asiento. Celebro poder ir sentado en la ventanilla. Celebro cualquier cosa que suponga no atender a lo que ocurra en el interior del avión mientras dure el vuelo. No voy por mucho tiempo; en unos días estaré de vuelta en casa. Es la segunda vez que viajo a España desde que tuve que marcharme en 1937. La primera fue en 1977. No quise ir antes, no habría podido pasearme por Santiago de Compostela y callarme la rabia que sentía. Habría sido una deslealtad intolerable hacia la señorita Eloísa.

Nunca he podido dejar de llamarla «señorita», ni a ella ni a sus hermanas, a pesar de que sentí que me habían tratado como a un hijo.

No puedo decir que mi vida haya sido mala. Es cierto que he crecido como un árbol desraizado, como muchas personas en aquella época, pero creo que he logrado mantenerme en pie. Las raíces que me quedan están al aire y pertenecen a aquella Compostela de los años treinta. Por corta que sea, la infancia es una vida en sí misma. Una vida dentro de otra. Como un conjunto de *matrioskas*. Sé de lo que hablo; antes del español sin zetas, tuve que lidiar con el ruso.

Conservo recuerdos vívidos de aquellos primeros años de mi vida, aunque confieso que jamás habría podido adaptar los recuerdos de niño a mi mente adulta de no ser por la correspondencia que mantuve con la señorita Tea hasta el final de su vida.

Si alguna vez (ha habido muchas) he sentido que zozobraba, me ha bastado con regresar al día en el que salvamos la escuela. No ha habido momento en mi vida que represente con mayor claridad que un potencial futuro próspero estaba a mi alcance. Decía la señorita Tea que no volvió a llover con tanta furia como entonces, y si alguien podía afirmar tal cosa era ella, que fue la que más tiempo vivió en la ciudad.

Lo cierto es que muchas cosas cambiaron inmediatamente después.

Al día siguiente, sin ir más lejos, la señorita Tilde se desmayó. Todos pensaron que se debía a la tensión acumulada de la jornada anterior, pero nada de eso, no se le pasó. Su delgadez cada vez se hacía más evidente, parecía que estuviese menguando delante de nuestras narices. La alarma definitiva saltó cuando dejó de cuidar el jardín. «Cáncer de huesos —dijeron—. En estado avanzado», apostillaron. Se pasaba el día postrada en el diván de la señorita Tea, consumiéndose por dentro y por fuera. Recuerdo oírla delirar y echarle la culpa al declive. Y razón no le faltaba: si aquello no era su declive, no sé qué otra cosa podía ser. La situación se alargó unos meses y desembocó en una muerte agónica. Por más que la señorita Tea intentó protegerme de aquello, no pudo impedir que el sonido estentóreo del ronquido final se propagase por todo el lugar.

Nadie abrazaba la casa como lo hacía ella, sin duda. La muerte de la señorita Tilde nos dejó huérfanos, creo que puedo hablar en nombre de todos. Realmente sentimos que se había ido una madre. Durante meses, nadie en la casa se reía abiertamente; no estábamos para risas. Pasado un tiempo prudencial, la señorita Eloísa y Pablo (a él nunca llegué a llamarlo «señorito») se fueron a vivir al piso de arriba, donde antes estaba la clínica del doctor.

Los años que siguieron al desastre de la escuela fueron años de mucho ajetreo. En general, fueron buenos. La señorita Eloísa consiguió que aquella cuadra pareciese una escuela de verdad. Le obsesionaba la idea, lo repetía continuamente («No pararé hasta que la escuela parezca una escuela», decía. Y después: «Creo que cada vez se asemeja más a una escuela». Y finalmente, con orgullo: «¿A que ya parece una escuela?»). Por fin consiguió su objetivo y dejó de decirlo a todas horas. Yo tuve la inmensa suerte de poder vivir aquella época y compartir su ilusión. Hasta 1936, cuando la vida tal y como la conocíamos se truncó para siempre de la forma más descarnada.

A la señorita Eloísa le abrieron un expediente dentro del plan de depuración de maestros. Creo que ella era muy consciente de que podía ocurrir. Aun así, no se arredró. Como era de esperar, fue de las primeras represaliadas. Ya se sabe que los soldados que luchan en la línea de fuego son los primeros en caer. No exagero si digo que su muerte nos sumió a todos en la más absoluta tristeza, como si de pronto la vida hubiese perdido interés y simplemente no pudiésemos evitar seguir respirando. No sé cómo lo resistimos.

Esa misma tarde, devastados y conscientes de lo que hacíamos, la señorita Tea y yo liberamos al guacamayo para siempre, y ya nunca volvió.

Hay quien dice que después de la muerte de su mujer, Pablo perdió el apego al mundo y que por eso no tardaron en fusilarlo también. Pero yo nunca he estado de acuerdo, no era su estilo dejarse ir. Creo firmemente que habría seguido luchando por la libertad con uñas y dientes hasta el final de una larga vida si le hubiesen dejado.

Con la guerra en marcha y la familia desmembrada, la señorita Celia decidió irse a Madrid para empezar de nuevo. «Volver a empezar». Esas fueron sus palabras. Recuerdo haber pensado que una guerra no era el mejor momento para comenzar nada como no fuesen trincheras, pero el caso es que se fue, y la señorita Tea y yo nos quedamos solos. Estoy convencido de que la señorita Celia se habría adaptado a cualquier situación o régimen, siempre y cuando se le presentase la posibilidad de vivir aceptablemente bien, cosa que ocurrió. Nada más acabar la guerra, se casó con un político de segunda fila que, paradojas de la vida, terminó trabajando en el plan de depuración de maestros en los años cuarenta (de esto me enteré más tarde). No volví a saber nada de ella.

Al principio de la guerra, cuando ya nos habíamos quedado solos la señorita Tea y yo, solía visitarnos con cierta frecuencia Felisa. Por aquel tiempo disfrutaba de su compañía más que de cualquier otra cosa. Me atrevo a decir que su presencia en la casa era un paréntesis en la guerra. Incluso cuando hablaba de calamidades, Felisa no perdía su gracia. Creo que todavía vive, aunque soy incapaz de imaginármela vieja. No se lo he dicho a nadie, pero a veces me parece verla paseando por el Malecón y tengo que correr para comprobar que, efectivamente, no es ella. Supongo que será porque Felisa era lo más cubano que había en Compostela.

El viaje ha removido mi pasado. Lo bueno y lo malo. No es que me acuerde mucho del teniente Tomé. Dicen que hizo una transición de regímenes ejemplar y que fue condecorado varias veces. ¡Quién lo habría dicho! Murió en la casa donde había vivido con su madre, a la edad de sesenta años, de un paro cardiaco, y dejó una estela de ejecuciones y casos sin resolver.

La Arcadia, que había llegado a convertirse en una editorial pequeña de referencia para autores jóvenes, tuvo que cerrar, asfixiada por el silencio de los nuevos talentos. Viendo la que se avecinaba, nada más declararse la guerra, Alicia decidió irse a vivir a Londres. Le vendió la Minerva y el resto de los cachivaches a Pablo, que lo trasladó todo al dos de la calle de San Miguel.

Donde estaba La Arcadia, hoy hay una tintorería. Por alguna razón, el hecho me resulta descorazonador.

Cuentan que Alicia se llevó con ella a la hija de Marcelino Búho Negro, después de que padre e hija se lo suplicasen. Merceditas Búho Negro vio cumplido su sueño de ser maestra, y ahora vive —retirada— en Richmond, a las afueras de Londres.

La escuelita de Sar tampoco existe, aunque muy cerca construyeron un instituto. Y ese colosal edificio de hormigón es precisamente el motivo de que esté sentado en un avión. Viajo para dar una charla. Las nuevas generaciones necesitan saber cuánto les deben a los maestros como Eloísa Asorey, y yo también necesito que lo sepan.

En cuanto a mí, algunos nos llamaron «niños de Rusia», otros, «niños de la guerra». Sigo pensando que la decisión de la señorita Tea fue un acto inconmensurable de generosidad y valentía, teniendo en cuenta el miedo que le daba la soledad. «Las cosas se están poniendo feas, Manoliño, y parece que hay una posibilidad para ti», me dijo un día sentada en la cama de la habitación que compartíamos a pesar de que había espacio de sobra en la casa.

Imposible olvidar su abrazo en el puerto de Gijón. «Lo hago por ti, no lo olvides», susurró con sus labios pegados a mi oreja. ¡Cómo podría! Olvidarlo sería como olvidar que alguna vez fui querido de verdad. Sería de una deslealtad imperdonable. También me prometió que, en cuanto acabase la guerra, iría a buscarme y me traería de vuelta. Esto finalmente no lo pudo cumplir. Hasta 1956 no pudieron regresar a España los niños de la guerra, pero ella no dejó de mandarme cartas todas las semanas. Gracias a eso, la estancia en Leningrado se me hizo más llevadera. De alguna manera, sentir que ella me esperaba contribuyó a mantenerme con vida, y quiero pensar que a ella le ocurrió lo mismo. Un año antes, en marzo de 1955, mi querida señorita Tea falleció de una apoplejía (la noticia me la dio Merceditas Búho Negro, que lo supo por su padre. Desde entonces seguimos en contacto).

Puesto que ya nada me ataba a Compostela, en 1960 decidí marcharme a Cuba. Aquí formé una familia grande y ruidosa, y trabajé como ingeniero hasta hace seis años.

Tardé tiempo en saber qué había ocurrido con el doctor Asorey, en darme cuenta de que cuando las señoritas arreglaban el jardín no solo cuidaban las plantas. He pensado mucho en aquello. A veces tengo la sensación de que nada de lo que recuerdo sucedió. Mentiría si dijese que lo entiendo. Tampoco lo pretendo, a estas alturas. Desde mi perspectiva no tiene sentido intentar encontrar una explicación. A fin de cuentas, la historia de cómo una idea disparatada es secundada por un grupo es la historia de la civilización humana. Ocurre continuamente. He vivido dos guerras y he visto prosperar ideas delirantes en nombre del miedo y a gobernantes dementes hacerse con el control de naciones enteras. Eso no quiere decir que no me haya hecho preguntas…

Por qué aquel teniente horrible no delató a las señoritas sigue siendo un misterio para mí (la señorita Tea siempre se mostró ambigua al respecto), pero más enigmático todavía resulta el hecho de que los habitantes de aquella Compostela que conocí se hubiesen conformado como lo hicieron sin una explicación plenamente satisfactoria.

Parece ser que en un principio la señorita Eloísa estaba decidida a contar la verdad, pero la enfermedad y la posterior muerte de la señorita Tilde hicieron que postergara el asunto, y se ve que finalmente lo dejó correr. Para cuando se declaró la guerra, la curiosidad por la muerte del doctor Asorey se había diluido por completo, y ya nadie preguntaba por él.

Admito que yo mismo he guardado el secreto. Cuestión de lealtad, supongo.

Por lo demás, hablo mucho a mi familia de las señoritas. La desaparición del doctor Asorey es una fuente inagotable de interés para ellos, y cada uno tiene su propia teoría. Yo le echo teatro al asunto y les digo que el doctor se desvaneció un buen día, entre la niebla y la confusión, y mi mujer, que es muy perspicaz, me mira entornando los párpados y repite, con su voz de melaza: «No, no, no, nadie se disipa entre la niebla, papi».

# Agradecimientos

A mi gente (en general), que forma el universo más variopinto e inspirador.

A mis padres (en particular), por poner a nuestra disposición estanterías abarrotadas de libros desde que aprendimos a juntar letras. (Mis hermanas estarán de acuerdo conmigo).

A Virginia (Woolf) y William (Shakespeare), a Alfonso Daniel (Castelao), Rosalía (de Castro) y a tantos otros, por ser la semilla.

A mis lectoras cero favoritas, aunque esta vez he preferido que fuese una sorpresa.

Al personal del Archivo Histórico Universitario de Santiago de Compostela, por poner a mi disposición cuantos documentos les he pedido.

A Alberto Marcos y Pilar Capel, por su ayuda y respeto máximo por el texto.

A Lourdes Díaz, por su entusiasmo por esta novela.

A Nano y a nuestros hijos, Pedro y Juan (D'Artagnan y los tres mosqueteros (conmigo), aunque, francamente, nunca tengo claro quién es D'Artagnan).

# Bibliografía

Bello, Luis, *Viajes por las escuelas de Galicia*, Akal, 1973.

Sánchez de Madariaga, Elena, Consuelo Flecha García, María del Carmen Agulló Díaz, María Sánchez Morillas,Carmen García Colmenares, Herminio Lafoz Rabaza, Sara Ramos Zamora, Olegario Negrín Fajardo, Carmen de la Guardia Herrero, María del Mar del Pozo Andrés, *Las maestras de la República*, Catarata, 2012.

Lafuente, Isaías, *Clara Victoria*, Planeta, 2021.

Torres, Rafael, *1931, biografía de un año*, La Esfera de los Libros, 2012.

Este libro se terminó
de imprimir en España
en el mes de febrero de 2023

«Para viajar lejos no hay mejor nave que un libro».

Emily Dickinson

# Gracias por tu lectura de este libro.

En **penguinlibros.club** encontrarás las mejores
recomendaciones de lectura.

Únete a nuestra comunidad y viaja con nosotros.

**penguinlibros.club**